Günter Kunert

Die letzten Indianer Europas

Kommentare zum Traum,
der Leben heißt

Carl Hanser Verlag

ISBN 3-446-16196-1

Satz: Fotosatz Janß Pfungstadt
Druck und Bindung: Kösel, Kempten
Printed in Germany

Mensch und Tier

Die menschlichen Züge teilt der Mensch mit den Tieren, besonders den Herdentieren, Freude, Trauer, Sehnsucht, alles Unmittelbare. Was er für sich allein hat, die bewußte Planung, die Fähigkeit zur Abstraktion und zu flexibler Verfolgung bestimmter Ziele hängt weit mehr mit dem Unmenschlichen zusammen als mit dem, warum er liebenswert ist. Der Haß selber gehört ihm denn auch ausschließlich zu. Der Schritt vom Tier zum Menschen steigert die Schuld, die allem Leben eigen ist.

Max Horkheimer

Für Marianne,
die mir glücklicherweise in alle Texte
hineingeredet hat.

Die letzten Indianer Europas

Diese Überschrift für einen Vortrag über Lyrik, Lyriker und Lyrikleser mag außerordentlich merkwürdig klingen, falls nicht sogar fragwürdig. Als solle mit unlauteren Mitteln die Aufmerksamkeit des Zuhörers erzwungen werden. Es klingt, als wende der Vortragende hier Mittel der Regenbogenpresse an, um überhaupt gehört zu werden. Aber ein solches Konkurrieren, das von vornherein chancenlos wäre, ist nicht beabsichtigt.

Die Überschrift, im Moment des Einfalls noch ironisch gemeint, erwies sich beim späteren Nachdenken als ernsthafter und zutreffender. Und meine Absicht ist keine andere, als die Richtigkeit und die tiefere Wahrheit dieses Titels darzulegen. Es handelt sich um einen Versuch, über dessen Gelingen ich mir nicht sicher bin. Eben weil es ein tatsächlicher Versuch ist, kein vorgetäuschter, bei welchem das Ergebnis von Anfang an feststeht. Der Weg meiner Überlegungen ist ungesichert, auf keiner Landkarte vorgezeichnet und ziemlich geschlängelt. Ja, es ist nicht einmal gewiß, ob wir überhaupt an ein Ziel kommen. Garantien sind nicht gegeben.

Den Ausgangspunkt soll ein Zitat stellen, in welchem bereits keimhaft enthalten ist, was Anlaß des Nachdenkens wurde.

Ich zitiere:

»Du forderst mich auf, den Boden zu pflügen. Soll ich ein Messer nehmen und die Brust meiner Mutter zerfleischen? Wenn ich sterbe, wird sie sich weigern, mich an ihrer Brust ausruhen zu lassen. Du forderst mich auf, nach Steinen zu graben. Soll ich unter ihrer Haut nach Knochen wühlen? Wenn ich sterbe, kann ich nicht in ihren

Leib zurückkehren, um wiedergeboren zu werden. Du forderst mich auf, Gras zu mähen, Heu zu machen und es zu verkaufen, um reich zu werden wie die Weißen. Doch wie kann ich es wagen, meiner Mutter die Haare abzuschneiden?«

Das sprach, wie wir in Werner Müllers Studie über »Indianische Welterfahrung« lesen, einst der Häuptling Smohalla zu Major MacMurray, der den Oberlauf des Columbia-River bereiste. Eine Begegnung wie sie im Lesebuch steht oder in einem der abenteuerlichen Epen Karl Mays. Der Indianer äußert sich auf eine Weise, welche nicht bloß Major MacMurray, sondern auch uns ungewöhnlich vorkommt. »Exotisch« würde man es nennen wollen, weil der Begriff des Exotischen so angenehm distanzierend wirkt. Man muß sich selber durch das »Exotische« nicht betroffen fühlen. Es ist das Fremdartige, das Fremde schlechthin. Uns ist völlig klar: Dieser Eingeborene weigert sich in einer »blumigen« Sprache, die Notwendigkeiten und Forderungen einer neuen, veränderten Zeit einzusehen. Wir, im Besitz der einzig uns vorstellbaren Kultur, halten unseren »Roten Bruder« für zurückgeblieben in jeder Hinsicht. Früher, in den schlechten alten Zeiten, als wir noch Rousseau lasen, wollten wir zurück zur Natur und so sein, wie dieser Eingeborene. Inzwischen jedoch, im Verlauf von zweihundert Jahren, haben wir uns das anders überlegt. Das natürliche Dasein ist zu unbequem. Wer es dennoch aushält, kann unserer herzlichen Verachtung gewiß sein. So stehen wir auf der Seite von Major MacMurray und vor Häuptling Smohalla und denken uns unser Teil, und in diesem kommt der »Wilde« nicht gut weg. Wir begreifen weder die umständliche und wenig objektive Beredtheit dieser Leute und sind geneigt, gekränkt zu sein. Weil sie nicht bereit sind, unser »kulturelles Niveau« als überlegen und erstrebenswert anzuerkennen. Wer dermaßen zurückgeblieben ist, hat von uns nichts, falls nicht gar das Schlimmste zu erwarten. Abgesehen jedoch von unseren Vorurteilen, und ich ahne, wie schwer es uns fallen wird, von unseren Vorurteilen abzusehen, also abgesehen davon, tritt in dem Gespräch zwischen Smohalla und MacMurray etwas in Erscheinung, das unsere Beachtung verdienen sollte. Denn was sich da bemerkbar macht, liefert möglicherweise den Schlüssel für ein Phänomen, an dem die Literaturwissenschaftler bisher vorbeigedacht und vorbeiinterpretiert haben. Ich rede von den Voraussetzungen für Lyrik, von den Bedingungen, unter denen ein Gedicht entsteht. Und natürlich rede ich auch davon, wie wenig befriedigend doch alle Erklärungen für diese ungewöhnliche Betätigung bisher gewesen sind. Damit bin ich nun mitten in unser Thema gesprungen, zu dem aber die scheinbar völkerkundliche Einleitung gehört. Denn wir kommen nicht ohne diesen Forschungszweig aus, der in den letzten Jahrzehnten einen enormen Aufschwung genommen hat. Aus der Ethnologie stammt die Anregung für unsere Spekulationen und Hypothesen. So kehren wir rasch zurück zu Smohalla und MacMurray am Columbia-River, um die beiden Vertreter extrem unterschiedlicher Kulturkreise als eindeutige Beispiele für unsere aufklärerische Absicht zu benutzen. Wir gehen also von unserem geschichtlich jungen Wissen aus, daß das Denken Smohallas und seinesgleichen in einer ganz anderen Art der Welterfahrung gründet, als das Denken MacMurrays. Schauen wir uns diese *indianische Welterfahrung*, wie die Ethnologie sie uns darbietet, näher an, stellen wir verblüfft und wie von einer Eingebung erleuchtet fest: Etwas Ähnliches findet sich nur bei den letzten »Naturmenschen« der alten Welt, bei den Dichtern.

Das indianische Bewußtsein, wie es uns beschrieben wird, ist im Gegensatz zu dem MacMurrays, mit dem wir mehr oder weniger identisch sind, ganz archaisch. Diesem

Bewußtsein ist noch nicht die Fähigkeit abgestorben oder von der Ratio ausgetrieben worden, umfassende Bedeutungen an den Dingen der Umwelt wahrzunehmen. Den Wald vor lauter Bäumen nicht sehen, heißt eine treffende Redewendung für den Zustand, in dem man den Überblick verloren hat und Zusammenhänge nicht mehr erkennt: Dieser Zustand ist der gegenwärtige und allgemein gültige. Dem archaischen Bewußtsein jedoch, das noch bei Menschengruppen vorhanden ist, an denen der »Prozeß der Zivilisation« bisher vorüberging, eignet jene besondere Gabe, den Wald zu erkennen und zwar selbst anhand eines Zweiges. Eine intuitive Betrachtungsweise, die ich, um die Durchschlagskraft des Fremdwortes zu nutzen, »morphologisch« nennen möchte. Es handelt sich tatsächlich um einen gestaltbildenden, gestaltenden Blick. Aus völkerkundlichen, übrigens auch geschichtskundlichen Berichten geht hervor, wie sich dieser morphologische Blick auswirkt. Ihm werden naturhafte Erscheinungen zu den Geistern der Ahnen, zu Dämonen und Halbgöttern. Geschildert wird dieses außerordentliche Geschehen meist im Tone des Mitleids oder der Überheblichkeit. Das ist die Position des Blinden, oder, anders gesagt, die des wissenschaftsgläubigen 19. Jahrhunderts, das alles besser wußte als alle Zeitalter vor ihm. Mit dieser Besserwisserei hat es uns dermaßen infiziert, daß wir gar nicht mehr in der Lage sind, von unserem Standpunkt abzusehen und einen anderen als gleichwertig zu akzeptieren. Die ahnungsgeladenen Visionen der Vergangenheit, die visuellen Verselbständigungen der Instinkte wurden abgewertet, indem man sie zu Hysterieprodukten erklärte oder zu Einbildungen abergläubischer Angst. Dieser überhebliche Standpunkt gipfelt in der Behauptung, der Mangel an naturwissenschaftlichen Kenntnissen habe bei unseren Urahnen zur Personifizierung von Naturerscheinungen geführt. Manitou läßt es regnen, Zeus schleudert seine

Blitze und Poseidon verhindert durch eine katastrophale Großwetterlage im Mittelmeer die Heimkehr des Odysseus. Die, in Anführungsstrichen, »wissenschaftliche« Erklärung der Mythen schüttet insofern das Kind mit dem Bade aus, als sie die gegenwärtige Rationalität absolut setzt und für überhistorisch verbindlich erklärt. Sie legt ihre ärmliche Elle an die Vergangenheit und verwirft alles, was ihrem Maß nicht entspricht. Dieses Maß mag gegenüber praktischen Funktionszusammenhängen seine Nützlichkeit erwiesen haben, gegenüber den subtilen geistigen Projektionen muß es versagen. In unserem Falle nimmt die gegenwärtige Vernunft den morphologischen Blick gar nicht erst zur Kenntnis, weil er sich in keiner Hinsicht verwerten läßt. Was soll der Blick, dem sich seine Anschauungsobjekte zu etwas anderem, als sie eigentlich sind, zusammenfügen? Vergessen, daß einstmals Traum und Wachzustand ungeschieden waren und als gleichberechtigt galten und daß beide sich gegenseitig durchdrangen. Erst die Rationalität hat den Traum als das Unbrauchbare schlechthin vom Leben abgespalten und ihn mit der faulen Phrase, daß Träume Schäume seien, aus dem Alltag vertrieben. Aber haben wir damit etwa mehr Vernunft und Erkenntnis gewonnen? Mehr Einsicht und mehr Aufgewecktheit? Im Gegenteil, meine ich. Indem wir den Traum gebannt haben, haben wir unsere Vernunft zum Alptraum gemacht.

Ungeschiedenheit ist auch ein Kennzeichen des erwähnten archaischen Bewußtseins. Es tritt nicht in Distanz zur Welt, sondern steckt in ihr. Wie zum Beispiel dem Kind die Welt noch ungeschieden ist, und wie dem Kinde Wolken oftmals als Fratzen und Ungetüme erscheinen, so spiegelt dem archaischen Bewußtsein die Natur wider, was es in ihr erblickt. Für das archaische Bewußtsein ist die Umwelt bildhafter. Allüberall entbargen sich aus den Erscheinungen Bilder, die unmittelbar als Sinnbild verstanden wurden. Als Symbol. Und zwar als Symbol, das in Beziehung zum eigenen Schicksal stand. Vielleicht ist Walter Benjamins »Aura« der Dinge nur ein Nachglanz dessen, was vordem die Symbol- und Bedeutungsträchtigkeit war. Das Mysteriöse bestand im übrigen darin, daß das Symbol, als welches sich die Sache zeigte, auf die Sache selber zurückzuwirken imstande schien. Wenn der Häuptling Smohalla von der Erde als seiner Mutter sprach, und zwar keineswegs im übertragenen Sinne, so wie wir etwa heute von »Muttersprache« reden, so meinte er mehr als nur ein rhetorisches Gleichnis. Erde und Mutter bildeten für ihn eine faktische wie symbolische Einheit. »Wenn ich sterbe, kann ich nicht in ihren Leib zurückgehen und wiedergeboren werden.« Das ist eine Formulierung, auf die wir falsch, nämlich mit psycho-analytischen Entschlüsselungsversuchen reagieren, eben mit unserer reduzierten Rationalität. Aber hier versagt die Neurosenlehre. Smohalla meint gar nicht sich allein. Er spricht von der Beständigkeit indianischer Generationen, die, sobald sie den Boden bearbeiten würden, nicht mehr die gleichen Indianer wären. Auf uns wirkt die Formulierung von der Erde als Mutter exaltiert. Aber indem etwas bildlich-konkret benannt wird, ist ein wesentlicher Umstand, eben die Dauer des indianischen Volkes, gemeint – und dieser Vorgang, der Vorgang des indirekten Sprechens, wiederholt sich nahezu gleichartig im Gedicht. Auch für das Gedicht besteht die Notwendigkeit solcher Übersetzung. Wir aber, mit unserer direkten Denk- und Sprechweise, nehmen alles wörtlich und begreifen daher nichts. Um noch einmal zu verdeutlichen, worin die Differenz besteht, will ich Smohallas Einwand gegen die Bodenbearbeitung in das Kauderwelsch unserer Tage übersetzen. *Mit der Übernahme eines anderen sozialen Status, nämlich dem des Farmers, verlieren wir unsere gruppenspezifische Identität.* Das ist wahrlich nicht dasselbe wie: Soll ich unter ihrer Haut nach Knochen wühlen? Wenn ich sterbe, kann ich nicht mehr in ihren Leib zurückgehen, um wiedergeboren zu werden. Zweimal der gleiche Inhalt und doch unterschiedliches Gewicht. Die abwehrende Phrase drückt nicht mehr aus als einen sozialpsychologischen Tatbestand, einen kritischen Einwand, dessen Berechtigung dahingestellt sei. Die zweite Äußerung dagegen besitzt eine kosmische Dimension. Die Rede vom Sterben und Wiedergeborenwerden zeigt transzendentale Züge. Beschworen wird der Untergang. Denn Nichtwiedergeborenwerden ist das endgültige Ende. Das »Stirb und Werde« ist damit unterbrochen und der naturhafte Rhythmus ausgesetzt, der die Kontinuität des Lebens garantierte. Dafür konnte MacMurray kein Ohr haben.

Daß der morphologische Blick in der Metaphorik des Gedichts überlebt hat, muß man nach diesen Ausführungen nicht zusätzlich betonen. Das Gedicht, das ein Bild darstellt, das als Bild fungiert, ist so etwas wie eine in Schrift geronnene Vorstellung. Und zwar eine Vorstellung von der Welt und den Dingen, die sich mit der Oberfläche nicht zufrieden gibt und ahnen läßt, daß hinter der Oberfläche das eigentlich Wichtige läge. Fast zwangsläufig nimmt jedes Gedicht Gleichnischarakter an. Wir spüren ganz deutlich beim Lesen eines solchen Textes, daß sein Autor über die Wörtlichkeit hinaus uns etwas mitteilen will, was sich der Wörtlichkeit ständig entzieht. Häufig stehen wir ratlos vor solchen Schöpfungen und finden keinen Zugang. Eben weil die Gattung alle Gegenständlichkeit unabänderlich mit symbolischer Bedeutung auflädt, aufladen muß, um ihr Gattungswesen sowohl zu verwirklichen wie zu erhalten. Lyrik würde zu etwas anderem, müßte sie darauf verzichten, wie Häuptling Smohalla zu reden, müßte sie darauf verzichten, die Dinge zu transzendieren – auch wenn es, wie Hugo Friedrich in den »Strukturen der modernen Lyrik« meint, eine »leere Transzendenz« ist – entleert darum, weil ihre einstige Verpflichtung und Bindung zum Sakralen mit diesem selber verfallen sei. Gott und die Götter sind ihr abhanden gekommen, aber sie redet immer noch so, als erhielte sie von ihnen die Legitimation. Da das Heilige nicht mehr auszumachen ist, hilft sich die Verlegenheit mit dem verbrauchten Begriff des »Existenziellen« aus der Klemme. Doch das bleibt eine Hilfskonstruktion. Niemand vermag zu erklären, was denn dieses »Existenzielle«, auf welchem das Gedicht gründe und für das die unfreiwillig zu Symbolik berufenen Konkreta stünden, denn eigentlich sei. In zahllosen Interpretationen und Untersuchungen und Analysen taucht dieser Begriff wie ein Fels im Meer auf, erweist sich jedoch, sobald man sich ihm nähert, als Fata Morgana. Gerade weil hinter den Dingen, die das Gedicht evoziert, eine Qualität zu stecken scheint, die sich der Eindeutigkeit wie der Definition entzieht, entfaltet es überhaupt seine Wirksamkeit. Könnten wir diese besondere Qualität exakt herausoperieren, um sie zu betrachten, wäre wohl der letzte Augenblick der Dichtung gekommen. Analog zu dem, was E. M. Cioran über das Leben sagt, das, falls man faktisch seinen Sinn entdeckte, plötzlich ganz sinnlos würde, so verwandelte sich das Gedicht in ein Wortsammelsurium, gäbe es eine grundsätzliche Erklärung für seinen hermetischen Hintergrund, für sein Geheimnis, das es bedingt. Das Walten des Unbewußten bei der Entstehung eines Gedichts, selbst eines, das höchst rationale Absichten verfolgt, begründet seine Einmaligkeit und Eigenartigkeit. Ich bin geneigt, anstelle einer verschwundenen normativen Ästhetik das Wirken des als »archaisch« apostrophierten Bewußtseins als Kriterium und Merkmal, sozusagen als Gütezeichen des Gedichts, anzusehen. Damit freilich wäre das Gedicht der beanspruchten Kompetenz vieler Berufsinterpreten entzogen, denn es würde zu seinem Verständnis ganz anderer Talente bedürfen, als die gemeinhin als ausreichend empfundenen. Nur wo ein gleichartiges Bewußtsein, zumindest rudimentär, existierte, gäbe es somithin die erforderliche Entsprechung zu seiner Deutung. Aber das würde wahrscheinlich den Zirkel noch enger und esoterischer werden lassen, als er ohnehin ist.

Aber ich sprach von zusätzlichen Belegen für das archaische Bewußtsein, dem sich die Welt in vielsagenden Bildern und als Bild darbietet. Sobald wir nach seinen Spuren fahnden, stoßen wir zuallererst auf seinen unmittelbaren Ausdruck: auf die Sprache.

Schlüpften wir kurzfristig in MacMurrays Haut, würden wir die Ansprache des Häuptlings weniger als real aufzufassende Mitteilung werten denn als »poetischen« Monolog, obgleich dieser nichts Poetisches beabsichtigt.

Bloß besitzt für uns, die wir alle auf irgendeine Weise MacMurrays sind, das Sprechen in Bildern und Symbolen und Gleichnissen keine Sinnfälligkeit mehr. Solche Redeweise hat ihr letztes Reservat in der Dichtung gefunden – und zwar ausschließlich dort, da das der einzige Ort war (und noch ist), wo nicht eindeutige Zwecke und Zweckdenken vorherrschen. Jedem mußte die Berufung auf Leib und Gebein der Mutter Erde kindlich vorkommen, dem es um Hektarerträge ging, um Getreidepreise, Maximierung der Landwirtschaft, ökonomisches Wachstum. Die Natur als solche konnte man sich höchstens am Feierabend leisten. Aber da war sie wohl keine mehr, zumindest nicht mehr in ihrer bergenden Ursprünglichkeit.

Die Voraussetzung für die Rezeption von Gedichten besteht nun mal in einem Organ (in Anführungsstrichen), das hier und da, bei diesem und jenem noch als eine Art seelischer Blinddarm vorhanden ist: sonst würde ja auch niemand Gedichtbände kaufen.

Gäbe es nicht eine gewisse Resistenz gegen die ständig abstrakter und lebloser werdende Sprache, keiner läse mehr Lyrik. Daß dieser Wandel der Sprache jedoch nicht erst mit der allgemeinen Wissenschaftsvergötzung, mit der Arbeitsteiligkeit der Industriegesellschaft seinen Siegeszug antrat, beweist ein weiteres Zitat aus Werner Müllers Buch. Dort beklagt ein Araukaner, ein Eingeborener eines inzwischen ausgestorbenen Stammes, den Zustand der Sprache und wir können uns solchen Klagen nur anschließen:

»Was bei unseren Vorfahren sagbar war«, heißt es da, »können wir heute nicht mit vielen Worten klarmachen und erläutern. Denn auch unsere Sprache ist mit uns arm geworden, und wir müssen viele Worte gebrauchen, um zu sagen, was unsere Voreltern mit *einem* Wort deutlich machten. Was wir fühlen, können wir nicht mehr ausdrücken und müssen uns oft mit spanischen Worten behelfen.«

Den Dichtern geht es wie dem Araukaner. Sie empfinden ein dauerndes Ungenügen an einer Sprache, die letztlich nicht hergeben will, was man ihr abfordert. Wer, ohne Dichter zu sein, hätte nicht selber in irgendeinem schwungvollen Augenblick seines Lebens das Verlangen gespürt, seiner Euphorie Ausdruck zu geben. Und wer hätte in solchem Augenblick nicht betroffen bemerkt, wie sehr ihm die Worte dazu fehlten.

In einem Statement Rimbauds zu seiner Lyrik findet sich die Sehnsucht nach einer umfassenden Sprache genauso wie das Zeugnis für den besagten morphologischen Blick:

»Ich erfand die Farbe der Vokale! – A schwarz, E weiß, I rot, O blau, Ü grün. Ich bestimmte Form und Bewegung jedes Konsonanten, und mit Hilfe triebhafter Rhythmen schmeichelte ich mir, eine poetische Sprache zu erfinden, die, früher oder später, allen Sinnen zugänglich sein würde. Die Übersetzung sparte ich einstweilen auf. Das war zunächst nur Übung. Ich schrieb das Schweigen, die

Nächte, ich zeichnete das Unaussprechliche auf. Ich hielt den Taumel fest.«

Und über den morphologischen Blick:

»Ich gewöhnte mich an die einfache Halluzination: ich sah ganz deutlich eine Moschee an der Stelle einer Fabrik, ich sah, wie Engel Unterricht im Trommeln erteilten, sah Kutschen auf den Straßen des Himmels, einen Salon auf dem Grunde eines Sees; die Ungeheuer, die Geheimnisse ...«

Und dann kommt ein höchst verräterischer Satz, dessen wahre Deutung Rimbaud selber möglicherweise entgangen ist:

»Zuletzt kam ich dahin«, schreibt er, »die Verwirrung meines Geistes geradezu als etwas Heiliges zu empfinden.«

Instinktiv hat Rimbaud gespürt, daß die Fähigkeit des archaischen Bewußtseins, die Welt abbildlich zu erleben, als Vielzahl von Zeichen, hinter denen sich das Allerheiligste verbarg, die Welt und ihre Erscheinungen geheiligt hat, indem sie allem und jedem eine höhere Weihe verlieh. Und die Sprache »entsprach« diesem Umstand insofern, als sie jeder dieser Erscheinungen einen eigenen Wert, ergo ein eigenes Wort zubilligte. Die Sprachen der sogenannten »Primitiven« sind im Gegensatz zu den modernen Nationalsprachen enorm differenzierend und von einem unvorstellbaren Reichtum des Wortschatzes. Häuptling Smohalla hätte uns beispielsweise eine Vielzahl von Namen für den Schnee in seinen unterschiedlichen Stadien nennen können. Wo wir bereits zu Adjektiven Zuflucht nehmen müssen, gibt es bei den kanadischen Indianerstämmen, erst recht bei den Eskimos, Worte für Schnee bei bestimmter Beleuchtung, in dieser oder jener Jahreszeit, in unterschiedlichen Konsistenzzuständen, und wenn das nicht ausreicht, so wird ein neues Wort aus dem Vorrat des Vorhandenen geschaffen. Eine ideale Sprache für Dichter.

Zur Abstraktion, zum abstrakten Denken, wie es MacMurrays Gehirn bewegte, ist sie weniger brauchbar. Und obschon wir so stolz auf diese unsere Fähigkeit zur Abstraktion sind und die Bemühung um sie und um ihre Systematisierung sogar »Liebe zur Weisheit« nennen, ist uns dabei sowohl die Liebe wie auch die Weisheit abhanden gekommen.

Wie in den Naturwissenschaften (und nicht allein in diesen) die Methode das Resultat determiniert, so präsentiert und repräsentiert auch die Sprache als Methode des denkenden Erkennens eine vorbestimmte Wirklichkeit, vielmehr: einen Ausschnitt von ihr, einen Bruchteil. Falls nicht – wie ich den Verdacht habe – überhaupt sogar nur pure Einbildung. Während das konkrete Benennen noch die Totalität widerzuspiegeln sucht und die Fülle ahnen läßt, wird durch das metastasenartige Wachstum der Abstraktion die Sprache selber immer selektionistischer, »wählerischer« im schlechten Sinne, und untauglicher zur Unterscheidung. Indem sie das Gegenständliche gegen den Begriff eintauscht, büßt sie ihre Präzision ein, denn die fahlen Schemen der Begrifflichkeit können nicht einmal die ihnen zugeordnete Bedeutung halten und verfärben sich nach Lust und Laune ihrer Benutzer chamäleonartig von Kontext zu Kontext. Die Abstraktion der Wirklichkeit löst sie selber auf. Und da, wo die Abstraktion zusätzlich Vorzeichen eines Wissensgebietes erhält und zur Terminologie ausartet, verabschiedet sich die Realität ohnehin auf Nimmerwiedersehen. Jede Terminologie schottet ihre Benutzer gegen die Fülle der Wirklichkeit ab, um letztere nur partiell zuzulassen. Jede aus einem geschlossenen Denksystem entstandene Sprache begrenzt nicht nur generell die Skala der Methoden und Mittel zur Kenntnisnahme der Wirklichkeit, sie selber ist in den Kreis der ihr eigenen Schlüssigkeit gebannt, aus dem sie nur befreit werden kann wie der Geist aus der Flasche:

Zum Unheil jener, die sie für dienstbar gehalten haben und nun sehen müssen, wie sich dieses Gespenst über sie erhebt. Zur Ideologie ausgeweitet, scheint solche Sprache von Nutzen, dank ihrer vereinfachenden und funktionalen Klischees, so daß ihre Förderer nicht merken, wie sie immer mehr zu Gefangenen ihres eigenen Redens werden.

Es handelt sich bei unserer so abstrakt gewordenen Sprache um eine, die sich soweit von individueller Erfahrung entfernt hat, daß über sie – wie wir hier schon zu unserem Leidwesen anmerkten – nur auf die gleiche, durch sie konstituierte Weise nachgedacht werden kann. Hingegen wird in der Sprache des Gedichts nichts anderes laut als individuelle Erfahrung. Während die abstrakte Sprache ihre jeweiligen Raster über die lebende oder meinetwegen sterbende, zumindest sterbliche Wirklichkeit legt, um sie solcherart vorzuordnen, wobei nur sichtbar wird, was das Raster gestattet, ordnet das Gedicht die Wirklichkeit nicht nach einem vorgebildeten Muster, ja, es nimmt vielmehr selber deren Ordnung plus Unordnung an. Durch das Medium individuellen Bewußtseins, dessen archaische Grundzüge die Sensoren für sie sind, zeigt sich Wirklichkeit im Bilde, im Gebilde des Gedichts. Ob dabei die Wirklichkeit eine äußere sei oder ob die innere des schreibenden Subjekts, spielt kaum eine Rolle. Stets wird ein Stück einer auf keine andere Art erkennbaren Realität kenntlich, und zwar einer weder theoretisch noch ideologisch limitierten. Darum hat das Wörtchen »Wahrheit« unter den letzten Indianern Europas seine unbezweifelte Gültigkeit behalten. Die Pilatusfrage stellt sich nicht. Weil man genau weiß, daß nur wahr sein kann, was der Wirklichkeit mit einer Sprache abgefragt wird, deren Vokabular nicht autoritär und instrumental ist, und die mehr wiedergibt, als die mechanischen Geräusche des universalen Getriebes. Freilich wird die Sprache des Gedichts, diese *Sprache der Wahrheit*, um es mit einem Anflug von Pathos zu formulieren, immer unverständlicher, was nun keineswegs ihr eigenes Verschulden ist, sondern an der fehlenden Verständnisbereitschaft liegt.

Was die archaischen Sprachen durch ein einziges besonderes Wort treffend auszusagen vermochten, danach strebt die Sprache des Gedichts auf semantischem Wege. Mittels ungewöhnlicher Kombinationen versucht sie, die Bedeutung der Wörter unterschwellig auszuweiten, um assoziativ vorstellbar zu machen, wofür die Bezeichnungen fehlen. Dem heutigen Leser, dem überall alles eindeutig vorkommt, wird insoweit Anstrengung abverlangt, als das Gedicht sich weigert, von ihm wörtlich genommen zu werden. Die dichterische Rede ist nicht Ja-ja, Nein-nein, nicht computerisierbar, nicht datenverarbeitet und auf Abruf bereit. Das erschwert die Situation des Gedichts gegenüber einem qualitativ neuen Analphabetismus. Man kann zwar im allgemeinen lesen und schreiben, dürftig übrigens, aber zur Aufschlüsselung eines Textes sind viele, allzu viele, kaum noch in der Lage.

Das – und daran gibt es keinen Zweifel – liegt an der »Verwissenschaftlichung« der Sprache, eine Unmöglichkeit in sich, die jedoch ein eindimensionales Verstehen zur Folge hat.

Stellen wir uns vor, daß wir nur noch im Soziologendeutsch parlieren würden – was alles bliebe unbegriffen, was alles könnte nicht mehr wahrgenommen werden. Wie tief terminologische Splitter aus »Fachbereichsdialekten« in die Umgangssprache eingedrungen und folgenreich geworden sind, sei hier nur an einer zentralen Vokabel der Psychoanalyse aufgewiesen: an der »Verdrängung«. Dieses Wort hat seinen festgelegten Platz in der Praxis des Psychiaters verlassen und grassiert wie ein außer Kontrolle geratener Virus. Diesem Virus will es gelingen, ein anderes Wort zu zerstören, zumindest zu überdecken: das Wort »Vergessen« nämlich. Wir sind dahin geraten, daß der Bankangestellte, eine Einzahlung annehmend, den Kunden um Nennung seiner Kontonummer bittet, mit der Begründung, er habe die Kontonummer des Kunden »verdrängt«. Aber beide Worte sind keine Synonyme, stammen aus ganz anderen Zusammenhängen und tun daher auch ganz etwas anderes mit uns, sobald wir uns ihnen tätig unterwerfen. Während das Vergessen ein passiver und regenerativer Vorgang ist, manchmal sogar ein Schutz für den, der vergißt, gleicht das Verdrängen dem unkontrollierten Verstecken von etwas Unangenehmen in den untersten Fächern der Seele. Dieser Unterschied zeitigt auch unterschiedliche Folgen. Der falsche Sprachgebrauch führt notwendigerweise zum falschen Empfinden, zum falschen Verhalten – auch wenn sich das niemals wird beweisen lassen. Die feiner gesponnenen Fallstricke für unser Denken und Fühlen und Handeln aufzudecken, sind wir außerstande. Und wie viele solcher aus ihrem Zweckverbund gerissenen Wörter beeinträchtigen unsere Mitteilungen über alles und jedes, nicht zuletzt über unsere eigene Person, die dadurch für uns selber immer unfaßlicher wird. Um substanziell in Erscheinung zu treten, fehlt ihr die verbale Haut. Wir sind mit unserer Sprache arm geworden, wie der Araukaner sagte, und haben infolgedessen die Grenzlinie überschritten, jenseits derer uns dieser Umstand noch schmerzlich bewußt gewesen ist. Wir haben uns nicht allein an diese Armut gewöhnt, wir empfinden sie schlimmerweise als Normalzustand und betrachten unseren Verlust gar noch als Gewinn, was sich in der Überheblichkeit kundtut, sobald wir zu Menschen sprechen, die auf unsere, mit wertlosen Kenntnissen gespickte Beredsamkeit nicht wie erwartet reagieren. Bildung meint heutzutage kaum noch die aus einem kulturellen Fundus gespeisten persönlichen Ausdrucksmöglichkeiten, statt dessen den Besitz von Wissen, welches – wie Nicolas Born schrieb – sich selber nicht weiß.

Außer der zunehmenden Abstraktheit führt die Fremdbestimmtheit der Sprache dazu, daß der einzelne, wenn er von sich spricht, es in einer Weise zu tun gezwungen ist, die ihn unweigerlich als Fall klassifiziert. Es ist nicht sein Schicksal, das in einem erlösenden oder befreienden Sinne »zu Worte kommt«, es damit vielleicht rechtfertigend oder verwerfend, eher ähnelt das Selbstbekenntnis einer Diagnose, der nur noch das therapeutische Resümee fehlt. Und diese Methode, durch die wir uns absolut mechanistisch auffassen, wenden wir mit dem gleichen, nämlich ausbleibenden Erfolg, auch auf unsere Vorfahren an. Wir sehen in den vergangenen Generationen nur uns selbst und unterschieben ihnen unaufhörlich unsere eigenen Manien und Ängste. Unsere Überzeugung, daß sie schlimmer dran waren als wir, geht von unserem aktuellen Ich aus und imaginiert dieses gute Stück einfach in andere Ambiente: Ein Unternehmen, dessen Erträge faule Früchte sind.

Dieselbe Konstellation, wie wir sie zwischen Häuptling Smohalla und Major MacMurray erleben, wiederholt sich vor unseren Augen noch einmal zwischen Vergangenheit und Gegenwart. Mitleidig und überlegen betrachten wir das Gestern, ohne auf die Idee zu kommen, daß es, nein, nicht etwa besser in sozialer Hinsicht gewesen ist, wohl aber daß es Qualitäten hatte, die festzustellen wir gar nicht mehr in der Lage sind. Erneut bietet sich hier die Analogie zu den Indianern an, von denen wir wissen, daß ihnen von der Kopfschmerztablette bis zum elektrischen Rasierapparat nahezu alles fehlte; daß sie weder Weltkriege geführt hatten noch fremde Völker beherrscht; daß sie keinen Goethe hervorbrachten, keinen Beethoven, keine »New York Times«, und nicht einmal ihren großen Geist zum Autor des Buches der Bücher machen konnten. In Erkenntnis all dieser Mängel haben sie es trotzdem vorgezogen, ihre Mängel beizubehalten. Für jeden von uns ist es selbstverständlich, daß Ströme von Menschen aus meist ökonomischen Gründen dahinfließen, wo es sich »gutsein« läßt – warum stellten sich die Indianer so bockbeinig?

Nicht allein die Diffamierung als minderwertige Minorität hat ihre Integration verhindert, etwas weitaus Wesentlicheres hat ein erstaunliches Desinteresse an unserer Zivilisation geschaffen, dem wir nicht folgen können. Etwas, das wir nicht einmal ahnen.

Aber wir wollen unser Klagen beenden und zur Sprache zurückkehren. Was wir noch nicht erwähnten ist, daß sie neben ihrer funktionalen und instrumentalen Bestimmtheit auch die des Fungierens hat, und zwar auf eine heimtückische Art und Weise. Was in früheren Jahrhunderten verlegen vertuscht wird, entwickelt sich später zur staatlich vollzogenen Sprachregelung. Harmlose Wörter wie »Endlösung« und »Sonderbehandlung« erwecken jetzt einen Schauder, nachdem bekannt wurde, was sich dahinter verbarg. Das öffentliche Sprechen tendiert ständig zu Beschönigungen. »Entsorgen« ist eines dieser Wörter, die uns Sorgen bereiten, weil sie das Gegenteil von dem suggerieren, was sie eigentlich benennen. Da uns Herstellung wie Aufbewahrung hochgiftiger und radioaktiver Stoffe mit den schlimmsten Befürchtungen erfüllten, hat das Wort zu leisten, was die Praxis nicht vermag: uns dieser Sorge, dieser Befürchtungen zu entheben. Was de facto dahintersteckt, ist die Umwandlung des Planeten in eine Zeitbombe. Sogar wenn wir um den klartextlich ausgesprochenen Krieg herumkommen, was uns im Laufe der nächsten Jahre und Jahrzehnte, und wer weiß wie lange noch, unter die Schuhsohlen geschoben wird, muß eines Tages zur Katastrophe führen. Einzig ihre Größenordnung wissen wir nicht im voraus. Mit der unabweislichen Einsicht in diese Tatsache verändert sich der Gebrauch der »Entsorgungs«-Formel. Aus Selbsttäuschung und Heuchelei wird lebensbedrohender Betrug. Das Festhalten an solchen Euphemismen gegen die wachsende Erkenntnis ihres wahren Charakters kriminalisiert ihren Benutzer – nicht in strafrechtlicher, wohl aber in moralischer Beziehung.

Von den Euphemismen, die Sachbestände verkehren, bei Orwell »Neusprache« genannt, zur Fungierung sind die Übergänge fließend. Die fungierende Sprache ist eine, die an die Stelle dessen tritt, was faktisch abwesend ist. Kein moderner Absolutismus ohne fungierende Sprache, die den Untertanen das Potemkinsche Dorf bereitstellt, in welchem sich aufzuhalten sie wähnen sollen. Die fungierende Sprache, die eine unerreichte, unerreichbare Realität zu ersetzen hat, muß naturnotwendig andere, einer lebendigen Sprache innewohnenden Möglichkeiten des Weltverstehens und der Welterfahrung dieser ihrer einzigen Funktion unterordnen. Dadurch wird sie starr und statisch, da sie nicht länger auf Erkenntnis ausgeht, sondern mit ihrem Zeichensystem einen fiktiven Zustand als bestehend deklariert. Indem sie für inexistente Realität einsteht, erleidet diese Sprache selber einen umfassenden Realitätsverlust. Sie bekommt etwas Scheinhaftes und Unwahres. Gleichzeitig verliert sie ihre Tauglichkeit für den einzelnen zum Ausdruck seines Befindens. Selbstverständlich ist jede persönliche Färbung, jeder individuelle Duktus undenkbar, da ihre Zweckbindung sie auf einen einzigen Nenner bringt und dort verfestigt.

Ich habe das etwas ausführlicher vermerkt, um den Gegensatz zur Sprache des Gedichts überdeutlich zu machen. Unabhängig von allen politischen oder sonstigen inhaltlichen Intentionen erweist sich das Gedicht innerhalb des Bereichs einer fungierenden Sprache als Fremdkörper sui generis. Das im Gedicht wirksame archaische Bewußtsein kollidiert unbeabsichtigt mit jenem Bewußtsein, dem, verkürzt gesagt, nicht die Welt zum sprachlichen

Bild wird, sondern die abstrakte Sprache zur Welt. Ein größerer Widerspruch ist kaum denkbar. Und seine logische Konsequenz ist dann auch meist die Unterdrückung derjenigen, die sich den brachial durchgesetzten oder aufrechterhaltenen Sprachregulierungen widersetzen. Ein Indianerschicksal! Denn in der dichterischen Sprache steckt unartikuliert die Widerlegung des sogenannten »Fortschrittes«, seine Leugnung und Mißachtung, welche ihre Berechtigung aus einem starken Empfinden des Einklanges mit den Gegebenheiten der Natur bezieht, aus einem Gefühl kosmischer Einheit, das sonst aus den anderen sprachlichen Medien verschwunden ist. Darum liest sich jedes Gedicht wie eine Verlustanzeige, ohne daß der Gegenstand des Verlustes besonders benannt werden müßte. Zwischen dieser unabdingbaren Ausgangsposition und der intellektuellen Unterwerfung unter die Zwecke gesellschaftlicher Maschinerien ist eine Vermittlung unmöglich, geschweige denn eine Annäherung. Sowenig das archaische Bewußtsein den Aufgaben und Zielen der zu »Hochzivilisationen« ernannten Gesellschaftssysteme gerecht werden kann, ohne sich selber auszulöschen, so wenig kann das Gedicht sich einer unbestreitbar notwendigen politischen Praxis unterordnen. Beide, archaisches Bewußtsein wie das ihm entspringende Gedicht, haben die Eignungsprüfung des Utilitarismus nicht bestanden. Und unsere Crux besteht darin, daß wir diesen unaufhebbaren Gegensatz überhaupt nur in der abstrakten Sprache des eingeschränkten Bewußtseins selber darzulegen und zu diskutieren vermögen. Wir sprechen sozusagen in der Sprache unseres Feindes über unsere, von ihm uns zugefügten Leiden.

Am Ende kehren wir zur Ausgangssituation zurück. Wie die beiden konträren Bewußtseinsformen und die ihnen eigenen Sprachen einander gegenüberstehen, so ist ihre gegenseitige Fremdheit und Beziehungslosigkeit in

Häuptling Smohalla und Major MacMurray verkörpert, unseren Leitfiguren für ähnliche Figurationen im luftigen Reich der Ideen.

Und ein Weiteres scheint vorweggenommen in der Begegnung dieser beiden Männer, falls wir den Mut haben, darin mehr zu sehen als nur die personalisierte Berührung unterschiedlicher Kulturkreise. Smohallas ferneres Geschick, wie das seines Volkes, könnte das der Dichter und ihrer Gedichte vorausmelden: sie werden unaufhörlich als Anachronismen aus einem technisch-ökonomischen Wirkungsgewebe an dessen Rand gedrängt, wo ihnen noch nicht einmal das Gnadenbrot sicher ist. Die einstmals mächtige Wirksamkeit der Dichtung, von der noch bei den Dichtern der Spätromantik ein letztes Flackern kündet, mußte mit der Adaption des allgemeinen Bewußtseins an jenes überwältigende Gefüge enden, das von kritischen Geistern »Megamaschine« genannt wird. Den letzten Indianern Europas sind noch ein paar Reservate zugestanden, in denen sie ihren sonderbaren und überlebten Riten frönen können – manchmal für ein Eintrittsgeld, den Buchpreis, bestaunt und sogar bewundert.

Trotz aller öffentlichen Versicherungen, die Dichter gehörten zur Gesellschaft und seien Teil von ihr – sie können gar nicht dazugehören, ohne ihr Wesen aufzugeben. So wie die letzten nordamerikanischen Indianer nicht den berühmten »Way of Life« gehen und dennoch Indianer bleiben dürfen.

Am Schluß bleibt uns die Frage, ob diese Mini-Minorität mit ihrer schwer verständlichen Sprache und ihrem altertümlichen Bewußtsein, ob die Dichter also eines Tages auch noch ihre Stellung als lebende Fossilien einbüßen und vom betonierten Erdboden verschwinden werden. Oder ob sie nicht eventuell so etwas sind wie eine Handvoll Samenkörner einer ausgestorbenen Pflanzensorte, die die Chance einer Wiederkehr erhält, sobald man die Körner erneut zum Blühen bringt – um einmal im Stile Smohallas zu reden. Wobei jedoch zu fürchten ist, daß diese Chance von Tag zu Tag geringer wird.

Wenn es uns auch nicht gegeben ist, unsere fehlgelaufene Entwicklung umzukehren oder umzulenken, so wollen wir uns doch wenigstens durch das dichterische Wort an das erinnern lassen, was wir rettungslos versäumt haben – uns den Traum zu bewahren, der Leben heißt.

Der Schlüssel zum Lebenszusammenhang

Literatur als Mythos

Wenn wir unter Mythos, verkürzt gesagt, eine frühgeschichtliche Anschauungsweise verstehen, die der Sinnlosigkeit und Rätselhaftigkeit des unbegreiflichen irdischen und kosmischen Geschehens zu Sinn verhilft, dann müssen wir einsehen, daß Mythos nach wie vor existiert, obgleich in anderer, unauffälligerer Form.

Eine der Metamorphosen von Mythos ist die Geschichte, manifest als ihre Beschreibung. Sie ist der letzte konsensfähige Mythos. Rückblickend erkennen wir, daß Geschichte nicht zufällig zu einem weltbewegenden Gegenstand der Aufzeichnung wurde: nämlich just in dem Augenblick, da die christliche Mythologie Überzeugungskraft und Einfluß verliert. Das allgemeine Interesse an der Geschichte, das erst zusammen mit der Aufklärung und ihren emanzipatorischen Bewegungen entsteht, die historische Legitimationen suchen, wirkt auf die Geschichte zurück. Indem man in der Geschichte eine Kette von Ursachen und Wirkungen zu sehen meint und zugleich auch ein Vermächtnis, als dessen Erbe man sich versteht, wird Geschichte ganz ahnungslos mit der überwunden geglaubten Schicksalhaftigkeit des Mythos und der Mythen neu ausgestattet. Ihre Gestalten und Ereignisse bekommen etwas Zwangsläufiges, unwiderleglich Notwendiges, so daß sie den archaischen Topoi ähnlich werden. Wie diese zeigen sie den Charakter von unumstößlichen Determinanten, für die kein anderer verantwortlich zu sein scheint als die Geschichte selber. Sogar der historische Materialismus, der sich als Wissenschaft geriert, weil er meint, objektive Maßstäbe zu besitzen, schafft am Mythos Geschichte weiter.

Gerade der Marxismus als reduktionistische Weltsicht, welche alle inneren Erfahrungsbereiche, alle Psychologie ausgeschieden hat, muß darum überbetonen, was ihr als einzige schlüssige Grundlage menschlichen Daseins übriggeblieben ist: eben Geschichte. Ähnelt nicht die marxistische Geschichtsauffassung in ihrer Darstellung von überwältigenden, ursächlichen Auseinandersetzungen den Kämpfen der Götter und Heroen, sobald man die Terminologie in eine weniger arrivierte Sprache übersetzt? Was bedeutet jener endzeitliche Kampf zwischen Proletariat und Bourgeoisie, das sogenannte »Letzte Gefecht«, nach welchem die »Vorgeschichte« der Menschheit beendet sei und ihre wahre Geschichte überhaupt erst beginne, wenn nicht die überwältigende Vorherrschaft des Mythos im neuen Gewand? Allein der Gedanke, daß der Mensch bis dahin Objekt der Geschichte bleibe, regeneriert einen Olymp, auf dem bereits alles vorentschieden wird, und inthronisiert damit einen Deus ex machina ungeahnten Ausmaßes. Dabei handelt es sich um nichts anderes als eine »Sinngebung des Sinnlosen«, wie Theodor Lessing die Geschichte bezeichnet. Und diesem großen, sinngebenden Mythos haben Menschen – weit über die Abschaffung alltäglicher Not hinaus – ihr Leben geweiht und sind ebenso folgerichtig an ihm zugrunde gegangen.

Um ihre Funktion als Mythos zu bewahren, mußte und muß Geschichte ständig umgeschrieben werden. Es ist jene »Arbeit am Mythos«, die sie am Leben erhält. Sie kann jedoch niemals den Mythos-Charakter der Geschichte selber aufgeben, ohne überflüssig zu werden. Geschichtsschreibung ist nicht nur Arbeit, sie ist Dienst am Mythos. Diese mythische Wirkweise der Geschichte ist dem Menschen nicht bewußt. Weil er in seiner rationalen Aufklärungssucht den klassischen Mythos und die alten Mythen zu »vorwissenschaftlichen Erklärungen von Naturgewalten« abgewertet und zu Kinderkram aus der Frühzeit ernannt hat, was auch Marx noch, freilich freundlich, tradiert, begab er sich selber der Möglichkeit, spätere Spielarten des Mythos als solche zu erkennen. Aus dieser mangelnden Einsicht heraus ist er der Macht des Mythos immer wieder verfallen, wenn dieser als Geschichte auftrat. Geschichte als regelloser Ablauf zufälliger Geschehnisse hätte niemals das Geschick ganzer Völker bestimmen können, besagte die Annahme. Nur im Mythos Geschichte meinte der Mensch sich jeweils widerzuspiegeln – wie sich vermutlich im Altertum der antike Mensch in seinen Mythen wiederbegegnete, wenn wohl auch nur als Angehöriger seiner begrenzten Gemeinschaft.

Gerade Deutschland ist ein Paradebeispiel dafür, wie sehr Geschichte als Mythos wirkt. Es widerspricht keinesfalls den sachlichen Erklärungen, welche die beiden von Deutschland angezettelten Kriege nebst den ungeheuerlichen Massenmorden an Wehrlosen als Folgen besonderer ökonomisch-politischer Zustände darlegen, wenn wir zugleich und zusätzlich feststellen, daß es sich um deutliche Versuche gehandelt hat, die deutsche Geschichte zu korrigieren und einen zerstörten Mythos zu restaurieren. Unternehmungen wie diese sind eben auf ausschließlich rational eindeutige Ursachen nicht zurückzuführen. Ziel war ja, unter anderem, die Überführung des mythisch verstandenen Deutschland in die Realität. Das Tausendjährige Reich als bloßer Propaganda-Trick hätte kaum solche Ergebnisse gezeitigt, wäre der Mythos darin nicht auf eine Empfänglichkeit gestoßen, die von der Aufklärung, statt aufgehellt zu werden, verdeckt worden war. Wenn wir heute die alten Filmstreifen betrachten, diesen überschwenglichen, hysterischen Jubel beim Auftreten Hitlers, so schütteln wir den Kopf, ohne zu ahnen, daß ein Mythos sich da verlebendigte. Etwas durchaus Bacchantisches, Mänadisches läßt sich blicken, ein Rausch, der kaum aus der Zufriedenheit über einen Arbeitsplatz, über eine Urlaubsreise, über eine neu geregelte staatliche Ordnung stammt. Es ist dieser historische Moment, da der Mythos Geschichte sich zu verwirklichen scheint, dem die älteren Deutschen nachhängen. Plötzlich gab es keine deutsche Misere mehr, vielmehr kulminierte im Dritten Reich sinnfällig alles Bisherige, das zur »Vorgeschichte« degradiert worden war. Aufs unheimlichste kam in Hitler die Geschichte zu sich selbst.

Wie Gott ohne Gläubige nicht existiert, so gibt es keine sinnfällige Geschichte, keine sinnfällige Organisation unserer engeren oder weiteren Umwelt, wenn wir sie nicht erst mit Sinn ausrüsten. Aber der Sinn, den wir der Welt unterstellen, muß immer erst erfunden werden, denn in der Welt selber ist er nicht enthalten. Ohne Mythenbildung vermögen Menschen nicht zu leben.

Und wenn es nicht der Mythos »Geschichte« ist, dem man sich unterwirft, so gibt es von der Geschichte ausgeworfene Mythen genug, um unser Leben beziehungsvoll zu machen: die Nation, die Heimat, die Freiheit, Gleichheit, Brüderlichkeit, Demokratie, Sozialismus, Kultur und als ein für Intellektuelle speziell hergestellter Mythos: die Utopie. Die Utopie bildet einen ganz besonders subtilen Mythos, denn sie ist ein besonderes Filtrat der Geschichte und zugleich ihr anstrebenswertes, ewig unerreichbares Ziel; mit einem Wort: der Mythos für die gehobenen Stände oder meinetwegen für die nachdenklicheren Köpfe. Freilich ist diese sozial grundierte, eschatologische Utopie, ihr »Prinzip Hoffnung«, schon ein gut Stück Literatur.

Wie die Geschichtsschreibung immer nur Geschichte variiert und paraphrasiert, so befaßt sich auch die Literatur unentwegt mit einem gleichen Thema: dem Individuum, über das nach Jahrtausenden eigentlich alles gesagt sein müßte, falls wir den Biologen und Neurologen und

Psychologen Glauben schenken wollen. Daß sich dennoch stets aufs neue Schriftsteller an ihren Schreibtisch setzen, hat abgesehen von allen obsessiven Antrieben, etwas von dem, was ich, Blumenberg zitierend, »Arbeit am Mythos« genannt habe. In dieser unaufhörlichen Interpretation unseres menschlichen Daseins steckt dieselbe Manie wie in der Geschichtsschreibung, es steckt dahinter der Mythos des Subjektiven, das sich sein Erdenwallen mit Vernunftgründen nicht deuten kann.

Denn warum lesen wir?

Wir lesen ganz gewiß nicht Proust oder Kafka, um über den Salon der »Belle epoque« unterrichtet zu werden oder aus philologischem Interesse am Prager Kanzleistil. Sobald wir uns lesend einem Buch hinzufügen oder beigesellen, erleben wir eine Unio mystica, ein Einswerden mit dem Text, indem wir ihn aus seinem Zustand zeichenhafter Abstraktion erlösen und in unserem Kopf zu Bildern verwandeln, in denen wir persönlich auf nicht ganz geheure Art anwesend sind. Wer diesen Vorgang für trivial hält, ist durch »Wissenschaftlichkeit« erblindet. Ich jedenfalls finde für diesen Vorgang nur eine Parallele: die Initiation. Es ist wie eine Einweihung in ein und Teilnahme an einem Mysterium.

Schillers Sentenz über die Geschichte, sie sei das, was sich nie begeben habe und immer begibt, trifft auch auf die Literatur zu. Und wir, als Leser, nehmen teil an dem, was sich niemals begab und dennoch immer begibt. Und unsere inständige, innige Teilhaberschaft daran beweist unsere Mythengebundenheit: weil wir an etwas teilnehmen, das weder Progreß noch Evolution kennt, da es sich ja nie und nimmer *wirklich* begeben hat.

Unser tägliches und recht alltägliches Leben wird dadurch erst erträglich, daß wir es zu unserer Lektüre in Beziehung setzen. Nicht allein, daß die Figuren der Literatur unser Leid teilen, wir teilen auch das ihre in einem reziproken Prozeß, der uns die Illusion vermittelt, wir hätten »mehr« gelebt. Wir glauben, wir hätten an Lebensfülle gewonnen, wir seien reicher oder tiefer oder sensibler geworden, ja, wir glauben sogar, wir hätten an Erfahrung zugenommen, obschon wir diese Erfahrungen selber gar nicht gemacht haben. Durch den Fokus der Literatur erleben wir unsere Umwelt, unsere Umgebung. Unsere Vorstellungen von Glück, von Freundschaft, von Liebe, von Menschlichkeit sind geprägt von Literatur. Wir werten, messen und wägen auch, ich betone das »auch«, nach unbewußt gewordenen Leitbildern, nach Leitmotiven, von denen unser Wissen nichts mehr weiß. Insofern steht unsere individuelle Existenz unter einem mythischen Aspekt. Denn der Mechanismus, der unser Erfahrungsvermögen bestimmt, ist seit Urzeiten kaum verändert. Wir haben die Welt zwar entgöttert und um ihr Geheimnis gebracht, stellen wir fest, aber unsere Unterwerfung unter scheinrationale Fiktionen und unsere Sehnsucht nach Geheimnis sind erhalten geblieben. Ja, alle Naturwissenschaft, welche uns die sogenannten Welträtsel erklärt hat, vermochte nicht, uns unser Dasein als Menschen und das Universum, in dem wir uns aufhalten, wirklich begreiflicher zu machen. Im Gegenteil: Je mehr Hypothesen, je mehr Zahlen wir anhäufen, je mehr Forschungsergebnisse vorliegen, um so mysteriöser wird unser Sein und das der Natur.

Literatur versetzt uns in die Lage, unseren eigenen Lebenskreis fiktiv und doch glaubwürdig zu überschreiten, ein Geschehen, das, obschon enorm abgeschwächt, noch etwas von den urtümlichen Mysterien birgt: Was einst die Mimesis von Tod und Wiedergeburt war, besteht nun für den Lesenden darin, daß er mit den Figuren seiner Lektüre stirbt und doch am Leben bleibt. Doch der Sinn der Sache ist nicht, sich durch Lesen auf das Unausdenkbare vorzubereiten. Zu diesem Zweck kaufte niemand ein Buch.

Der Sinn, wie ich denke, liegt einfach darin, daß die völlige Sinnlosigkeit und Grundlosigkeit des eigenen Lebens aufgehoben wird in der Schlüssigkeit des durch ästhetische Ordnung stringenten und teleologisch gewordenen Seins.

In der Lyrik, im Gedicht, macht sich noch ein anderes Moment bemerkbar, das viel tiefer verschüttet, fast sedimentiert vorliegt: eine Ahnung der direkten Zwiesprache mit etwas Numinosem. Während uns die erzählende Prosa oder das Schauspiel in fremdes Leben, das zu unserem eigenen wird, einbeziehen, erfordert und erreicht das Gedicht ein weniger vermitteltes Sich-in-Beziehung-Setzen. Was Hugo Friedrich in den »Strukturen der modernen Lyrik« »leere Transzendenz« nennt, das heißt, ein Transzendieren des Gedichts ohne entsprechendes Objekt, ohne Gott und Götter, trotzdem ausgestattet mit dem gehobenen Ton des Sprechens zu einem Du, das als Adressat nicht mehr vorstellbar ist, das mag einer der mythischen Züge des Gedichts sein. Das Gedicht, bekanntlich aus großer zeitlicher Ferne kommend, eine sibyllinische, dem Gebet und dem Zauberspruch verwandte Redeweise, hat seinen Ursprung nie völlig eingebüßt. Das Gedicht besitzt immer noch das Beschwörende, aktueller gesagt: das Evokative, das durch bildliche Assoziation die beschworene oder aufgerufene Sache in der Vorstellung des Lesers erscheinen läßt. Das Metaphorische des Gedichts verweist auf seine Herkunft, auf das besagte Numinose, das sich jeder konkreten Bezeichnung entzog und entzieht und das der Umschreibung bedurfte, um imaginierbar zu werden. Merkwürdig jedenfalls, daß die Anrufungshaltung des Gedichts, an welches Du oder Ich es sich wenden mag, in diese Initimität etwas miteinbezieht, was aus den alten Tagen herrührt, da Pan noch nicht tot war.

Ich bin mir ziemlich sicher, daß es keine Literatur ohne

diesen oder einen ähnlich gearteten mythischen Gehalt gibt noch geben kann. Was eine platte Rezeptions-Ästhetik als »Aha-Effekt« bezeichnet, jene überraschende Übereinstimmung mit dem literarischen Gebilde, bedeutet nichts anderes als einen kurzfristigen emotionalen Einklang mit einer besonderen, aber insgeheim allgemeingültigen Position. Als sei partiell und sekundenlang unsere Entfremdung und Abtrennung von einer allumfassenden Einheit aufgehoben. Das und nichts anderes bewirken Gedichte, unabhängig von ihren Stoffen, Themen und Stilen.

Aber dieser Einklang ist auf keine andere Weise zu benennen als durch den Begriff des Mythos, der, wie eben auch das Gedicht, ein Weltbewußtsein enthält, das grundiert ist von Staunen und Erschrecken. Das Gedicht erlöst keinen von der Sinnlosigkeit und Zufälligkeit des Lebens, aber es gibt dem Leser das Gefühl, in einen nur zu ahnenden Zusammenhang wieder aufgenommen zu sein. Einige wenige Zeilen sind der Schlüssel zu einem Raum, aus dem wir uns selber ausgesperrt haben und der wahrlich ein »Lebensraum« gewesen ist. Unsere Hybris besteht darin, daß wir diesen Raum nicht mehr betreten können, nur die Tür einen Spalt weit öffnen, um unseres Verlustes ansichtig zu werden.

Erstes Buch Mose:
Die Schlange und die Vertreibung

Das eigentliche Rätsel der Bibel, insbesondere des Alten Testamentes, besteht darin, daß es sich um eine Sammlung unauflösbarer Widersprüche handelt, und daß diese Widersprüche von den Gläubigen durch die Jahrhunderte hindurch blindlings hingenommen und akzeptiert worden sind. Jedenfalls will es uns auf den ersten Blick so vorkommen. Ein eifernder Atheismus hat darin nichts anderes als die Tradierung der Dummheit sehen wollen, eine permanente Belieferung des Volkes mit geistigem Opium. Dabei hat jedoch dieser Atheismus völlig die Voraussetzungen des Glaubens verkannt, nämlich die Angst und die innere Leere, das Bedürfnis nach Metaphysik und die Sehnsucht nach Transzendenz. Und trotz der Übermacht eines wohl oft schon zwanghaften Verlangens, glauben zu wollen, ist das Alogische und Uneindeutige, das jeder Empirie Widersprechende der Bibel nicht fraglos hingenommen worden, denn den Gebrauch dieses Buches der Bücher begleitet von Anfang an die Interpretation, welche in unserem speziellen Falle »Theologie« heißt. Sie setzt schon früh ein. Der Streit um die »richtige« Auslegung des heiligen Wortes, so scheint es uns heute, beginnt fast gleichzeitig mit der Niederschrift des Werkes. Erst in unseren Tagen verlieren diese Auseinandersetzungen an Kraft, wird die Deutung bläßlich, indem sie den Inhalt des Buches *gleichnishaft* verstanden wissen möchte.

Welche Mühen und wieviel Nachdenken die Exegese begleitet haben müssen, wird einem klar, betrachtet man nur einmal die wohl stets bloß beiläufig gelesene Formel von der Erschaffung des Menschen, die einen Rebus in sich bildet: »Und Gott schuf den Menschen ihm zum

Bilde, zum Bilde Gottes schuf er ihn; und schuf sie, einen Mann und ein Weib.«

Die sich sogleich einstellende Frage, nach der Natur Gottes, hat viel Kopfzerbrechen bereitet. Im Sohar, dem Heiligen Buch der Kabbala, wird dieser erste Mensch als eine Art Janus verstanden, in dem das männliche und das weibliche Prinzip vereint auftreten, bis letzteres vom Menschen abgespalten wird und Personalisierung erfährt durch jenen berühmten chirurgischen Eingriff, der Adam eine Rippe kostete, und der für die Witzblätter einer aufgeklärten Epoche unerschöpflichen Stoff lieferte. Erst durch diese Abspaltung des Weiblichen verliert der Mensch seine ursprüngliche Einsamkeit. Anfangs scheint an wenig mehr gedacht, als an ein Robinson-Freitag-Verhältnis, da es heißt: »Es ist nicht gut, daß der Mensch allein sei; ich will ihm eine Gehilfin machen, die um ihn sei ...« Gott, obschon allwissend und sich als Modell benutzend, ahnt offenkundig nicht, was er da herstellt. Im Begriff der »Gehilfin«, der »Hilfskraft«, lebt keine Ahnung von der Macht des Eros, von der dialektischen Gewalt des Geschlechts. Gottes Ahnungslosigkeit ähnelt der eines modernen Naturwissenschaftlers, dem die Folgen seiner Innovationen ebenfalls nicht klar sind. Wie auch immer: Es entsteht das Weib, welches der Mensch selbstgenügsam bis dahin nebenbei mit gewesen ist.

Die Gnostiker der zweiten Hälfte des ersten Jahrhunderts nach Christi gingen kühn einen Schritt weiter als die Rabbinen. Für sie besagte die Schöpfungsgeschichte nicht mehr und nicht weniger, als daß Gott zweigeschlechtlich sei. Ein Gedanke, der sofort von der Ecclesia militans, von der kämpfenden Kirche der Märtyrer, die sich vom Nullpunkt an hierarchisch organisierte, abgelehnt und bekämpft wurde. Nicht nur, weil die Vorstellung zu heidnisch gewesen wäre, sondern weil sie vermutlich eine Gleichberechtigung der Frau implizierte, von der im urchristlichen oder judenchristlichen Patriarchat keine Rede mehr sein sollte. Dennoch wucherten neben den kanonischen Modifikationen und Auslegungen der Texte insgeheim andere Deutungen weiter. Abweichler lasen aus der Bibel Abweichendes heraus und wurden, obwohl sie sich auf das göttliche Wort und ihre eigene Buchstabentreue beriefen, als Häretiker verketzert. Gerade weil die Möglichkeiten des Verstehens so vielfältig sind, ist auch die Verlockung enorm, entsprechend der eigenen spirituellen und seelischen Kondition, sich in Spekulationen zu ergehen und sich möglicherweise auch darin zu verlieren. Dieser Verlockung will ich mich nicht entziehen und meine Überlegungen zu den beiden Grundmotiven der Vertreibung aus dem Paradies darlegen: Der Schlange und dem Sündenfall.

Das dritte Kapitel hebt in demselben apodiktischen Tone an, von dem die Bibel weitgehend geprägt ist, und der allein schon dadurch jeden möglichen Zweifel abwehrt. Die sprachliche Einmauerung des Gesagten ist perfekt. Begründungen kommen nicht vor, Ursachen und Entwicklungen werden nicht angedeutet, alles ist wie es ist, so daß dem Gläubigen nichts anderes übrig bleibt als die Kapitulation mit dem Eingeständnis »Credo quia absurdum«: Ich glaube, weil es so unwahrscheinlich ist. Ohne jedes »Weil« und »Daher« heißt es schlicht und einfach: »Und die Schlange war listiger denn alle Tiere auf dem Felde, die Gott der Herr gemacht hatte, und sprach zu dem Weibe . . .«

Warum ausgerechnet die Schlange verteufelt wurde, bleibt unaufgehellt. Und auch ihre besondere Listigkeit, die sie ja als außerordentliche Eigenschaft von ihrem Schöpfer erhalten haben muß, wird diesem nicht angelastet und durch keinen Hinweis begreifbar gemacht. Zwangsläufig hat die Theologie, wahrscheinlich ebenfalls von Beweisnot getrieben, sie als Erscheinungsweise des

Bösen erklärt. Die Schlange ist der Teufel, aus und fertig. Obschon der Text selber solche Behauptung nicht stützt, denn die Schlange bleibt der nachparadiesischen Realität verhaftet, da sie verflucht wird. Ihr künftiges Schicksal ist es, von den Nachkommen Evas zertreten zu werden und ihnen allerhöchstens in die Ferse stechen zu dürfen: ein dem Satan durchaus unangemessenes Niveau.

Warum also dieser Aufwand wegen des Tieres?

Die Schlange, dessen bin ich sicher, hat eine traurige Verwandlung durchmachen müssen, eine Ideologisierung, modisch ausgedrückt, damit sie auf der Bühne des Alten Testaments den Schurken spielen konnte. Vordem nämlich war sie heilig. Und nicht nur das: Asklepios, besser bekannt als Äskulap, war als Gott ursprünglich eine Schlange gewesen und wurde später mit der Entwicklung der Medizin im griechischen Altertum zum menschengestaltigen Heilgott, zum »Heiland«. Aber noch im Kurbezirk von Epidaurus, jener frühen homöopathischen Heilstätte, galten weiterhin die dort wimmelnden Schlangen als Verkörperung des göttlichen Therapeuten.

Schlangen waren oft Haustiere (wie auch das Wiesel) zur Vertilgung der Nager und anderen Geziefers, da Katzen noch unbekannt waren. Die Kinder spielten mit ihnen, und die Damen des gehobeneren Lebenszuschnittes kühlten mit den wechselwarmen Geschöpfen ungeängstet Hals und Brüste. Die Schlange trug ein positives Vorzeichen. Für das Christentum, dem die ganze Antike vernichtenswert vorkam, mußte darum die Schlange als eines der Symbole eben dieser Antike gelten. Dieses Symbol hat dann die siegreiche Kirche »umfunktioniert« und in sein Gegenteil verkehrt. Der Ekel vor Schlangen ist eine historisch entstandene Aversion und durch kein »echtes« Gefühl begründet. Das Alte Testament, dieses Stück Literatur, hat durch ständige Rekapitulation eine physische Reaktion hervorgerufen, an der wir immer noch laborieren.

Aber die List? Warum wird dem armen Geschöpf auch noch solche einzigartige List zugeschrieben? Stammt dieses nicht vielleicht aus dem Assoziieren ihrer Flinkheit mit der Weisheit oder Schlauheit jener »Medizinmänner«, jener Priesterärzte, deren Signet und Berufszeichen sie war? Waren die Priesterärzte nicht die kenntnisreichsten Leute ihrer Zeit, da sie außer praktischer Heilkunde auch Psychotherapie betrieben? Mußte sie nicht einem einfacheren Gemüt unheimlich vorkommen? Erst der jüdische Monotheismus, dann das Christentum haben mit dem Feindbild »Heidentum« auch alle Werte ihrer Glaubensgegner diffamiert und verworfen. Insofern ist das Alte Testament zusätzlich ein Dokument strikter Abgrenzung.

Hingegen halte ich den »Sündenfall«, stets als Bruch eines sexuellen Tabus mißverstanden, für undeutliche Erinnerung an das wichtigste Ereignis in der Menschheitsgeschichte: An das Heraustreten aus der Natur. Wäre die Beziehung nur aufs Geschlechtliche zu deuten, dürfte es im gleichen Text und vor der Vertreibung kaum heißen: »Seid fruchtbar und mehret euch.« Mir kommt vor, als markiere die Erkenntnis der eigenen Nacktheit jenen Moment, da der Mensch die Geborgenheit der Natur verläßt und sich seiner Schutzlosigkeit, seiner Hilflosigkeit bewußt wird. Es ist dies der Moment höchsten Entsetzens. Denn es ist der Augenblick der Erkenntnis der eigenen Sterblichkeit – dessen, was uns vom Tier, das um seinen Tod nicht weiß, grundsätzlich trennt. Dieses Erschrecken und Sichverstecken der beiden unschuldigen Urmenschen hat etwas Anrührendes, dem gegenüber der strafende Gott, der ihnen immerhin und wie mit einem Augenzwinkern Fellkleider spendiert, damit sie wieder tierähnlich werden, eher einem enttäuschten und ängstlichen Vorgesetzten gleicht, der ihm bedrohlich werdende Untergebene exmitiert.

Auch Gott spürt Angst, die Angst des Diktators vor

dem möglichen Prätendenten, der ihm die Herrschaft streitig machen könnte. Und diese Angst spricht er erkennbar aus: »Siehe, Adam ist geworden wie unsereiner und weiß, was gut und böse ist.« Ja, ja – jetzt weiß Adam Bescheid, und darum muß er ins Exil.

Die Ablösung von der Natur, auch von der eigenen, war ein langer und schmerzhafter Prozeß: Der Sündenfall die selbst verursachte Entbergung durch Erkenntnisdrang und Erkenntnisgewinn. Der Verlust der unbewußt gewesenen, ungewußten Einheit alles Seienden soll jedoch nicht ersatzlos gestrichen, sondern kompensiert werden. Dafür hält das Alte Testament die Äquivalente bereit als da sind: Herrschaft über das Weib, das den Zwangsexodus bewirkt hat; Herrschaft über die Erde, die es sich untertan zu machen gilt; über die Feinde des auserwählten Volkes.

Dieser archaischen Textkompilation läßt sich noch immer ablesen, wie sehr sie als Widerspruch und Widerstand gegen eine Welt konzipiert worden ist, welche der tatsächlichen Abkunft des Menschen noch nicht dermaßen entfremdet war. Was Wunder, daß diese Schrift zum Handbuch und zur Gebrauchsanweisung weltlicher Macht und Gewalt werden mußte. Denn Gottes Herrschaft ist unbezweifelt und ungeschichtlich im Gegensatz zu den alten Göttern, die selber die Macht usurpierten und deren Macht nicht unangefochten blieb, und die selber Gesetzen unterlagen, die sie nicht gemacht hatten und denen sie sich beugen mußten.

Auf der Suche nach dem verlorenen Halt

Eines der schönsten und besinnlichsten Märchenbücher unseres Jahrhunderts trägt den bedeutungsvollen Titel »Spuren« und stammt von einem Autor, dessen hundertsten Geburtstag wir eben erst gefeiert haben. Die Rede ist von Ernst Bloch. Die Bezeichnung »Märchenbuch« ist nun keineswegs abwertend gemeint, ganz im Gegenteil. Märchen sind ins Bildhafte gewendetes Philosophieren im Sinne des früh-antiken Denkens, dem das Bild nicht als zusätzliche oder rhetorische Metapher diente, sondern die einzig mögliche Darstellung der bedachten Sache selber war. Ein solches Philosophieren, ein solches Denken in Bildern hat nirgendwo sonst seinen Ursprung als im Mythos. Wir werden das erkennen, sobald wir ein paar Seiten weiter in Blochs Buch geblättert haben, um einen der kurzen und bündigen Texte zu lesen, der »Rokoko des Geschicks« heißt und hier verknappt wiedergegeben werden soll. Ein orientalischer Vezier ergeht sich in seinem Garten, beugt sich über den Brunnen, um sein Spiegelbild zu betrachten, da löst sich ein Ring von seinem Finger, fällt hinab und den Vezier durchzuckt der wahnsinnige Wunsch: Wenn der Ring doch nicht verschwände! Eine leichte Ölschicht mußte sich auf dem Wasser gebildet haben, erzählt Bloch, so daß der Ring tatsächlich nicht unterging. Da erschrak der Vezier, denn solch eine Spitzenwirkung von Glück mußte ins Gegenteil umschlagen. Und richtig: Als er den Palast des Kalifen betritt, wird er verhaftet und in den tiefsten Kerker geworfen, Verleumder hatten gesiegt. Jahrelang gefangen, hatte er am Ende nur noch einen Wunsch: Noch einmal vor seinem Tode Granatapfelkerne zu essen. Der mitleidige Wärter bringt sie ihm in einer Schale, sogleich schießt eine hungrige Ratte herbei und wirft die Schale um. »Da durchfuhr den alten Mann eine rätselhafte Freude: denn so konnte das nicht bleiben, es war eine solche Spitzenwirkung von Unglück, daß die Woge umschlagen mußte. In der Tat schon umgeschlagen war; denn noch am Abend kam der Kalif in die Zelle, die Verleumder waren gestürzt, er setzte den Vezier wieder in seine Ämter ein (...) Die Geschichte vom Vezier macht so manche Kleinwelt des Endes hell, zeigt sie als Spitzen und Arabesken einer Schlußspirale, die auch Schluß bedeuten.« Soweit Blochs Interpretation, der das Spielerische, auch das Spielerische im Schicksal als historischen oder gesellschaftlichen Schlußakt auffaßt. Darum ja auch der Bezug zum Rokoko im Titel. Wir, nach 55 Jahren und in einer ganz anderen Endphase steckend, lesen die Anekdote anders. Was 1930 die Chance hatte, als denkerisches Paradigma Verwendung zu finden, entbirgt heute, trotz seiner naiv-märchenhaften Fassung, ein Gleichnis von unvergleichlicher Qualität. Mit einem Wort: Diese schlichte Geschichte für gebildete Stände ist die Mini-Ausgabe eines menschheitlichen Mythos.

Ich möchte hier eine Behauptung aufstellen (und ihre Tatsächlichkeit nachzuweisen suchen), daß Mythen und Mythos durch die Geschichte hindurch bis in unsere verdämmernden Tage vor allem von einem Umstand gekennzeichnet sind: Sie müssen der Wirklichkeit sowie der menschlichen Erfahrung absolut zuwiderlaufen. Wie eben die Anekdote vom Vezier, welche eines der Basis-Modelle für Mythos enthält. Unsere Vernunft weiß doch nur zu genau und läßt es sich von der Statistik jedesmal aufs neue bestätigen, daß Überhebung und Folge der Überhebung, etwas wie göttliche Strafe, keinerlei Kausalnexus besitzen. Daß kein Übermaß an Leiden und Erniedrigung die Erlösung garantiert. Wir haben die bittere Lehre ziehen müssen, daß für Millionen Menschen gestern wie heute der

Tiefstpunkt von Unglück keine Woge des Schicksalsumschlages in Bewegung setzte noch setzt, und daß das Hölderlin-Wort, das Rettende wachse proportional zur Gefahr, wohl nichts anderes gewesen sein mag als ein letzter Rest humanistischen Bildungsgutes, verwandelt in ein Stück Literatur: eine nahezu unkenntlich gewordene und späte Form von Mythos.

Glück, Mißglücken, Leiden und Erlösung sind das Schema seit Frühestem. Der ungeheure Erfolg der »Odyssee« beispielsweise (belegt durch die Unklarheiten über den Autor, was Schlußfolgerungen auf die weite Verbreitung zuläßt, da man allerorten einen Homer vermutete) zeigt die ungeheure Wirkung von Mythos in der Form einer spannenden Geschichte. Und ich glaube ganz sicher, daß sie gerade wegen ihrer Unwahrscheinlichkeit, wegen ihres strikten Gegensatzes wider alle Logik und Erfahrung diesen Erfolg bei den Zuhörern hatte. Denn nicht die Geschichte selber schafft die Befriedigung, sondern ihr mythischer Gehalt: Am Ende der Leiden die Erlösung, im Falle Odysseus eine weltliche. Der Lohn für die Prüfung wird dem Umhergetriebenen schon auf Erden zuteil, durch die gelungene Heimkehr, die ebenfalls einen mythischen Topos darstellt, wie wir nicht erst seit dem »Prinzip Hoffnung« wissen, wo man lesen kann: »Die Welt ist vielmehr voll Anlage zu etwas, Tendenz auf etwas, Latenz von etwas, und das so intendierte Etwas heißt Erfüllung des Intendierten. Heißt eine uns adäquatere Welt, ohne unwürdige Schmerzen, Angst, Selbstentfremdung, Nichts.« Dieses Blochsche Utopia trägt viele Namen; einer hätte ganz gut »Ithaka« lauten können, an dessen erlösendem Glanz sich vor einigen tausend Jahren das Publikum erbaute, wohl wissend, es selber würde dort niemals hingelangen. Warum also und eigentlich diese Begeisterung, zumindest doch das Vergnügen, die Lust an einem literarischen Werk, wenn man von vornherein wußte, es erzählte einem nur »Lügen«, Erlebnisse, die den persönlichen niemals entsprachen noch je entsprechen würden? Der mythische Gehalt der Story lag und liegt nicht so offen, daß man sich seiner als Rausch- oder Beruhigungsmittel hätte bedienen können. Auch die anhaltenden »wissenschaftlichen« Untersuchungen des Mythos, von den unterschiedlichsten Fachbereichen vollzogen, argumentieren stets reduktionistisch, indem sie Mythos entweder auf seinen religionsgeschichtlichen Grund zurückführen oder seine sozioökonomischen und gesellschaftspolitischen Kulissen als Studienmaterial bevorzugen, wobei der Mythos eigenartig abblaßt und zu einem Scherben als Indiz für die Tatsache wird, daß es damals wohl ein Gefäß gegeben hat, aus dem man Wein trank.

Mir scheint, daß die Mythen, die klassischen wie die verschiedenen aktuell wirksamen, ihre Potenz und Einflußfähigkeit aus zwei Grundelementen beziehen. Zum einen, wie bereits angedeutet, aus ihrem Versprechen von Erlösung nach meist unverdienten Leiden. Und zum zweiten aus ihrer unerschütterlichen Teleologie, von der selbst der sich materialistisch nennende Marxismus bestimmt und mystisch durchdrungen wird. Freilich: Die Gesellschaftstheorien sind späte Mythen, Ergebnisse der Entsinnlichung, der zunehmenden Auflösung vordem deutlich sichtbaren und greifbaren Agierens. Die Propagierung sozialistischer Thesen geschieht noch in der überlieferten Bildhaftigkeit: Das Proletariat als Prometheus, als Gigant, hammerschwingend und siegesgewiß. Dabei handelt es sich keineswegs allein um eine optisch eingängige Symbolisierung, sondern ebenso um die unbewußt angestrebte Identität mit mythischen Kulturheroen. Insofern erscheint das personifizierte Proletariat als mythischer Typ: Als kettensprengender Herakles, der eine ganze Reihe von Aufgaben zu erfüllen hat, und endlich in der Selbstaufgabe, Selbstaufhebung zu sich selber kommt und aus reinigenden Flammen zu den Göttern aufsteigt. Gar nicht zufällig erscheint das personifizierte Proletariat auf den Darstellungen des späten 19. und frühen 20. Jahrhunderts im Kampf mit dem Drachen oder der Schlange des Kapitalismus, sogar noch die Titelseite der AIZ, der Arbeiterillustriertenzeitung, welche auf einer Fotomontage von John Heartfield eine mächtige Arbeiterfaust zeigt, die die faschistische Schlange erwürgt, reproduziert den Mythos, wenn auch in irrigem Bezug und entleerter Visualität.

Am Wendepunkt unseres Wesens, wo wir uns nur noch entfremdet erfahren können und die sinnlichen Erscheinungsweisen uns nichts mehr sagen, verzwergt sich der Mythos und schlüpft in Kriminal- und Horrorgeschichten unter. Ob Kommissar Maigret oder die vom Grafen Dracula bedrohte Schönheit, man ist sich trotz aller schlimmen Geschehen der Ablaufrichtung und des erlösenden Schlusses sicher. Zwar ängstigt uns die Spannung, zugleich jedoch genießen wir sie auch, da wir insgeheim des Triumphes sicher sind: So wie das Proletariat als moderner Sankt Georg den Drachen tötet, um die Menschheit zu befreien und zu erlösen, so erlöst uns Maigret auf einer weitaus niedrigeren Ebene vom Übel der Kriminalität gegen unser besseres, weil statistisches Wissen, und so zerfällt Graf Dracula zu Staub, weil das Böse, wie uns der Mythos beweist, niemals siegen kann. Für den faktischen Gegenbeweis, nämlich für die fortdauernde Unfreiheit und Unterdrückung der Arbeiter, für ihre mißlungene, sogenannte »historische Mission« sind wir ebenso blind wie dafür, daß alle Maigrets dieser Welt einen aussichtslosen Kampf kämpfen und das Böse in Gestalt eines mörderischen Arztes wie Dr. Mengele sein Leben in aller Ruhe irgendwo verbringt, um im hohen Alter per Zufall beim Baden zu ertrinken.

Unsere Sucht nach Mythos wehrt die Wirklichkeit ab

und läßt sie zum Schein werden, indessen der Mythos Wirkungen zeitigt, als dirigiere er und nicht die Faktenwelt unser Sein.

Der Mythos kennt keine individuelle Physiognomie, keine widersprüchliche subjektive Entwicklung, ja, er kennt überhaupt keine Individuen und Subjekte, sondern nur Typen, diffuse Gestalten, Masken, deren Leere unsere Vorstellungen und unser Sinnverlangen mit Fleisch und Blut anreichert. Dabei schreckt uns nicht einmal die letzte Konsequenz, welche einer mythischen Figur widerfährt. Ja, sogar wenn sie dran glauben muß, wie beispielsweise der Zimmermannssohn aus Nazareth, so sehen wir in seinem fürchterlichen Tod nur eine Vorbedingung der letzten Peripetie, des Umschlagens höchsten Unglücks in höchstes Glück, das, wie könnte es anders sein, in der Heimkehr besteht, in der Erreichung des ewig Erstrebten, in der gloriosen Erlösung, welche alle vorangegangenen Schmerzen und Versagungen legitimiert und als Stufen zum Heil versteht – wie es uns seit grauen Vorzeiten der Mythos lautlos und wohl unmerklich eingetrichtert hat. Denn im Mythos, und das schafft seine enorme Stärke, erhalten noch die Blutschande und der Vatermord ihren Sinn. Von unserem sonstigen Elend ganz zu schweigen. Wir können nicht akzeptieren, daß wir nur etwas Ähnliches wie eine besondere und vielleicht ungewöhnliche Ameisenart im Universum darstellen, für die Balance des Universums unwichtiger als die wirklichen Ameisen für die Ökologie des Waldes. Niemand wüßte heute noch etwas von Jesus oder Mohammed oder Buddha oder irgendeinem der anderen »Religionsstifter«, ohne das seit eh und je verinnerlichte mythische Schema. Falls wir das Unmögliche versuchen, nämlich uns vorzustellen, daß Mythen wie das wahre Leben verliefen, sie blieben Totgeburten. Die Wirklichkeit erzeugt den Humus, auf dem die Mythen, eine weiß Gott seltsame Flora, sprießen. Wir, der einzelne oder die Gruppe, liefern bloß Rohstoff für Mythos, dem wir uns, indem wir seine veralteten Formen nicht ernst nehmen, stets aufs neue ausliefern und unterwerfen. Weil wir den Mythos, ehe er sich als solcher zu erkennen gibt, für der Weisheit letzten Schluß halten: für Rationalität, Vernunft, Aufklärung, Wissenschaft, Philosophie; enorm tabuierte Kategorien, die der kritischen Behandlung zu unterziehen, uns jeder aktuelle Mythos verbietet. Wir befürchten, daß wir, sobald die gegenwärtig noch geheiligten Begriffe sich entblättern und sichtbar wird, was auch hinter Poes Maske des roten Todes steckte, also das pure Nichts, wehrlos sofort dem Chaos anheimfallen, der Anarchie, der Barbarei, dem Faschismus oder sonstigen Systemen, welche ihre Untaten unter einer anderen Begrifflichkeit begehen. Dabei verdrängen wir geschickt, daß eine der großen Menschenschlächtereien unserer Epoche im Namen der theoretisch begründeten Vernunft betrieben wurde. Gemeint ist der Stalinismus, der immer noch als Perversion des Marxismus gilt, als Mißbrauch der Ratio. Marxismus und Ratio traten ihre Herrschaft an als das, was sie zwangsläufig wurden: als Mythos von der Erlösung nach grausamen Geburtswehen, dynamisiert durch die wenig neue Idee, daß dem Maß der Leiden entsprechend auch die Erlösung maximal sein würde. Ratio, Marxismus, auch Aufklärung durften sich in der Stunde ihres Entstehens noch für unschuldig halten, im Stande einer sozusagen »paradiesischen« Unschuld, welche sie, Paradies wie Unschuld, wiederherzustellen gedachten. Denn zu ihrem Beginn herrschten noch andere Mythen; etwa der Mythos »Nation«, der Mythos »Weiße Rasse«, der Mythos von der allein seligmachenden Religion. Aber, und dieses Aber ergibt sich leider viel zu natürlich, aber wer in der Arena der Mythen zum Kampf antritt, nimmt unfreiwillig die Konsistenz des Gegners an und wird selber zum Mythos. Das ist, wir merken es immer deutlicher, am schmerzlichsten der Aufklärung geschehen, welche zum Mythos ihrer selbst wurde, zur entsinnlichten Gottheit, der wir das Opfer unserer Gefühle und Empfindungen, unserer Träume und Fantasien darbrachten, ohne das garantierte Äquivalent, die vernünftige Gesellschaft, die vernünftige Welt, den vernünftigen Menschen, erhalten zu haben. Um sie, die Aufklärung, noch zu schonen und zu entschuldigen, beladen wir uns mit dem Vorwurf des Unaufgeklärtseins, mit der Schuld mangelnder Intelligenz, und vergessen dabei völlig, daß die Vernunft in Form von Aufklärung die Starre und Statik des Mythos haben muß, den gleichen Modellcharakter wie er. Kein Ithaka winkt uns mehr, kein Nirwana, kein Paradies mit rehäugigen Huris, kein himmlisches Jerusalem und erst recht keine klassenlose, antagonismenfreie Gesellschaft, keine Selbstbestimmung frei über sich und ihre Produkte verfügender Produzenten. Keine Utopie mehr, keine Heimat im umfassenden Sinne. Und in dieser Sekunde allgemeiner ideologischer und geistiger Hilflosigkeit und Verwirrung wird die Frage gestellt, ob wir neue Mythen brauchen, als könnten wir dieselben bei Bertelsmann oder einem indischen Guru in Auftrag geben. Wir könnten übrigens die Frage auch anders formulieren, nämlich: Ob wir Opium fürs Volk brauchen. Oder genauer: Ob das Volk Opium braucht, um den Zustand seelischer und geistiger Armut und Verlassenheit zu ertragen. So gefragt, ist ein jubelndes Ja zu befürchten. Das Fernsehen mit seinen hohen Einschaltquoten für die billigsten Illusionen und Primitiv-Spiele ist die unabweislich positive Antwort auf die Erkundigung nach der Notwendigkeit von Mythos. Warum ist das so? Stimmt es denn tatsächlich, was uns Marxisten und menschenfreundliche Linke geduldig einzureden suchten, nämlich, daß das kulturelle Niveau der Massen so niedrig sei, weil man sie auf dieses Niveau heruntergedrückt habe? Daß diese eifrig beschworenen Massen, wären sie nur aufgeklärt, diese billigste Unterhaltung zurückweisen und statt dessen Goethe lesen, Mozart hören und sich in die Gemälde Brueghels versenken würden? Haben wir, vom Mythos der Aufklärung erfaßt und mit Scheuklappen ausgestattet, so etwas nicht selber einmal ernstgenommen?

Es mag glaubhaft sein, daß ein Einzelbewußtsein, obschon durch den Rahmen vorgegebener Zeitgenossenschaft stets beengt, sich und seine Determinanten zu reflektieren vermag, dem Kollektivbewußtsein jedoch ist diese Möglichkeit versagt. Es ist naturgegeben selbstblind und mythoshörig, eben weil Mythos, teleologisch und finalistisch angelegt, keinen prozessualen Gang kennt, dessen Ausgang ungewiß sein kann, kein »Open end« also. Obgleich seit Jahrzehnten unentwegt die Rede ist von einer »Bewältigung der Vergangenheit«, bewegt sich diese »Bewältigung« in strikt abgegrenzten Bereichen: juristischen, moralischen, geschichtlichen, und ignoriert dabei den Mythos als eine der treibenden, diese grausige Vergangenheit ermöglicht habenden Kräfte. Dabei liegt das Beispiel auf der Hand. Die ungeheure Wirklichkeitsverkennung auf allen Ebenen der faschistischen Gesellschaft ist das Kennzeichen. Insofern haben die antifaschistischen Intellektuellen nie recht begreifen können, wieso ein als kulturell hochstehend geltendes Volk einem so offenkundigen Obskurantismus zum Opfer fallen konnte. Man hat nicht kapiert, daß das Obskure eher akzeptiert wird als eine das Selbstwertgefühl reduzierende Wahrheit. Gewiß: Die Riten und kultischen Veranstaltungen des Nazismus wirkten wahnwitzig und anachronistisch und waren es auch; der, in Anführungsstrichen, »geistige Überbau« mit seiner Rassenlehre, der Germanentümelei, extremem Nationalismus, Xenophobie, Erbfeindschaften, Weltmission, mit seinem eschatologischen Sammelsurium widersprach, wie man dachte, dem gleichzeitig existierenden hohen Standard einer Industrienation. Aber die Annahme eines solchen Widerspruches verkennt, daß der Mythos als Erlösungsversprechen sich jedes andere instrumentale Wissen, jede wissenschaftliche Kenntnis unterwirft. Wieso, klagte man nach Machtantritt Hitlers, konnte das bloß geschehen? Hatten nicht alle guten Demokraten und alle vernünftigen Linken über das zu erwartende Unheil die Menschen aufgeklärt? Denken wir nur an die Verzweiflung der Emigranten, die, wie Tucholsky, annehmen mußten, ihre humanisierenden und aufklärerischen Mühen wären völlig umsonst gewesen. Welche Enttäuschung, da das Unheil entgegen jeder besseren Einsicht unaufhaltsam eintrat. Was war passiert? Es war passiert, daß sich zweihundert Jahre Aufklärung zuletzt selber als Mythos erwiesen, nur als ein schwächerer, weil er für das aufkommende Individualbewußtsein konzipiert war, nicht für das kollektive, welches die subtileren Versprechen auf Erlösung und Heimat, mittels Philosophie und Kunst, Persönlichkeitsbildung und praktizierten Humanismus, durch Allgemeinbildung und Naturliebe nicht nachzuvollziehen vermochte, da die Ideale der Aufklärung eine gewisse materielle Saturiertheit voraussetzten. Mit dem »Schönen Geist« vermochten die armen Massen nichts anzufangen; ihr elendes Leben hatte den Schein des Gottgewollten eingebüßt, es war nichts weiter als Elend, aber eben dieses Elend mußte einer geheimen Absicht gehorchen, mythischen Leiden ähneln, damit es garantiert in Triumph, zumindest jedoch in Sinn umschlage. Wer diesen Sinn zu zeigen vermochte, hieß dann charismatisch und Führer.

Noch ein Wort zum Versagen der Aufklärung, von dem gegenwärtig viel die Rede ist; zwischen Schuldzuweisung und Schuldabwehr schlingert der Diskurs ins Beiläufige ab: Aber es ist keine Rede von Schuld möglich. Jedenfalls nicht in Hinblick auf die Inhalte von Aufklärung. Die

Schuld, falls überhaupt solch schwergewichtiges Wort angebracht ist, liegt bei uns, die wir unfähig sind, die Vorstellung von einem menschlicheren Sein, diesem zentralen Implikat der Aufklärung, anders aufnehmen zu können denn als Mythos. Alles, was dazu angetan ist, ein kollektives Bewußtsein zu affizieren, wird, um Eingang zu finden, in Mythos verwandelt, sonst gewönne es niemals die Kraft, mehr zu animieren als Sprechwerkzeuge und Schreibmaschinen. Nur für Mythos nehmen Menschenmengen in Kauf, was sie als Vernunftvorschlag ablehnen würden. Da wir selber personifizierte Bedeutungslosigkeiten sind, Zufallsprodukte einer Natur, die mit uns nichts besonderes bezweckt hat, brauchen wir metaphysische Krücken, um überhaupt voranzukommen. Daher diese überanstrengte Süchtigkeit nach Daseinssinn, nach Mythos, der dem grundlosen Sein Transzendenz verleiht. Wir wollen unbedingt eine Bestimmung haben, und gelte es, sie mit Feuer und Schwert, mit KZ und Gaskammer durchzusetzen. Ehe wir unserer eigenen Nichtigkeit gewahr werden, dienen wir lieber dem Mythos mit den vielen wechselnden Namen.

Es hat lange gedauert und wird wenig nützen, daß endlich die Psychologie jene ironische Einsicht von Karl Kraus bestätigte, die Psychoanalyse sei just die Krankheit, als deren Therapie sie sich ausgebe. Plötzlich hören wir: »Schonungslose Selbsterkenntnis anzustreben ist nicht unbedingt gut für den Menschen. Für den, der mit sich und seiner Umwelt in Frieden leben möchte, könnten aber Illusionen durchaus nützlich sein.« Und weiter heißt es, seelisch Gesunde handelten entgegen den Lehren Freuds: »Sie belügen sich sozusagen selbst, indem sie die Bedeutung ihrer Sorgen herunterspielen, sich mit allen Mitteln von diesen ablenken und sich, fast krampfhaft, positive Gedanken einreden. Auch scheuen sie sich nicht davor, sich mit anderen zu vergleichen, denen es noch schlechter geht – ein Verfahren, das bei Psychotherapeuten verpönt ist.« Und schließlich gipfelt die Einsicht in eine Empfehlung, deren Konnex zur Mythosfunktion unverkennbar ist. Wir lesen: »Die Psychotherapeuten, die den Patienten mit allen Mitteln die Augen über sich selbst öffnen wollen, machen damit vielleicht alles nur noch schlimmer, als es vorher war. ... Die Psychotherapie wäre daher gut beraten, wenn sie die ›grenzenlose Selbstentblößung‹, die sie bislang empfohlen hat, aufgäbe und ihren Patienten Illusionen und Selbstbetrug zugestünde.«

Hier ist von unserer physio-psychologischen Konstitution die Rede; davon, daß wir uns einzig unter Larven und in uns zusagenden Rollen zu erkennen vermeinen. Wir sind das, was wir von uns halten. Ein Rückblick in die Geschichte belehrt uns eindringlich: Unsere sogenannten »primitiven« Vorfahren ertrugen den Kampf ums Leben aus keinem anderen Grunde als dem, in einer mythischen, mythenerfüllten Welt zu existieren. Noch der dürftigste Halm, der fernste Gipfel war eine Entität, das göttlich Durchpulste, von dem man, ob man es anbetete oder vernichtete, das Bewußtsein erhielt, kein Tier mehr zu sein, kein Stein, kein Irgendwas. Zwar haben wir Gras und Gipfel aus den Augen verloren, doch unsere Erhöhung zu einem besonderen Wesen, zum mythischen und mythenbildenden Geschöpf, erhalten wir weiterhin frei Haus geliefert: Durch Abstrakta, da uns mit dem Sinnbezug unserer Existenz auch die Sinnlichkeit vergangen ist. Die momentane Orientierungsschwäche resultiert weniger aus einem Mangel an Information, Kenntnissen, Wissen, Handfertigkeiten, Technizismen und Ideologien als aus einem Verfall gestern noch schicksalsbildender Mythen. Daher – neben der ökologischen und ökonomischen – die geistige Krise, denn Ratio und Vernunft wurzeln ja in nichts anderem.

Das eingangs erwähnte Märchenbuch Ernst Blochs beginnt mit einem nahezu mikroskopischen Abschnitt. Unter dem verräterischen und vielsagenden Titel »Zu wenig« steht: »Ich bin. Aber ich habe mich nicht. Darum werden wir erst.« Drei Sätze nennen unsere, wie ich meine, unaufhebbare existentielle Lage. Daß ich bin, ist mir vor meinem Ableben ziemlich gewiß. Aber meine menschliche Substanz ist dermaßen diffus, daß sie nicht fixierbar ist, nicht festzuhalten auf irgendeine Weise, denn jeder Hauch scheinbar neuer Erkenntnis verwandelt mich. Darum werden wir erst. Aber es ist ein unaufhörliches Werden, ein zielloses, zweckloses Wachstum, das man auf unterschiedlichste Art interpretieren kann: als Krebswucherung oder als Heimfindung zum bis dato unbekannten Wir, einem Mythologem erster Ordnung.

Heine und Ich

»Man wird einmal sagen, daß Heine und ich bei weitem die ersten Artisten der deutschen Sprache gewesen sind – in einer unausrechenbaren Entfernung von allem, was bloße Deutsche mit ihr gemacht haben.«

Diese nicht gerade bescheidene und des persönlichen künftigen Ruhmes gewisse Anmerkung zur eigenen literarischen Befähigung stammt – wie ich enttäuschend eingestehen muß – nicht von mir, sondern von Friedrich Nietzsche. Zumindest in dem, was das Talent betrifft, mit Worten einen maximalen Effekt zu erreichen, bestand zwischen beiden Nähe. Und es ist eine bittere Ironie des Schicksals, daß der Bewunderer Heines, später zum Urheber der »Blonden Bestie« ernannt oder verdammt, im Dritten Reich dienstverpflichtet wurde, den Heineschen Geist aus Deutschland auszutreiben. Und nicht nur den Geist. Vielmehr auch alle jene, die sich diesem Geist verbunden wähnten oder ihm sogar durch administrativ deklarierten Geburtsmakel tatsächlich, wenn auch ziemlich weitläufig verwandt waren. Damals erhielt Heine selber einen anderen Namen und hieß, wie ich in meinem Schullesebuch unter der »Loreley« feststellen konnte: »Unbekannter Dichter«. Vermutlich war ich der einzige in der Klasse, der wußte, was das bedeuten sollte. Denn im elterlichen Bücherschrank trug der Dichter seinen früheren Namen und gehörte nicht bloß in gebundener, mehrbändiger Form zur Familie, sondern auf die besagte Weise, welche wenige Jahre nach meiner Geburt durch die »Nürnberger Gesetze« konstituiert worden war.

Ohne Hitler – und das stellt für mich ein unumstößliches Faktum dar – hätte Heine für mich kaum die gleiche

Bedeutung erlangt. Wären nicht, nachdem zu Heines Zeiten der Sturmwind aus Frankreich die brüchigen Ghettomauern umgestürzt hatte, 140 Jahre danach Emanzipation und Assimilation rückgängig gemacht worden, ich übte womöglich in der unverändert bestehenden ersten deutschen Republik den Beruf eines Nachtwächters aus, nicht den eines Tagträumers wie heute. Vielleicht hätte ich in eine Konfektionsfirma eingeheiratet und mich mit der Bekleidung von Damen beschäftigt statt mit der Enthüllung von Wirklichkeit. Müßige Spekulationen. Eben weil an unseren jeweiligen Wiegen außer der freundlichen Muse Erato mit ihrem Geschenk auch Clio erschien und in einem unbeobachteten Moment die Gelegenheit wahrnahm, uns rasch ein anderes, ein Danaergeschenk zuzuschieben: unser jüdisches Erbteil.

Das allein jedoch würde mich noch nicht berechtigen, uns beide, Heine und mich mit derselben Nietzscheschen Unverfrorenheit, respektive Chuzpe in enge Beziehung zu bringen. Auch nicht die Überlegung, daß, nachdem die präsumptiven und entfernteren Nachkommen ähnlicher Herkunft per Massenmord aus der Welt geschafft wurden, nun die wenigen Überlebenden durch numerische Reduktion Heine nähergerückt seien, sozusagen, ihre Reihen enger schlössen und darin auch die Vorläufer einbezögen, einfach darum, weil nach solchen unerhörten Verlusten man stärker denn je auch der Toten bedarf – nein, mich verbindet mit Heine vor allem der Umstand, ein deutscher Dichter zu sein, dessen Schwierigkeiten und Leiderfahrungen absolut deutscher Provenienz sind. Dabei spielt das Erbteil gewiß eine entscheidende, eine vorentscheidende Rolle. Denn es erzeugte eine frühe, bereits in der Kindheit bewußt werdende Distanz zur Umwelt, zu den Menschen, die dem Heranwachsenden distanziert entgegentraten. In den guten, alten, schlechten Tagen des aufkeimenden 19. Jahrhunderts mag die Rückweisung, die

Behinderung der Assimilation relativ milde gehandhabt worden sein, unvergleichbar jedenfalls der barbarischen Desintegration längst gesellschaftlich integrierter Bürger. In einem wenig artistischen Deutsch gesagt: Die Situation, in die ich hineinwuchs, überwältigte den einzelnen und ließ ihm nahezu keine Chance. Während Heine fröhlich, doch recht desinteressiert studierte und das wahrnahm, was man gemeinhin »bürgerliche Rechte« nannte, hockte ich gezwungenermaßen in der Volksschule, wo noch der preußische Korporalstock regierte, und durfte anstelle des »Atta Troll« die Produkte der Blunck und Konsorten auswendig lernen. Während Salomon Heine seinen Neffen in Berlin besuchte und auch fernerhin materielle Unterstützung zusagte, verschwand mein Onkel auf Nimmerwiedersehen, und mit ihm Verwandte, Bekannte und gleichaltrige Spielkameraden. Ich war nicht in Deutschland daheim, sondern nur in der elterlichen Wohnung, in einer ungesicherten Enklave, in der ich wiederum in eine weitere, eigentümlich abstrakte retirierte, die die Bezeichnung »Literatur« trägt. Jedes Buch wurde mir zum Versteck, zu einer kurzfristig bergenden Höhle, zu einer Festung, in die ich mich zurückzog. Die Folge war, daß das gedruckte Wort frühzeitig eine enorme Wirkung auf mich ausübte, der ich unwiderstehlich erliegen mußte. Ich konnte gar nichts anderes werden als ein Schriftsteller, falls ich nicht vor Anbruch meiner Karriere in die Statistik der Millionen Opfer aufgenommen worden sein würde, statt viel, viel später einmal ins Elysium, von dem ich meinte, daß es mir eher zustünde. Eine Überzeugung übrigens, an der ich, im Gegensatz zu anderen, verlorenen noch heute festhalte.

Aus diesen bruchstückhaften autobiographischen Andeutungen wird etwas ersichtlich, was Analogie zu nennen ich mich scheue. Die Herkunft überzustrapazieren hieße, eine zeitlose siamesische Zwillingsbruderschaft konstruieren zu wollen und damit sowohl historische Entwicklungen zu negieren wie auch unser beider Dasein als primär politisch geprägten Personen nicht ganz gerecht zu werden. Zwar erkenne ich immer wieder Gleichheitszeichen zwischen Heines und meinem Geschick, will aber die Unterschiede, die geschichtlicher Natur sind, deswegen nicht übersehen.

Wenn ich vorhin von Distanz sprach, von jener, die uns eine anders gesonnene Umwelt entgegenbrachte, und der wir echohaft antworten mußten, so meine ich eine Distanz, welche zur Voraussetzung aller künstlerischen Tätigkeit notwendig ist. Jeder Dichter, auch einer mit weniger speziellem biographischen Hintergrund, benötigt die Erfahrung des Fremdseins, weil allein sie die Augen öffnet und zugleich das Verlangen weckt, den schmerzlichen Abstand schreibend zu überwinden. Auch Heines Sehnsucht nach einem Umbruch der obskuren deutschen Verhältnisse war ja keineswegs ausschließlich durch politische Einsicht bedingt. Da regte sich der unbewußte Wunsch nach Überwindung besagten Fremdseins, nach mitmenschlicher Solidarität, nach einem neuen Deutschland, dessen utopischen Vor-Schein Heine zu ahnen vermeinte oder doch zumindest mit einer verzweifelten Hoffnung beschwor. Gar über Deutschland hinaus griff diese Hoffnung, die sich in ihrer kontinentumfassenden Übersteigerung wie folgt artikulierte:

Die Jungfer Europa ist verlobt
Mit dem schönen Geniusse
Der Freiheit, sie liegen einander im Arm,
Und schwelgen im ersten Kusse.

Und fehlt der Pfaffensegen dabei,
Die Ehe wird gültig nicht minder –
Es lebe Bräutigam und Braut,
Und ihre zukünftigen Kinder!

Lese ich jetzt diese Strophen, meldet sich eine gedämpfte Melancholie. Es ist nichts anderes als meine eigene naive, vermessene und hypertrophe Verblendung von ehedem, die mir hier heiter tändelnd entgegentritt. Daß mir dabei die Augen nicht zu tropfen anfangen, beruht darauf, daß ich solche frohen chiliastischen Erwartungen längst begraben habe, so daß auch Heinesche Wortzauberei sie nie wiederzubeleben vermag. In den chaotischen und anarchischen Jahren nach dem Kriegsende, da ich mich schreibend einer erneuerungsbedürftigen Gesellschaft zu verbinden suchte, um sie in die »richtige«, also sozialistische Richtung zu zwingen – ein geradezu lächerliches Vorhaben für einen Anfänger –, war mir ein solcher Heinescher Gestus selbstverständlich. Statt Tinte floß schierer Optimismus aus meiner Feder. Nachdem Deutschland zweimal in diesem Jahrhundert und sich dabei steigernd, alptraumartige Katastrophen hervorgerufen hatte, mit der Beiläufigkeit, mit der man Abrißunternehmen betreibt, schienen diese Katastrophen fast wie Vorbedingungen für den dringend notwendigen Wandel der Nation. Und nur solch gründlicher Wandel wäre imstande gewesen, den Katastrophen selber so etwas wie einen verspäteten Sinn zu geben. Aber die »zukünftigen Kinder« erwiesen sich allzubald als Wechselbälge. Und sogar Heines Deutschland, ein grotesker, bunter Flickenteppich, eine Ansammlung muffiger, obrigkeitshöriger Territorien, zerfiel erneut in seine Bestandteile und erlebte Schritt für Schritt eine Restauration: nämlich von Muff und obrigkeitlicher Ergebung.

Jene außerordentliche und fruchtbare Kombination von Hirn und Herz hatte Heine zum Einspruch gegen die herrschende Hirn- und Herzlosigkeit in deutschen Landen veranlaßt – diese Kombination mußte fast modellhaft Einfluß ausüben auf einen jemand, mich natürlich, der gewisse persönliche und gesellschaftsbedingte Voraussetzungen Heinescher Art für sein eigenes Schreiben mitbrachte. Was Wunder, daß nach der Phase scheinbar ernstgenommener Beteiligung an den Angelegenheiten einer sich verändernden Gesellschaft eine zweite, kritische anheben mußte, da die Veränderungen sich teilweise als Rückschritte zu entblößen begannen: sie literarisch reflektierend, mußte ich nicht allzulange warten, um als unbotmäßiger Dichter zur Ordnung gerufen zu werden, in fatal bekannter Sprechweise.

»Betrachten wir jetzt den Geist, der in den Poesien Heines herrscht«, schrieb zu Lebzeiten des Dichters ein Kritiker, »so vermissen wir nicht allein jenes versöhnende Prinzip, jene Harmonie, worauf selbst die wildesten Leidenschaftsausbrüche berechnet sein sollen, sondern wir finden darin ein feindliches Prinzip, eine schneidende Dissonanz, einen wilden Zerstörungsgeist, der alle Blumen aus dem Leben herausgewühlt und nirgends aufkeimen läßt die Palme des Friedens.«

Einzig an der Wortwahl erkennen wir das unehrwürdige Alter des aggressiven Anwurfes. Aktuellere, die mich betrafen, entstammten jedoch demselben Ungeist, der bei den Deutschen offenkundig jede Machtausübung wie ein unsterbliches Gespenst zu begleiten pflegt. Freilich, ein wesentlicher Unterschied machte sich doch bemerkbar. Der Kritiker Heines äußerte möglichenfalls eine herrschende Meinung, mein Kritiker herrschte leider selber und seine Meinung hatte daher Gesetzeskraft. Gegen die Jurisdiktion verstießen wir wohl beide, nur war meine Lage gefährlicher: Weil ich nicht in Paris lebte, sondern unmittelbar in Reichweite des »großen Stiefbruders«. Fand Heines Kritiker in seinen Werken ein feindliches Prinzip, so wurde im preußischen Nachfolgestaat der inakzeptable Dichter zum leibhaftigen Vertreter des Feindes, zur greifbaren Inkarnation einer Phantasmagorie, wie einstmals in Menschen sich der Teufel manifestierte, den man von Amts wegen auszutreiben hatte.

Unerwartet traf zu, was Heine zehn Monate vor seinem Tod prophetisch im Vorwort zur französischen Ausgabe seiner »Lutetia« über die »Doktoren der Revolution« angemerkt hatte; ich zitiere: »Nur mit Schreck und Grauen denk' ich an die Epoche, wo diese finsteren Bilderstürmer zur Herrschaft gelangen.«

Da an mir alle Exorzismen immer wieder scheiterten, war eines Tages meines Bleibens nicht länger. Das zweimal gebrannte, inzwischen altgewordene Kind verließ den Bereich des drohenden intellektuellen wie psychischen Absterbens in verordneter Stagnation. Dem gegen seine Person in Gang gesetzten »Abtötungsverfahren« entzog es sich durch Ortswechsel: von Deutschland nach Deutschland, wie eine billige und falsche Floskel solchen Wechsel benennt, weil sie darüber hinwegtäuscht, daß ja dieses wie jenes gar nicht mehr existiert.

Deutschland ist zu einem Märchen seiner selbst geworden. Es besitzt gegenwärtig nur noch die Beschaffenheit einer Legende. Und ich lebe vielleicht gerade darum in einer abgelegenen Provinz, weil abgelegene Provinzen das einzig Authentische an und in Deutschland sind. Das heißt nicht, daß ich mich ins Abseits begeben hätte, um literarischen Kohl zu züchten oder Schollentümlichkeit zu thematisieren und zu ästhetisieren. Ich habe meinen Wohnsitz gewechselt, ohne eine alte Heimat zu verlieren, ohne eine neue zu gewinnen. Denn mein Unruhesitz liegt im luftigen Reich der Literatur. Nur dort läßt sich gewinnen, was man für *seine* Wahrheit, für die Wahrheit des Dichters hält. Allein sie ist gefeit gegen den Verschleiß im politischen Getriebe, geschützt gegen Relativierung durch Machtverschiebungen. Sie und ausschließlich sie bürgt für das individuelle Überleben im Mahlwerk monströser Zivilisation. Die Wahrheit des Dichters ist schon lange nicht mehr deckungsgleich mit den sogenannten höheren Wahrheiten, welche bekanntlich auf den Altären unterschiedlichster Vaterländer nicht den Göttern, wohl aber den niedrigsten Beweggründen zum Opfer gebracht wurden. Heute ist der Dichter allein, fern jeglicher Chance, seine ursprüngliche Position als öffentlicher Stellvertreter seines Volkes oder wenigstens eines Teils von diesem wiederzugewinnen. Es sei denn, er entschiede sich, zum Handlanger des Entertainments am Abgrund unserer Gegenwart zu werden.

Heines Epoche ist vorüber. Und die der Dichtkunst, um diese altertümliche Benennung ein letztes Mal zu verwenden, vermutlich ebenfalls. Aber es handelt sich um einen langen, zögernden, langsamen Abschied – uns zum fragwürdigen Trost gesagt.

Lassen Sie mich zum Schluß anmerken, daß ich die Ehrung für mich nicht nur mit Vergnügen hinnehme, sondern daß ich sie auch mit Befriedigung im Rahmen unserer geschichtlichen Misere vermerke, während welcher ja die Ehrungen von Aufmerksamkeiten negativer Art weit übertroffen wurden. Ein polnischer Satiriker schrieb einmal: Ich wurde des öfteren mit der Kehrseite der Medaille ausgezeichnet. Daß mich diesmal die Vorderseite ereilt hat, danke ich Ihnen, den Juroren und der Stadt Düsseldorf.

Literatur und Politik

»Ein neues Lied, ein besseres Lied, Ihr Freunde, will ich euch dichten: Wir wollen hier auf Erden schon das Himmelreich errichten!« – so klingt es frohgemut und optimistisch bei unserem Heinrich Heine. In diesem Vers steckt bereits ein politisches Programm, wenn auch metaphorisch verhüllt. Der revolutionäre Schwung erscheint als Aufbruchsstimmung, als Absichtserklärung, ohne daß diese Absicht, die zwangsläufig Politik impliziert, erläutert wird. Liest man den Vers noch einmal, um ihn auf seine konkrete Ausgangsposition und Zielrichtung zu befragen, wird er auf einmal fragwürdig. Wer ist das »Wir«, möchte man gerne wissen, und weiterhin: Was ist das für ein Himmelreich, das auf welche Weise wohl errichtet werden soll?

Ich weiß, daß diese Fragen unzulässig sind. Denn Literatur ist Literatur und Politik ist Politik, und wo es zur Symbiose kommt, verschwindet entweder das politische Element unter Zurücklassung seiner Wörtlichkeit, oder das literarische Werk wird von allen guten ästhetischen Geistern verlassen. Insofern stellt sich nicht die Frage nach der Zulässigkeit politischer Dichtung, sondern jene nach den insgeheim wirksamen Umständen, die politische Dichtung nicht zu dem besagten »besseren Lied« machen, sondern zu einem »garstigen«.

Daß man mich nicht mißverstehe, ich will nicht, wie in Deutschland üblich, bevor man sich in die Nesseln setzt oder zwischen alle Stühle, ein politisches Credo ablegen. Ich habe nicht das Verlangen, »Bekenntnisse eines Unpolitischen« zu liefern und so zu tun, als sei ich vom politischen Saulus durch den Wechsel des Wohnortes zum apolitischen Paulus geworden. Mitnichten. In unserer von Politik durchtränkten und tödlich bedrohten Welt, wäre politisches Desinteresse selbstmörderisch.

Selbstverständlich reagieren wir angesichts vieler Vorgänge in *diesem unserem* und manchem anderen Lande politisch. Wir werten, bejahen, verwerfen. Wir laborieren an einem recht diffusen inneren Engagement, das übrigens nur bei einem Bruchteil der Bevölkerung zur Aktion wird, und auch nur bei einem Bruchteil der Autoren schriftlichen Niederschlag findet. Aber – ist man kein politischer Dichter oder kein politischer Dichter mehr, wenn man aufhört das »Lob des Kommunismus« zu schreiben oder Gedichte gegen den schon in Vergessenheit versunkenen Vietnam-Krieg? Gibt es so etwas wie literaturunwürdige Themen? Kann nicht alles und jedes seinen literarischen Ausdruck finden, sobald das entsprechende Talent vorhanden ist? Oder setzt man sich dem aus, was »Ideologieverdacht« genannt wird? Und warum, so ließe sich ferner insistieren, war Brecht ein bedeutender politischer Dichter und warum gibt es heute keinen seines Formats? Hat etwa die Politik aufgehört? Werden denn Menschen nicht mehr unterdrückt und terrorisiert? Leben wir bereits im Reich der Freiheit, in welchem Kunst und Literatur überflüssig geworden sind? Oder bedarf das politische Engagement des Genies, um Kunst zu werden, und wenn es Kunst geworden ist, ist es dann überhaupt noch politisch im Sinne des Autors? Lauter Fragen, die gewiß schwer zu beantworten sind.

Lassen Sie uns mit der Wirksamkeit beginnen, weil wir, von ihr ausgehend, damit zum Wesen der Literatur überhaupt gelangen. Betrachten wir das Publikum, die Leserschaft, zu der wir uns selber rechnen, so müssen wir mit einem gewissen erschrockenen Bedauern feststellen, daß die Menschen sich verhalten, als hätten sie nie in ihrem Leben ein Buch gelesen. Als hätten sie nie erfahren, was

Schiller eine »Veredelung des Gemütes« nannte, als wären alle literarischen Bemühungen um die Humanisierung, um die Aufklärung, um die politische Erleuchtung des Adressaten an ihnen abgeglitten, wie Wasser an der Ente. Selbst wenn wir durch die Darstellung menschlicher Schicksale erschüttert wurden, vom Drama fiktiven Lebens, in der realen Realität kümmert uns das alles sehr wenig. Warum hat sie, die Literatur, es nicht geschafft, aus uns Lehmklumpen und dumpfen Klötzen sensiblere Geschöpfe zu machen?

Hat man uns nicht allein das ganze letzte Jahrhundert lang Ehrfurcht vor Dichtung und Literatur beigebracht? Haben wir nicht sogar, trotz steigender Bücherpreise, immer wieder Geld investiert, um uns faszinieren, fesseln, hinreißen, amüsieren, anrühren und nicht zuletzt belehren zu lassen? Und dann haben wir in allen größeren Städten Scheiterhaufen errichtet und haben all das verbrannt, was uns eben noch beschäftigt hat. Wir haben die Bibliotheken gereinigt, immer wieder mal, und zwar, so möchte man es mit bitterer Ironie sagen, zu dem Zwecke der Demonstration, daß man auch ohne Literatur existieren kann. Nachdem die berühmten Werke verschwunden waren, hat sie niemand vermißt. Es ging auch ohne »Herz auf Taille«, ohne Mackie Messer und Hans Castorp, ohne Rasenden Reporter und Prinzen von Theben.

Diese Abschweifung ins Jahr 1933 verweist auf ein Indiz, welches das Verhältnis von Politik und Literatur klarmacht, indem es nämlich das Ungewicht, die absolute Verschiedenheit beider aufzeigt. Diese Verschiedenheit besteht nicht ausschließlich in einer unterschiedlichen Praxis, hier die Verwandlung subjektiver Erfahrung ins Wort, dort ideologischem Richtungsstreben nebst folgender, folgenreicher Aktion, die Verschiedenheit erweist sich durch die fast extrem gegensätzlichen Bewußtseinsformen, welche die Vermischung von Politik und Literatur innerhalb eines Kunstwerkes nahezu vereiteln. Auf diese Unterschiede werden wir im weiteren Verlauf unseres Diskurses stoßen.

Wenn wir über die Wirkung von Literatur reden, ähneln wir ein wenig dem Blinden, der von der Farbe spricht. Ich bin mir ziemlich sicher, daß die Wirkung von Literatur sich dialektisch vollzieht. Daß die Ästhetisierung von Geschehen, von Erlebnissen und Gefühlen, von Wirklichkeitskenntnis und erlittenem Dasein so etwas wie eine Neutralisierung der Leser-Reaktionen hervorruft. Die Ästhetisierung, und sie ist ja die Voraussetzung für das literarische Werk, bewirkt Genuß. Dieser Genuß, der unleugbar ein Selbstgenuß ist, intensiviert sich mit der künstlerischen Stärke und Perfektion des Gelesenen. Es handelt sich um die uralte Katharsis: Indem wir mitleiden und mitfühlen mit den fiktiven Figuren, erfahren unsere Emotionen nicht nur Kanalisierung und Ableitung, sie verselbständigen sich ja auch, da ihr Objekt nur eine Phantasmagorie ist, und gerade diese Verselbständigung unserer Empfindungen läßt sie uns so vortrefflich handhaben, weil sie durch nichts Unvorhersehbares verstört oder abgelenkt werden. Dem Buch, ganz gleich welchen Themas, bleiben wir stets überlegen, denn es besteht, im Gegensatz zu den lebenden Partnern einer Auseinandersetzung oder eines wie immer gearteten Miteinanders, aus einer festgelegten Struktur, die uns beim Lesen Sicherheit verleiht. Möge das Beschriebene noch so schreckensvoll oder entsetzlich sein, durch die zwangsläufige Strukturierung verliert es an Schrecken und Entsetzlichkeit, da die Struktur immer auf Kenntnis von Strukturen aufbauen kann. Selbst die Überraschung am Schluß eines klassischen Kriminalromans, wenn der Butler doch nicht der Mörder ist, ist eine strukturelle Überraschung, nicht die einer tatsächlich unvorhergesehenen Wende individuellen Geschicks. Solcherart, bin ich versucht zu sagen, kennen wir alle Bücher schon, die wir erst noch lesen werden, weil wir ärgsten- oder bestenfalls auf Strukturvarianten stoßen werden, niemals aber auf Strukturlosigkeit, die wir wohl nur als Chaos wahrnehmen könnten, als Tohuwabohu gleichberechtigter Bestandteile.

Lesend erleben wir unsere Gefühle, erfahren wir eine Welt, deren Ähnlichkeit mit unserer faktischen eine Täuschung ist. Und insofern kehren wir, aus dem Buch kommend, in eine Wirklichkeit zurück, in welcher andere Gesetze herrschen als auf den bedruckten Seiten; wo ein bestimmtes Verhalten, ein Satz in einem Dialog, eine Aktivität, eine Handlung nicht die gleiche Antwort oder Reaktion finden, wie in dem abgeschlossenen Binnenraum des literarischen Werkes.

Ja, ich möchte die ketzerische Meinung äußern, daß sogar jede Ableitung »erlesener« Verhaltensweisen, jede Mimesis zu persönlichen Katastrophen führen dürfte. Denken wir an eine Buchfigur wie den braven Soldaten Schwejk, dessen Beliebtheit zum Begriff des »schwejkischen« Verhaltens geführt hat, ohne daß sich jedoch dieser Schwejkismus im übrigen tatsächlich verändernd ausgewirkt hätte. Wir haben nur die Geschichte vom kleinen Mann gelesen und uns damit getröstet, daß da ein listiger Zeitgenosse der herrschenden Macht und den Mächtigen Schnippchen geschlagen hat. Das Ergebnis bestand in einer inneren Befriedigung: Man durfte sich mit einer Art Held identifizieren, der humorvoll alles überstand, woran zur gleichen Zeit Millionen zugrunde gingen, was sensiblere Naturen in den Selbstmord oder Wahnsinn trieb. So gesehen, wird der Schwejk zu einem Stellvertreter der eigenen Schadenfreude, die im Verborgenen blüht.

Und weil wir schon bei Helden und Antihelden sind – lassen wir uns nicht alle stellvertreten? Wir lieben Odette de Crecy oder versuchen in irgendein unzugängliches Schloß zu gelangen, wir hassen Dietrich Hessling oder schwelgen in der Historie von Küchenkünsten, wir verachten Babbitt und bringen dennoch Verständnis für ihn auf, wir ziehen mit Budjonnys Reiterarmee über die Kalmückensteppe oder begegnen in der Gestalt von Adrian Leverkühn dem Teufel. Mit einem poveren Ausdruck bezeichnet: Wir sind hin- und hergerissen. Wir fallen in eine Ambivalenz, aus der wir gestärkt und gefestigt und weltfremder hervorgehen.

Worin denn besteht die Wirksamkeit von Literatur, wenn nicht darin, uns lebensfähiger zu machen, nämlich fähiger, unsere Existenz, deren Unsinnigkeit, Beiläufigkeit, krude Vermessenheit, überhaupt zu ertragen. Ich lese, also bin ich. Und zwar: Ich bin doch wer, da meine Subjektivität in einem Buch so deutlich dargestellt ist. Ich kann gar keine Dutzendware sein, keine gelehrige Kakerlake, kein mühselig friedfertiges Untier, wo doch ein höchst berühmter Olympier, ein weltbekannter Dichter mein Inneres so exakt und treffend beschrieben hat. Und dabei kommt nie der Gedanke ins Spiel, daß der Dichter genauso von der Stange ist wie wir alle, jedoch diesen Umstand roßtäuscherisch nutzen kann. Indem er, der letzte Märtyrer der Zivilisation, sich selber in bedrucktes Papier verwandelt, den Tod des Lebensverzichtes erleidet, und uns Leser von unseren Leiden an der Wirklichkeit erlöst, vollzieht er oder meinetwegen die Literatur einen Akt, den in schlechteren Zeiten die Religion übernommen hatte. Einstimmung, Übereinstimmung, Dissens, Weltflucht, Rückzug, Resignation, Unterwerfung, Trost, der in Konformismus endet: Ja, die Literatur ist sozusagen unsere letzte Rettung vor dem Selbstzweifel. Die Kultur, wozu immerhin die Literatur auch zählt, obgleich man es manchmal nicht wahrhaben möchte, stellt jene innere Balance her, die wir zum Überstehen des Alltages benötigen. Unser Blick wird von Literatur fokussiert, um die Wirklichkeit zu verkennen oder sie ganz einfach in ihrer

Substanz ignorieren zu können. Extreme Situation in dieser Hinsicht: Der Wehrmachtsangehörige, respektive Soldat des Dritten Reiches im frisch abgebrannten Kiew, rundum die Hekatomben, und er in einer Kampf- oder Mordpause in windgeschützter Ruine ein Produkt der »Kleinen Feldbibliothek« lesend, Goethe oder Rilke oder sonst etwas tief Menschliches, Humanisierendes, Veredelndes, denn ohne die Rezeption des Schönen und Guten, des ewig Wahren und Hehren kein Mord und Totschlag. Ich könnte auch ein späteres, nicht ganz so blutrünstiges Beispiel nennen: Besucher Moskaus berichteten vor zwanzig Jahren mit Rührung in der Stimme über die unglaubliche kulturelle Neigung der Bevölkerung; überall stieße man auf Menschen, über ein Buch gebeugt, meist einen Klassiker, versunken in die Sprache der Kunst. Niemand erkannte die Introversion, den Rückzug ins Schneckenhaus der Literatur, aus Angst vor den Folgen unvorsichtiger Kommunikation. Vor einer Kulisse aus Lüge und Betrug war es das beste, die Augen, wenn schon nicht zu schließen, sie dann jedenfalls hinter Buchdeckeln zu verstecken, um das Elend nicht sehen zu müssen, welches sich als Kulminationspunkt menschheitlicher Entwicklung gerierte. Solche Beispiele klingen der Literatur nicht gerade positiv in den Ohren. Denn sie möchte namens ihrer Erzeuger der Gipfel menschlichen Geistes sein, fast gottgleich, das Alleräußerste, was Intellekt herzustellen vermag. Das heißt: Literatur versteht sich als Denkmal ihrer selbst. Der Überbau auf dem Schutt und Schmutz der Geschichte. Es hat sich doch gelohnt, will sie uns einflüstern, auch wenn die Verhältnisse eher grauenvoll und tödlich waren, aber haben sie nicht Dante hervorgebracht, Shakespeare, Goethe und dich und mich, uns Autoren, die wir uns, da die Leichenberge gewöhnlich der Erosion unterliegen, in der Nachfolge der für unsterblich Gehaltenen selber als das exzeptionell Besondere ansehen und sogar bezeichnen dürfen?

Und steht uns somit nicht zu, was wir ansonsten verachten, vorbildlich zu exemplifizieren? Gemeint ist, Sie merken es, ich komme in einer gewagten Kurve darauf zurück: die Politik.

Ein neues Lied, ein besseres Lied, Ihr Freunde, will ich euch dichten, wir sollen hier auf Erden schon das Himmelreich errichten. Warum das? Nun, weil die Politik und die Politiker nichts für einfacher erklären, als genau das. Ein Himmelreich? Machen wir. Wir nehmen dieses Ideal in unser Parteiprogramm auf, begründen es, wobei es zu Ideologie wird, und entwerfen Pläne zur Praxis, etwa: Erstens: Das Himmelreich ist für alle da, außer ... Und dann wird aufgezählt, wer auszuschließen ist. Damit rückt das Himmelreich in greifbare Nähe, weil es nun mittels konkreter Methoden aufgebaut werden kann. Nach seiner Vollendung gleicht es zwar einer Strafkolonie, hat aber für eine minderheitliche Minorität alle Erwartungen erfüllt. Seht doch, verehrte Millionen Mitmenschen, es ist gelungen, wir haben das Himmelreich errichtet. Und es wird immer besser, immer schöner, immer umfassender werden, und um es zu vollenden bedarf es, unter anderem, auch der Mithilfe der Literatur, die es ja bisher auch befürwortet hat.

Was ist da eigentlich geschehen? Nun, das Bewußtsein der Literatur, partiell sogar identisch mit dem der Literaten, ist ein sehr diffiziles, ein enorm differenzierendes Bewußtsein, und seine Kreativität beruht auf nichts anderem als dieser Intention: Literatur legt auseinander, blättert seelische Schichten auf, unternimmt es, mit dem Furor der Genauigkeit, die auf der Stecknadelspitze tanzenden Engel sichtbar zu machen; dem Niedrigsten und Ärmlichsten Bedeutung abzugewinnen, dem Vergessen zu widerstreben und entgegenzuarbeiten, unter der Lupe das leicht zu Übersehende sichtbar zu machen, Gerechtigkeit anzustreben, das Unsichtbare ans Licht ihrer Sprache zu bringen, zu entdecken, aufzudecken, zu finden, zu erfinden, zu imaginieren und in den Imaginationen die Möglichkeit des Menschen ins Unendliche zu erweitern – zwar nicht in der lastenden Realität, immerhin aber im luftigen Reich unseres Vorstellungsvermögens. Diese Differenziertheit, die folgenlos scheint und es wahrscheinlich auch ist, schleppt, ob ihres Versagens in der Welt, die Frustration des Autors hinter sich her, seine Melancholie, die aus seinem spezifischen Bewußtsein resultiert, ohne das er nicht schreiben kann, und das doch zugleich gar nichts bewirkt. Der Autor stellt sich der Geschichte mit seiner Wortmacherei in den Weg und wird prompt überrollt. Also, sagt er sich, es gilt darum, sich den entsprechenden geschichtlichen Kräften zu verbinden, um die »Veredelung des Gemütes«, um das »Himmelreich«, welche insgesamt erfahrungsgemäß nicht dadurch entstehen, daß sich Leser gemütlich mit einem Buch in den Sessel setzen, mittels Politik, mittels einer politisierten Literatur zu betreiben. Und wenig später macht ein solcher gutwilliger, menschenfreundlicher, präzeptoral gestimmter Schriftsteller eine nur für ihn merkwürdige Erfahrung. Nachdem er nämlich aus »Einsicht in die Notwendigkeit« begonnen hat, dieser Einsicht entsprechend sein Schreiben zu verändern, es darauf auszurichten, dem Leser eine politische Überzeugung zu vermitteln, merkt er, daß seine Texte zu kränkeln anfangen. Sie werden blasser, abstrakter, denn politische Überzeugung, ergo Ideologie, als etwas Abgeleitetes, als eine Gedankenkonstruktion erweist sich als Zwang zur Entsinnlichung. Das politische Bewußtsein, das dem künstlerischen kontrastiert, unterliegt, eben im Gegensatz zu dem kreativ tätigen, ganz bestimmten Voraussetzungen. Das politische Bewußtsein begreift sich selber als aufklärerisch, ist jedoch ein auf Funktionalität eingeschränktes. Der politische Dichter will die gesellschaftlichen Mechanismen personifiziert vorführen, und zwar auf eine Weise, welche dem Leser das je eigene Wahrnehmungsvermögen bestreitet. Weil das auf die Dauer unbefriedigend bleibt, muß so etwas wie eine Perspektive, ein Ausblick auf eine bessere Zukunft eingeführt werden: Wir wollen, mein lieber Leser, hier auf Erden schon das Himmelreich errichten, und wenn du meine von mir vorgeschlagenen Verhaltensweisen akzeptierst und annimmst, wenn du meine Sichtweise der Dinge auf dich überträgst, wenn du dich mit mir und damit zugleich mit jenen Kräften solidarisierst, die konstruktive Himmelreich-Pläne in der Schublade haben, dann wird endlich erreicht, was unser aller ewige Sehnsucht gewesen ist.

Wer mittels seiner schriftstellerischen Arbeit Politik zu machen, oder zumindest sie zu beeinflussen gedenkt, zahlt dafür einen hohen Preis, indem er sein künstlerisches Bewußtsein Erfordernissen unterwerfen muß, welche Politik, respektive politisches Bewußtsein von ihm verlangen. Zuallererst hat er sich von dem zu trennen, was er seine »Wahrheit« nennt, denn Politik resultiert weder aus Wahrheit, noch geht sie darauf hinaus: Sie ist eine Praxis, die teils euphorisch »Kunst des Möglichen« genannt wird, teils abwertend ein »schmutziges Geschäft« – wahrscheinlich aus der Tatsache heraus, daß schmutzige Geschäfte möglicherweise ein Kunststück sind. Will sagen: Unser politisches Bewußtsein besitzt mehr oder weniger Klarheit über Machtausübung und Machtverteilung, meist übrigens weniger, wie ich fürchte, und Politik kann unter dieser Konstellation nichts anderes bedeuten, als – je nach eigener Couleur – diese Konstellation zu stören, zu zerstören oder sie zu erhalten und zu bewahren. Es kann, wie ich denke, nicht Aufgabe der Literatur sein, in dieses Spiel einzugreifen, denn dessen Regeln entsprechen nicht den Regeln der Kunst. Das heißt natürlich nicht, daß Literatur über Politik, eher: über die Folgen von Politik zu schweigen hätte. Im Gegenteil: Seitdem auf dieser Welt Politik getrieben wird, produziert sie, da ihre Erscheinungsweise die Kennzeichen der Gewalt trägt, Opfer und Täter. Sich auf die Seite der Opfer zu stellen, auch wenn es denen nicht mehr viel nützt, ist nicht nur edel und lobenswert und häufig sogar richtig, doch wie oft geschieht, daß sich Opfer in Täter verwandeln oder daß in ihrem Namen sich die alten Untaten wiederholen. Ein politischer Schriftsteller sein, hieße vor allem, sich davor zu hüten, ein Schreibtischtäter zu werden, sich in das politische Getriebe zu verstricken, so daß er zwangsläufig von diesem Getriebe zermalmt würde: So oder so. Entweder als Antagonist, was lebensgefährlich werden kann, ohne irgendwelchen Nutzen zu stiften, oder als Protagonist, was meist den Verlust der künstlerischen Potenz zeitigt.

Politik als gesellschaftliches System besitzt zur Zeit in Deutschland zwei staatlich getrennte Wirkformen. Wir sehen auf der einen Seite eine Machtkonzentration, die es ermöglicht, eine hauptsächlich auf ihren Erhalt gerichtete Politik widerstandslos zu verbreiten, und diese Politik als vorbildlich auszugeben – auch als vorbildlich für die Literatur, die angehalten ist, sie zu thematisieren. Dieser fromme, aber recht massiv geäußerte Wunsch der Macht, ihre Mittel und Grundlagen künstlerisch zu behandeln, muß aus den erwähnten Bedingungen des so andersgearteten künstlerischen Bewußtseins mißlingen. Es sind im Laufe der Jahrzehnte viele faule Kompromisse mit der Macht geschlossen worden, ohne daß sie selber dabei in Erscheinung trat, denn der Zensor war bereits verinnerlicht. Es hat sich jedoch zugleich eine Entwicklung angebahnt, welche solche Kompromisse zunehmend erschwert. Keinesfalls, wie man glauben möchte, aus einem politischen Grund, oder weil jüngere Schriftsteller gegenläufige politische Intentionen gewonnen hätten – es gibt keinen anderen Grund als den, daß sich das künstlerische Bewußtsein selbst außer Kurs setzt, wenn es seine eigenen Bedingungen mißachtet.

Aber es gibt ja auch hierzulande politische Autoren, die, da die Machtausübung durch fehlende Konzentration nicht derart überwältigend vorgeht, ähnliche Erfahrungen gemacht haben oder diese zu ignorieren suchen. Denn es ist das eine, ob man Anklang findet und Erfolg hat, was relativ leicht eintritt, wenn man eine gängige und verbreitete Überzeugung literarisiert, was nur die sowieso Überzeugten veranlaßt, sie zu Zwecken der Selbstbestätigung zu rezipieren – aber es ist etwas ganz anderes, ob man seinen Inspirationen die Treue hält und bei dem bleibt, was man recht ungenau als besagte »Wahrheit« bezeichnet. Nur diese Wahrheit, die dem allgemeinen politischen Konsensus meist zuwiderläuft oder absolut abseits der politischen Tageskämpfe artikuliert wird, bildet jenes Elixier, das die Werke am Leben erhält. Es ist, banal ausgedrückt, die »menschliche Wahrheit«, die über unsere kaum besonders glückliche existentielle Befindlichkeit Auskunft gibt, und wir nehmen solche Wahrheit an, weil sie nach dem höchst einfachen Modell, daß geteiltes Leid halbes Leid sei, ihre sedierende, falls nicht sogar anästhesierende Wirkung tut.

Aber, und zum Abschluß geht es nicht ohne dieses mächtige Aber – aber die Mühsal der Literatur ist gewachsen. Auch wenn noch niemals so viele Bücher gedruckt wurden wie heute: 93 000 Neuerscheinungen auf der gerade vergangenen Buchmesse. Eine ständig steigende Flut von Druckerzeugnissen scheint uns zu überschwemmen, um den fragwürdigen Titel für uns als »Volk der Dichter und Denker« zu rechtfertigen. Doch solche Zahlen beängstigen eher. Sie kommen mir wie Scheinblüten vor, denn gleichzeitig sinkt die Kenntnis deutscher Literatur, verfällt die Fähigkeit, sich einigermaßen exakt in seiner

Muttersprache auszudrücken, mündlich wie schriftlich; wird als Faktum gemeldet, daß ein Deutscher keinen Satz über 15 Worte hinaus noch zu kapieren vermöge. Und nicht nur Scheinblüte, sondern ein Überblühen, wie wir es von bestimmten Bäumen kennen, die kurz vor dem Absterben noch einmal in einer seltenen Fülle Früchte tragen. Eine Ahnung von etwas Gleichartigem drängt sich einem bei diesen *Erfolgsmeldungen* auf.

Ich sagte, die Mühsal wäre gewachsen, und ich meine damit, daß angesichts anderer Medien (ein Euphemismus, der immer nur das Fernsehen meint) mit der Veränderung des Publikums auch eine Veränderung der Literatur selber eingesetzt hat. Die Literatur wird elitärer und schwieriger, zumindest in der Sicht des Durchschnittslesers. Das Buch, welcher Gattung auch immer, hat seine Funktionen, unsere Gefühle zu formen und abzuleiten und sie für uns selbst erlebbar zu machen, in starkem Maße eingebüßt. Nun hat es das besagte Medium Fernsehen übernommen, uns unsere Emotionen vorzuleben, unsere Einstellungen zu bestimmen, unsere Haltungen zu bevorbildern. Während der Leser früher noch glauben durfte, sein Leben gliche einem Roman, und er somithin auf einen guten, zumindest ihm gemäßen Ausgang hoffte, gar auf ein Happy-End, weiß er heute, da er zum Voyeur regredierte, daß sein Schicksal aus Schnipseln besteht, aus lauter Bruchstücken in endloser Fortsetzung und der Wiederholung des Immergleichen. Das Prinzip der Wiederholung und das Gesetz des Klischees regieren die Stunden des Abends. Und darum wird Politik noch dominierender als vordem, denn die Methodik des Fernsehens und die der Politik entsprechen einander auf unheimliche Weise. Politik, um sich durchzusetzen oder um durchgesetzt zu werden, ist die schlimme Vereinfachung par excellence, und Politiker, so sie erfolgreich sein wollen, müssen zu terriblen Simplifikatoren werden. Diese Vereinfachung,

Eindimensionalität des Denkens, die undifferenzierte Polarisierung, das Schwarz-Weiß-Schema der Konfrontationen, die leichtgängig interpretierbare Physiognomie, die überwältigende Herrschaft des Augenscheins ergeben eine fast naturnotwendige Ehe von Fernsehen und Politik: Sie gleicht dem Geist, der in der Kiste der Pandora steckt, nicht der Literatur. Gegenüber dieser Kombination verliert die Literatur gewiß an Bedeutung für die Öffentlichkeit: Das ist ihr im Verlaufe der letzten 200 Jahre ohnehin zugestoßen und schon heute wirkt eine Gestalt wie etwa Heinrich Böll wie der Abglanz eines Gestern, in welchem das geschriebene Wort noch die Welt bewegte – oder doch zu bewegen schien. Das Ende ist für die Literatur wohl noch nicht gekommen, wohl aber ganz gewiß für einen bestimmten Typus von Schriftsteller, was zumindest auch das Ende einer Ära von Literatur einleitet.

Was Orwell nicht ahnte

»Das Wie verstehe ich, aber nicht das Warum«, schreibt Winston Smith heimlich in sein soeben erstandenes Tagebuch, und es ist die gleiche Frage, die George Orwell mit seinem *1984* an Clio richtet. Und er versucht zugleich mit der Frage eine Antwort für sich, für uns zu finden, die wir, in Kenntnis des *›real existierenden‹* Ozeanien, betroffen und des Begreifens nur bedingt fähig, vor den Brutalitäten der Vergangenheit und ihrer unaufgehobenen Latenz stehend, kopfschüttelnd, das *›Warum‹* ebenfalls nicht fassen.

Wir sollten von unserem herkömmlichen Selbstverständnis Abschied nehmen, das uns immer noch den Blick verstellt. Solange wir klassische Zitate wie: »Ein Mensch – wie stolz das klingt . . .« oder: »Vieles ist gewaltig, doch nichts ist gewaltiger als der Mensch . . .« im Herzen tragen, müssen wir zwangsläufig die Praktiker des Terrors, die Schreibtischmörder und die fleißigen Folterknechte als krankhafte Bestien, pathologische Unmenschen, jedenfalls als Sonderfälle und Abnormitäten bezeichnen, weil unser Menschenbild keinen Platz für sie enthält.

Wir leben immer noch unter den schönen und falschen Idealen des Humanismus und der Aufklärung und sind ihrer eigentlichen Folgen bisher nicht gewahr geworden.

Wir reden zwar leichthin darüber, daß die alte Religiosität verfallen und durch die Idolatrie der Wissenschaft ersetzt worden ist, weil der Mensch vermutlich immer einen Gott braucht, aber die Verquickung von Wissenschaft und Terror haben wir kaum zu erkennen begonnen: Das *›Warum‹* Orwells. Denn die Verbindung liegt nicht auf der Hand, sondern hat sich nur indirekt ergeben, gleichsam durch Osmose: Durch die das Denken determinierende

Sprache. Und Sprache, so lesen wir es in *1984* ist, neben dem Terror, das wesentlichste Instrument der Beeinflussung. Bei Orwell jedoch, und hier wird eine Verkennung deutlich, muß die *›Altsprache‹* durch die *›Neusprache‹* ersetzt werden, um ihre beabsichtigte Wirkung zu zeitigen. Zumindest meint das Syme, der Mitarbeiter an der elften Auflage des Wörterbuches der Neusprache:

»Siehst du denn nicht, daß die Neusprache kein anderes Ziel hat, als die Reichweite des Gedankens zu verkürzen? Zum Schluß werden wir Gedankenverbrechen buchstäblich unmöglich gemacht haben, da es keine Worte mehr gibt, in denen man sich ausdrücken kann ...«

Hier ist die Sprache nur unter ideologischem Vorzeichen gesehen, losgelöst von jedem äußeren Einfluß, der selbst in Ozeanien nicht aufhört, weil die Perfektion der Kontrolle immer nur scheinbar ist. Die Dialektik sprachlicher Evolution wird häufig erst mit Verspätung sichtbar. Sie erhält Anstöße aus Bereichen, mit denen nicht gerechnet worden ist. Veränderungen treten ein, deren Ursachen nicht sofort festzustellen sind. Ich meine die *›Verwissenschaftlichung‹* der Sprache, durch die sich ein Denken herausbildet, das den Terror sowohl fördert wie bedingt. Hier schließt sich der verborgene Kontakt. Das soll aber näher erläutert werden.

Die immer weiter fortschreitende Industrialisierung hat das Leben der Menschen nicht nur in dem Sinne verändert, daß eine Vielzahl von Produkten und eine Arbeiterschaft entstanden, daß technische Neuerung auf Neuerung folgte, vielmehr wurde das Leben selber in neue Regeln und Normen eingespannt, die nicht mehr dem natürlichen Naturablauf des Jahres der agrarischen Gesellschaft entsprachen, nicht mehr den Sittengesetzen eines gruppenspezifischen Zusammenlebens. Plötzlich erwies sich die Uhr nicht mehr als ein Werk bewundernswerter Kunstfertigkeit, sondern als ein Mittel zur Disziplinierung. Jede technische Neuerung, in der man eine Erleichterung einst mühseliger Arbeitsprozesse sah, führte sogleich zu einer neuen Straffung der Disziplin. Den aus der industriellen Produktion sich ergebenden Abläufen und Zielsetzungen paßte sich das Leben des in diesen Prozeß Verstrickten notwendigerweise an: es wurde mechanischer. Und unbewußt wurde dem solchermaßen verlaufenden Leben der reibungslose Ablauf aller ihm kenntlichen Apparaturen und Geräte, ja, auch der mechanistischen Groß-Organisationen wie zum Beispiel das Verkehrswesen, zum ihm selber geheimen Ideal. Diese simple Konsequenz läßt sich rückschließend aus dem gegenwärtigen Verhalten der Menschen des spätindustriellen Zeitalters ersehen, für die wesentliche und formende Bestandteile des Seins wie Leid und Schmerz, Verzweiflung und Depression, Krankheit und Scheitern zu möglichst zu vermeidenden Störungen geworden sind. Das Leben, so die Forderung, soll unbehindert ›*ablaufen*‹. Und die Mega-Maschinerie der Industriegesellschaften hat auch alles dafür getan, diese technisch verengte Sichtweise zu fördern, indem die von der Industrie hervorgerufenen Organisationsformen und -strukturen auf allgemeine Existenzbereiche übertragen wurden. In nur 200 Jahren hat das Räderwerk nahezu alle und alles erfaßt – nicht zuletzt die Sprache. Es ist schon wahr, daß dieses Umsichgreifen, mißverstanden als ›*Fortschritt*‹, durch Beförderung der Wissenschaften der überlieferten Gläubigkeit den Boden entziehen mußte. Und genauso logisch, daß dafür unaufhaltsam ein ›*Szientismus*‹ in das sich ergebende geistige Vakuum einfloß. Aber zugleich brachte er seine Sprache mit, die, durch ihre Zwecke bestimmt, zur Abstraktion tendiert und terminologisch geprägt ist. Ja, selbst oder gerade eine Sprache wie die der klassischen Psychoanalyse bedient sich ihrer Begrifflichkeit, als beschreibe sie nichts als Pannen im objektiv vorgegebenen

Zusammenspiel von Ich, Es und Über-Ich, und ihre ›*Triebsublimierung*‹ ist die Ableitung des Dampfes zum Zylinder, damit der Kolben nützliche Arbeit leiste. Ein weiteres, konkretes Beispiel aus der aktuellen Gegenwart: In einer Fernsehsendung über etwas scheinbar so Nebensächliches wie den Schlaf wurde er auf reduktionistische, also ›*wissenschaftliche*‹ Weise behandelt: Der ›*Tiefschlaf*‹ hieß es da, diene der Regeneration des Körpers und die ›*Traumphasen*‹ – vom Traum war keine Rede – dienten der psychischen Gesundheit. Diese Erklärung soll nicht im geringsten bestritten werden. Aber so wenig der Mensch erklärt ist, stellt man ihn als ein Zell-Konglomerat dar oder als eine zu 65 Prozent aus Wasser bestehende Trägersubstanz des ›*subjektiven Faktors*‹, so wenig wird der Begriff ›*Traumphase*‹ der Bedeutung des Traums gerecht. Im Gegenteil: Mit diesem Begriff war er seiner Gewichtigkeit beraubt und funktional eingeordnet. Solchermaßen definiert, schrumpfte er zum Therapeutikum – zu einem unter anderen. Wollte man ihn nach der sprachlichen Abwertung als existentielles Element des eigenen Daseins bezeichnen, würde man nicht ganz ernstgenommen werden, ja, dürfte man sich selbst nicht ganz ernst nehmen, da man nun eben genau weiß, daß dem Träumen keine übergreifende Bedeutung zukommt: Es dient nur der Vermeidung von inneren Störungen. Wie weit der technizistische Aspekt überall Eingang gefunden hat, möge ein weiteres Beispiel, diesmal eines aus der Kunstgeschichte, belegen. In George Kublers ›*Form der Zeit*‹ heißt es einleitend:

»Das biologische Modell hat sich als nicht sehr geeignet erwiesen für eine Geschichte der Dinge. Möglicherweise hätte ein der Physik entlehntes System von Metaphern der Situation der Kunst besser entsprochen als die biologischen Metaphern: Vor allem, wenn wir in der Kunst von der Übertragung bestimmter Energien sprechen; von Impulsen, Generatoren und Relaisstationen; von Gewinn und Verlust beim Transport; von elektrischen Widerständen und Transformatoren. Kurz, die Sprache der Elektrodynamik wäre besser geeignet gewesen als die Sprache der Botanik; und Michael Faraday wäre ein besserer Mentor zur Erforschung der materiellen Kultur gewesen als Linné.«

Solche Theorie der Kunst reduziert die marxistische Kunsttheorie, die von einem ökonomisch-gesellschaftlichen Widerspiel ausgeht, um eine weitere Dimension des Menschlichen. Indem sie das Kunstwerk technologisch interpretiert, macht sie notwendigerweise den Adressaten des Kunstwerkes zu einem Part der technisch-physikalischen Reziprozität. Nicht mehr der Mensch steht empfangend und deutend dem Kunstwerk gegenüber, sondern *L'homme machine*.

Wissenschaft und Wissenschaftlichkeit sind niemals in der Lage, mehr zu erklären als das ›*Wie*‹ – das ›*Was*‹ und ›*Warum*‹ bleiben ihr verborgen. Da sie ihre Gegenstände und Probleme stets nur unter dem funktionalen Aspekt erforschen kann, ignoriert sie selbstverständlich das Wesentliche an ihnen: ihre Bedeutungen, ihren Sinn oder ihre Sinnlosigkeit. Mit ihren kenntnis- und einfallsreichen Bildern des Mikro- und Makrokosmos vermitteln uns die Wissenschaften immer aufs neue ›*tiefe*‹ Einsichten in hoch differenzierte und subtile Mechanismen – aber nichts darüber Hinausreichendes. Und der in diese vielfältigen Kosmologien unterschiedlichster Größenordnungen eingesponnene Mensch ist mittlerweile zu ihrem Bestandteil geworden und damit hemmungslos handhabbar. Zu einem gründlicheren Selbstverständnis sind wir nicht gekommen.

Dieser Sprachwandel ist bedenklicher als die Orwellsche ›*Neusprache*‹, deren Basis, die Ideologie ›*Ozeaniens*‹, ohnehin in Verfall geraten ist, und die darum unaufhörlich ›*Sprachmaterial*‹ aus anderen terminologischen Gebieten adaptieren muß. Denn unsere zeitgenössische ›*Neusprache*‹ ist dazu verdammt, nur im Bannkreis ihres eigenen Entstehens reflektiert zu werden. Es fehlt eine alternative Sprache, mittels derer *anders* über die akute zu reden wäre, um sich der Folgen bewußt zu werden. Diese Folgen beweisen sich, unter anderem, im Terror, der, wie ich glaube, nichts anderes ist, als der permanente Versuch, mit gewaltsamen Mitteln die zur überwältigenden Selbstverständlichkeit gewordene, alles durchdringende Funktionalität zu erhalten oder zu erhöhter Effizienz zu bewegen, die Disziplinierung zu optimieren. Unter diesem Gesichtspunkt und in diesem Sprachzustand, da dem Einzelindividuum nur noch in Ausnahmefällen das mechanische Funktionieren aufstößt, läßt es sich selber schon gar nicht mehr in Frage stellen.

Wir verurteilen Gewalt, solange wir ihr nicht ausgesetzt sind, und fragen uns angesichts ihrer scheinbaren Irrationalität nach den tatsächlichen Gründen, eben nach dem ›*Warum*‹ – aber wir sind nicht in der Lage, die Verbindung zu unserer eigenen Denkweise herzustellen, welche die Funktionalität, auf die sich Gewalt bezieht, seit eh und je akzeptiert hat. Nicht umsonst reden die Gewalthaber häufig von der ›*Gesundheit*‹ ihrer staatlichen Organisationsform, und nicht umsonst denunzieren sie Abweichler als krankhaft – und behandeln sie auch so: Die Störungsfreiheit der als einheitlicher Organismus (Volkskörper) vorgestellten Megamaschine ist das Ziel und höchste Ideal; mit einem Wort: der ›*gesunde*‹ Riesenroboter. (›*Störfrei machen*‹ war ja so eine verräterische Formel aus der ›*Neusprache*‹ einer Orwellschen Provinz).

Gibt es überhaupt die Chance, eine Zukunft zu vermeiden, welche mehr und mehr der des Orwellschen Romans gleichen will? Woran sich anklammern? Was festhalten? »Fühlen, daß es sich lohnt, Mensch zu bleiben ...« sagt Winston Smith zu Julia – aber das geschieht vor ihrer Verhaftung und bevor der Terror sie seelisch gebrochen hat. Das, was wir noch etwas anachronistisch unter Menschsein verstehen, und was unter den jetzigen globalen Verhältnissen keine Hoffnung auf Verbreitung und Verwirklichung haben kann, ist darum von Abschaffung und Vergessenwerden bedroht, weil es ein Beharrungsmoment darstellt: Das Sandkorn, das aus dem Getriebe endgültig entfernt werden soll.

Wenn Herr Wendriner noch lebte ...

»Nasenpopel!« – just mit dieser wenig freundlichen Bezeichnung hat Kurt Tucholsky in einem Brief an Mary sein eigenes Geschöpf tituliert. Ich muß gestehen, ich teile diese Verachtung nicht. Und zwar aus verschiedenen Gründen nicht, von denen zu meiner und zu Herrn Wendriners Rechtfertigung einige genannt werden sollen. Doch dazu muß ich einen Salto rückwärts schlagen: In die Vergangenheit und zu jenem Zeitpunkt, da ich Herrn Wendriner das erste Mal begegnet bin. Das Jahr hieß 1946, ein Datum, hinter dem sich ein unvorstellbar gewordenes Panorama verbirgt: Das der zerstörten Reichshauptstadt. Das Gestern davor glühte noch nach und die bereits pausenlos beschworene Zukunft wollte nicht so recht beginnen. Das einzig Gewisse war der umfassende Mangel in allen Lebensbereichen. Man konnte sich vertrauensvoll darauf verlassen, hungern und frieren zu müssen. Aber weil der Mensch – und zwar der »als solcher« – mit außergewöhnlichen Fähigkeiten ausgestattet ist, sucht er jeden Mangel zu kompensieren. Deshalb griff er oder man oder auch nur ich zur »geistigen Nahrung«, von der man zwar nicht satt wird, von der man jedoch bescheiden erwartet, wenigstens die Ursachen des Hungerns und Frierens erklärt zu bekommen.

In jenen vergessenen, verdrängten Tagen kamen aus geheimnisvollen Verborgenheiten Bücher ans Licht, die eigentlich 1933 hätten verbrannt sein sollen. Aber irgendwer hatte sie einst versteckt, und irgendwer brachte sie nun ins Antiquariat: Ein irgendwer, den ich nicht scheue, sowohl meinen Wohltäter wie meinen Verderber zu nennen. Unter den aus der Sintflut aufgetauchten Werken waren »Das Lächeln der Mona Lisa«, »Mit fünf PS«, »Rheinsberg« und »Deutschland, Deutschland über alles ...«, dieses ahnungsträchtige, der drohenden Perspektive ziemlich gewisse Bilderbuch. Aus einem der Bände sprach eine Stimme zu mir, die mir bekannt vorkam: die Stimme Wendriners. Und mir wurde bewußt, daß ich dem Mann bereits vorher begegnet war. Ergo: keine Kunstfigur, keine literarische Erfindung, sondern jemand, dessen komisches, sich selbst entlarvendes Räsonnement ich schon vernommen hatte. Es war unleugbar die Sprechweise des jüdischen Kleinbürgers meiner Heimatstadt. Der Tonfall, der ganze Duktus, das Vokabular – alles bekannt wie im Traum, in dem Erlebtes verfremdet wiederkehrt. Allein jenes Wort, das Herrn Wendriners letzten Auftritt als Lebender durchgehend begleitet – es gehörte zu den verbalen Eckpfeilern meiner Kindheit. Der besagte Monolog trägt den Titel »Herr Wendriner steht unter Diktatur« und das so eindringliche Wort heißt »Stieke«. Nichts weiter als ein Zweisilber aus dem Gaunerslang der zwanziger Jahre, und doch der Assoziationsknoten für eine vielfältige, fast möchte man sagen: familiär geprägte Gesellschaftsgruppe. Aus dem ursprünglichen »Stikum«, einer jiddischen Vokabel, war in der Welt Franz Biberkopfs »Stieke« geworden, das so verändert oder verballhornt zum jüdischen Kleinbürgertum Berlins zurückkehrte. Im Kreise der Assimilierten waren Rudimente des Jiddischen in Gebrauch, entweder um etwas ganz besonders treffend zu benennen, oder um unerbetene Zuhörer auszuschließen. Wenn das Wörtchen »Stieke« fiel, nahm man das als Warnung, als Aufforderung zum sofortigen Schweigen, und man hielt sich ohne Gegenfrage daran.

Wo, so befragen wir unser Gedächtnis, hat Herr Wendriner es in diesem Sinne ausgesprochen? Bei jenem Kinobesuch, wo er zufällig die Herren Welsh und Regierer traf, um andeutungsweise und kryptisch für fremde Ohren einige Sätze über die mißliche Lage zu wechseln. Diese mißliche Lage, es wurde gesagt, hieß Diktatur. Die Szene begab sich der Datierung des Autors zufolge 1931. Es ist vom »gelben Schein« die Rede, den man als »Schutzbürger« erhalten habe, und von wiederhergestellter Ruhe und Ordnung. »Pulverfaß! Pulverfaß!« raunt Wendriner angesichts der SA-Männer im Parkett. Ein Geschwätz, schwankend zwischen Hoffnung und Verzweiflung. Einerseits der damals noch verständliche Irrglaube *alles* werde nicht so heiß gegessen wie gekocht, andererseits die bösen Ahnungen, die Angst vor dem zu erwartenden Terror. Und nicht zuletzt, sehr typisch übrigens für die Situation der deutschen Juden: Die Abgrenzung gegenüber den »Ostjuden«, abwertend »Planjes« genannt. Sie, so meint Herr Wendriner, hätten den Antisemitismus zu verantworten. Ohne sie würde man sich schon arrangieren. Und wie enorm diese Illusion gewesen ist, sollen zwei Zitate aus der einstigen Realität belegen. Beide stammen aus dem »Gemeindeblatt der jüdischen Gemeinde zu Berlin«. Es handelt sich um eine Meldung und um einen Aufruf:

»DER REICHSPRÄSIDENT HAT DIE EHRENPATENSCHAFT ÜBER EIN JÜDISCHES KIND ÜBERNOMMEN: Der Herr Reichspräsident hat sich bereit erklärt, die Ehrenpatenschaft über den am 9. Mai 1933 als achtes lebendes Kind geborenen siebten Sohn des Herrn Michael Jerochim zu Berlin zu übernehmen. Zu dem freudigen Ereignis hat der Herr Reichspräsident Herrn Jerochim und seiner Gattin seine herzlichsten Glückwünsche aussprechen lassen und für das Kind eine Ehrengabe von 20 Mark gespendet.«

Und der Aufruf: zum 12. November 1933, dem Tag der sogenannten »Volksabstimmung«, an dem Hitler übrigens 92 Prozent der Stimmen erhielt:

»Mit dem ganzen deutschen Volk sind auch wir Juden als Staatsbürger aufgerufen, zu der auswärtigen Politik der Reichsregierung unsere Stimme abzugeben. Sie wird gefordert für die Gleichberechtigung Deutschlands unter den Völkern, die Versöhnung der Nationen und die Befriedung der Welt. Trotz allem, was wir erfahren mußten: Die Stimme der deutschen Juden kann nur ein JA sein . . .«

Wenn Herr Wendriner noch lebte, er würde den Kopf schütteln: Was für Schautes wir gewesen sind! Befangen in der Vorstellung, daß man zwar Bürgerrechte einbüßen würde, aber doch nicht das Leben.

Der letzte Auftritt Wendriners markiert die geschichtliche Zäsur. Von nun an steht hinter den historischen Daten in unsichtbarer Schrift v. H. und n. H., in blasphemischer Analogie zum Erlöser das Nachnamensinitial des Endlösers.

Tucholsky wollte nicht mehr als eine Witzblatt-Figur vorführen, die Karikatur eines Zeitgenossen. Durch die Geschehnisse aber ist, ohne daß der Autor es noch erfahren mußte, aus seinem Objekt eine historische Gestalt geworden – mit eindeutiger Berechtigung gesagt. Eine Gestalt, weit über die von Tucholsky zugestandene Bedeutung hinaus. Aufgezeichnet, und zwar mit einer akustischen Genauigkeit, einer exakten Übersetzung des gehörten ins geschriebene Wort, wurde eine Existenz, die in ihrer Eigenart weit verbreitet gewesen ist. Ein Typus, dessen Lächerlichkeit eine wohl Tucholsky unbekannte Kehrseite hatte. Wendriner nämlich, alle Wendriners, stellten überhaupt erst die Grundlage für eine Literatur von Tucholskyschem Zuschnitt her. Auf den Nenner gebracht: Die Wendriners waren sein Publikum.

In seinen Briefen an Mary kann man nachlesen, wie wenig er von seiner Leserschaft gehalten hat. Einmal nur erwähnt er, und vielleicht nicht ohne Stolz, daß die Leute im Kabarett schon geklatscht hätten bei der Ankündigung eines Textes von ihm. Freilich: Wer den Beifall spendete, ist ihm »Schnurz und Piepe« gewesen. Dennoch: Niemand anders als die »Nasenpopel« saßen in den Reihen und begeisterten sich an den Einfällen, an der Ironie, an der intellektuellen Treffsicherheit, die in einem sprachlichen Gewand erschien, dessen Webmuster man selber aus den eigenen Herkünften kannte. Die Emphase für das, was man ehedem »geistreich« genannt hatte, resultierte aus der jüdischen Tradition, aus dem Umgang mit dem Buch, mit den Büchern, die es scharfsinnig auszulegen galt.

Unbeabsichtigt hat Tucholsky, um eine Phrase positiv zu verwenden, dem Typus Wendriner »ein Denkmal gesetzt«. Durch seine, Tucholskys, erstaunliche Begabung, alles Gesprochene bis in die kleinsten Dialektfärbungen hinein aufnehmen und reproduzieren zu können, gelang ihm auf beinahe ethnologische Art und Weise das Porträt einer verschwundenen Gattung Mensch. Mit seinem »absoluten Gehör« registrierte er den sprachlichen Ausdruck des Gedachten wie der Gedankenlosigkeit seiner Personen. Wer, wenn nicht er, hätte einem heute verschollenen Modebegriff wie »Knorke«, ehemals höchstes Lob im Berliner Jargon, einen Aufsatz widmen können? Was er einmal selber als komisches Zitat benutzt hat, betrifft sein eigenes Verhältnis zur Sprache: »Wo er kennt, sagt er du ...« So innig wie diese Beziehung eines Schriftstellers zum gesprochenen Deutsch, hat sich kaum eine wieder gezeigt. Die Wiedergabe von Nuancen, Ergebnis intensivster Sorgfalt selbst für die minderen Korpuskeln der Sprache, ist verblüffend. Ob es »Das Lottchen« gewesen ist, der sächsische Türke, die Prinzessin mit ihrem »Missingsch«, die Personen werden lebendig durch das, was ihnen in den Mund gelegt wird, nicht durch Beschreibung ihres Aussehens, ihres Habitus. Wollte man einen Vergleich »langziehen«, wie unser Autor das zu nennen pflegte, und dabei im Bereich von Jüdischkeit oder Judentum, je nach Wunsch, verbleiben, so fiele mir nur der

Rabbi Löw in Prag ein, der dem Golem einen Spruch unter die Zunge schob und ihn dergestalt belebte. Nichts anderes tat Tucholsky mit seinen Figuren. Aber diese Figuren waren aus einem anderen Material als Lehm. Sie waren nicht zeitlos, sie waren, sobald ihnen Tucholsky erlaubte, den Mund aufzumachen, Verkünder des Zeitgeistes. Zur Psychologie der Weimarer Republik gibt es kaum wesentlichere Texte als die Glossen, Artikel, Kritiken, Monologe, Geschichten und Prosastücke des Mannes mit den fünf Pseudonymen. Ich weiß, wovon ich rede, da ich mich der frühen Begegnung mit Tucholsky aufs neue erinnere.

In jener erwähnten Ruinenmetropole, wo die vorhitlersche Epoche ausgelöscht schien, verführten mich, wie ebenfalls erwähnt, die Textsammlungen dazu, mich dem Irrtum hinzugeben, ich sei Satiriker. Am Anfang meines eigenen Schreibens schrie die Zeit zwar nicht mehr nach Satire, aber im Umgang mit eben dieser Zeit gehörte ein gewisser heiterer Zynismus, ein teilweiser Verzicht auf Ernsthaftigkeit zu den Überlebensstrategien. In meinen frühen Arbeiten sind derartige Züge unverkennbar. Und nach der Lektüre Tucholskys nahmen sie noch zu. Es gelang mir – als »junges, aufstrebendes Talent« stigmatisiert –, aus dem Archiv des »Berliner Verlages« Band um Band der »Weltbühnen«-Jahrgänge zu entleihen. Wie der inbrünstig Gläubige über den Heiligen-Viten hockte ich daheim, über die vergilbten Heftchen gebeugt, um alles von Peter Panther, Theobald Tiger, Ignaz Wrobel und Kaspar Hauser zu lesen. Aus den Seiten stieg, wie aus einem Herbarium der schwache Duft gepreßter Blumen, die Luft, die Atmosphäre der martialisch beendeten Ära. Kein Wunder, daß ich mich schreibend dem Idol anzunähern mühte. Kein Wunder ferner, daß ich selber Mitarbeiter der satirischen Zeitschrift »Ulenspiegel« wurde, bis man sie wegen Respektlosigkeit und Verstoßes gegen die Parteilinie verbot. Kein Wunder vor allem, daß mich die Lektüre Tucholskys bis zu einem gewissen Grade gegen das allzubald folgende Treiben der neuen, sozialistischen Herrschaft immunisierte. Solch Satz, daß die Liberalität erneut modern würde, wenn erst alle braunen und roten Hemden in die Ecke geflogen seien, bleibt unvergeßlich. Und ebenso unvergeßlich, daß man in Europa einmal Staatsbürger und zweiunddreißigmal Ausländer wäre, der Weise gar dreiunddreißigmal.

Literatur besitzt keine unmittelbare Wirksamkeit. Das hat nicht zuletzt Tucholskys Werk bewiesen. Ja, selbst triviale politische Hervorbringungen wie »Mein Kampf« haben niemanden hellhöriger gemacht. Die Wirklichkeit ist allemal überwältigender als die gelungenste Zeile. Doch ist nicht zu leugnen, daß vom Lesestoff Spuren zurückbleiben, welche sich unter bestimmten Umständen aktivieren. Die Latenz der Literatur ist ihre Stärke, nichts sonst.

Zwischen der Satire und mir entstand Entfremdung, die nicht allein zurückführbar war auf den brachial verbreiteten Optimismus, der seine Lächerlichkeit nicht noch schriftlich bescheinigt haben wollte. Die Satire selber zeigte sich als von der Realität überholt. Man existierte innerhalb einer Groteske, agierte wie ein Clown und erlebte das Dasein als eine Kette schlechter Späße. Und dabei verging einem der Humor, den man sich von Tucholsky ausgeborgt hatte.

Ich habe ein Stück meiner Biographie hier nur darum zum besten gegeben, damit ein kulturbedingtes Verhalten und dessen Aufhören sichtbar werde.

Das Ende der Satire war gekommen, auch ohne staatliche Restriktionen. Es war längst eingetreten, nachdem Herr Wendriner, den ich als Synonym für ein Publikum, für eine, das kulturelle Klima bestimmende Schicht benutze, »stieke« das Kino verlassen hatte, um in den Zug nach Auschwitz zu steigen. Daß nach dem, was dieser Ortsname symbolisiert, keine Gedichte mehr möglich sein sollten, halte ich für unsinnig – es sei denn, man habe eine romantisierende Vorstellung von Gedichten. Daß jedoch aus dem gleichen Grund Satire unmöglich geworden ist, dessen bin ich sicher. Es hat den Anschein, als sei alles, was die Satire angegriffen und aufgespießt und verhöhnt hat, durch einen gewaltsamen Akt entbunden und in die Realität entlassen worden.

Was für eine Aufregung, als »Deutschland, Deutschland über alles ...« erschien, und unter einer der Heartfieldschen Fotomontagen, ordensbekleckerte Generäle zeigend, der Satz stand: »Tiere sehen dich an.« Wie harmlos kommt uns das heute vor, und wie ungerecht gegenüber den Tieren, nachdem diese Leute da Europa zerstört und Hekatomben von Menschen für nichts hingemacht haben. Keine Satire vermochte danach und vermag auch gegenwärtig nicht, die Wirklichkeit zu überzeichnen, was ja ihre Voraussetzung ist. Immer übertrifft die Wirklichkeit jede Vorstellung von ihr: immer zeigt sie sich und was sie umfaßt, extremer als unsere Fantasie es uns oder einem Leser ausmalen kann.

So bildet die Satire eine Leerstelle, macht sich selber durch einen unbesetzten Platz kenntlich. Jedenfalls für den, der noch ausreichend Kenntnis von ihr besitzt, um sie zu vermissen. Sie ist der Indikator, der die Abwesenheit einer spezifischen Intellektualität anzeigt, die man weder in germanistischen Seminaren noch auf Schriftstellerlehrgängen sich aneignen kann.

Aber, wie gesagt, nicht nur daß als Grundbedingung just das vermißt wird, was man früher teils abwertend, teils heimlich bewundernd »Jüdisches Köpfchen« nannte, Satire benötigt zu ihrem Erscheinen auch immer ein immenses Maß an Hoffnung und Optimismus. Denn der Satiriker braucht für seine Attacken, für seine Aggressionslust und seinen Mut vor der Macht und den Mächtigen den festen Glauben an die Veränderbarkeit. Ohne die Überzeugung, daß er mit seiner zum Degen verwandelten Feder bei seinem Gegner und bei seinen Zuschauern tatsächlich Wirkung hervorrufe, kann und wird keiner als Satiriker die Arena betreten. In jenen guten alten schlechten Tagen v. H., vor Hitler, waren die psychischen Voraussetzungen noch gegeben. Die Vielzahl von Satirikern beweist es. In der von mir so aufmerksam verschlungenen »Weltbühne« schrieb ja jeder ähnlich wie Tucholsky – freilich ohne dessen Eleganz, ohne ihn stilistisch zu erreichen. Blättert man in den damaligen Zeitschriften, staunt man über die Fülle und den Anteil satirischer Betrachtungs- und Schreibweise. Sei es der »Querschnitt« gewesen oder »Der wahre Jakob«, das Satireblatt der SPD – sogar noch auf der Rechten läßt sich der mühselige, krampfhafte und mißlungene Versuch feststellen, es den linken Intellektuellen mit gleicher Waffe heimzuzahlen.

Optimismus, Hoffnung und Überzeugung von der Macht des Wortes sind dahin, und mit ihnen die Fähigkeit zur Satire. Und allein schon die Assoziation jenes berühmten Kabarettnamens aus den »Roaring Twenties«, derer man sich im Nachhinein nicht zu erwehren vermochte, lähmte die Kraft zum Witz und zum Spott. Meinten die Kabarettisten und ihre Autoren mit »Schall und Rauch« Namen und Worte, so erhielt die Bedeutung später einen tödlichen, einen deprimierenden Beiklang. Und nichts wäre ungeeigneter als Antrieb zur Satire wie Depressivität, wie Resignation.

Zugestanden und ohne jede Beschönigung: Der Kampf ist verlorengegangen und kann nie und nimmer mehr gewonnen werden. Die Siege Hitlers oder dessen, wofür er einstand, waren und sind subtiler, als wir auf den ersten Blick wahrhaben möchten. Es sind Siege, die in Bereichen errungen wurden, wo die Verluste und Niederlagen nicht in Mark und Pfennig umzurechnen sind. Mit der Beseitigung ganzer Bevölkerungsteile sind der Gesellschaft, meinetwegen der Nation, seelische und geistige Fähigkeiten entzogen worden, über deren Inexistenz sich diese Nation niemals klargeworden ist.

Hoffnung, Optimismus und Überzeugung, es lohne den Kampf, haben sich auf dem niedergewalzten Felde der Literatur kaum je wieder so recht regeneriert. Denn seit Hitler ist das Weltvertrauen erloschen, weil, was einmal geschah, wiederholbar bleibt. Wem dieses Vertrauen abhanden kam, dem fehlt auch die Energie zu Sisyphusarbeit der Weltverbesserung. Außerdem – und man mag mich für die folgende Behauptung einmal mehr als Unheilspropheten anschwärzen – war Hitler nur das Vorspiel künftiger Katastrophen und Untergänge. Keiner ahnt, wie viele Millionen morgen sterben müssen, weil es uns mißlungen ist, die Erde bewohnbar zu erhalten. Ich will auch keine finsteren Menetekel an die freundlichen Wände unserer scheinbar so festgefügten Ordnung malen. Ich will einzig und allein darauf hinweisen, daß das geheime Unbehagen, die unausgesprochenen Befürchtungen, die Verdrängungen und Verleugnungen, zu denen das Bewußtsein zunehmend Energie verbraucht, einer literarischen Form wie eben der Satire, den Nährboden entzogen haben.

Wenn Herr Wendriner noch lebte, er wäre verstummt. Wie es seinem Animator im schwedischen Exil die Sprache verschlagen hat. Tucholskys Ende in Hindas beweist eine umfassende Konsequenz. Es war ja nicht allein die Krankheit, und es war nicht allein die Einsamkeit, die an sich eine Einladung für Selbstmörder darstellt. Wer einmal dort im Norden gewesen ist, in der Düsternis einer farblosen Landschaft, in der es ein halbes Jahr lang nicht Tag werden will, der verspürt, wie einem Lebenslust und Laune vergehen kann. Doch beides war nicht der ausschließliche Anlaß. Die Verzweiflung darüber, wie das Volk der Deutschen einem mörderischen Scharlatan sich unterordnete, war mit keinem Mittel mehr zu kompensieren. Hoffnung, Optimismus, Kampfkraft hatten sich erschöpft. In und mit Tucholsky war die Satire selber an ihrem Schlußpunkt angelangt. Danach ging und geht nichts mehr. Was Tucholsky noch mitzuteilen hatte, drückte er im Bild der Treppe aus, über deren Stufen er den eigenen Weg markierte: Schreiben – Sprechen – Schweigen.

Wenn Herr Wendriner noch lebte, er würde auf seine, auf banalere Weise das Finis markieren, nämlich mit jenem Ausdruck, mit dem er im Kino unter der beginnenden Diktatur den Anbruch der »Neuen Zeit« in Deutschland ungewollt kommentierte. Er würde sagen: »Stieke!«

Über die Zukunft meines Handwerks

Über die Zukunft eines spezifischen Handwerks, nämlich das des Schreibens, läßt sich nur mehr oder weniger wild spekulieren. Wobei selbst die gemäßigten Spekulationen, sollten sie jemals Wirklichkeit werden, immer noch ausreichend Ungutes für den Schriftsteller verheißen. So zum Beispiel, daß sein Metier unaufhaltsam anachronistisch wird und seine »Gattung« damit selber vom Aussterben bedroht. Falls man sich eines Tages weltweit entschlösse, die Dichter, auch jene, die auf Schwarzen Listen stehen, auf die Rote Liste der bedrohten Arten zu setzen, dürfte es wohl bereits zu spät sein. Dann wäre der Zeitpunkt gekommen, die letzten Exemplare in Reservaten zu hegen. Und wer einen Dichter in »Freier Wildbahn« anträfe, würde diese Begegnung ähnlich sensationell empfinden wie gegenwärtig die mit einem lebenden Hasen am Waldrand. Der Vergleich mag komisch und weit hergeholt klingen, ist es aber nicht, da für beide, Dichter wie Hasen, eine Vielzahl von Voraussetzungen ihrer Existenz nötig sind, welche sich kaum noch ergeben, und die sich ständig weiter verringern. Eine seuchenartig um sich greifende Monokultur, landwirtschaftlich wie gesellschaftlich gemeint, entzieht diesem wie jenem Geschöpf die Daseinsgrundlage.

Für das möglicherweise drohende Ende von Dichtung, von Literatur, will ich keineswegs unseren Freund, den Computer verantwortlich machen. Im Gegenteil: Ihn trifft die geringste Schuld. Ja, sogar in der nun schon fünften Generation als »Künstliche Intelligenz« ist er freizusprechen, denn seine, wie auch immer gesteigerten »geistigen« Fähigkeiten divergieren auf immerdar von den

Fähigkeiten der Dichter, so daß also die Gefahr, jene könnten diese ersetzen, gar nicht aufkommt. Hierin liegt keine Bedrohung. Die »Künstliche Intelligenz« erweist sich keineswegs als Konkurrenz für den Dichter, nicht zuletzt wegen des Umstandes, daß man als Dichter auf Intelligenz verzichten kann. Ja, gerade Intelligenz hat sich in vielen Fällen für die poetische Produktion eher hinderlich erwiesen und muß das in wachsendem Maß tun, da sie, die Intelligenz, in unserer industriell gezeugten Zivilisation ganz und gar deren Grundmustern unterworfen ist. Mit einem nur scheinbar paradoxen Wort gesagt: Die natürliche Intelligenz ist längst zu einer künstlichen geworden, zu einer auf Kunstfertigkeiten getrimmten, nicht etwa zu einer kunstverständigen. Dem Dichter ermangelt es an solcher Intelligenz, und es ist gerade dieser Mangel, der seine Kreativität ausmacht. Besäße er jene gängige, nun auch den Maschinen eingeimpfte Intelligenz, würde sofort seine Schaffenskraft erlöschen, da er die Erzeugnisse letzterer für gänzlich nutz- und zwecklos halten müßte. Da glücklicherweise dem Computer die schöpferische Dummheit nicht einstrukturiert werden kann, werden wir also auch in Zukunft auf den dichtenden Apparat verzichten müssen.

Nicht ganz abzustreiten ist jedoch, daß vielleicht irgendwann einmal dem Computer die Fähigkeit zur Täuschung eigen sein könnte. Falls es nämlich gelänge, Wesenszüge eines bestimmten Dichters in den Chips unterzubringen, seine diversen Lebenserfahrungen, seine Leiden und Leidenschaften, Melancholie und Depression, Egomanie und Menschheitsliebe, seine sexuellen und hypochondrischen Obsessionen, dann, aber nur dann, würde uns dieser Computer Gedichte liefern, die aussähen als stammten sie tatsächlich von diesem Dichter, dessen psychische Kopie der Apparat geworden wäre. Freilich: Der Begriff Kopie sagt alles: Es bliebe beim »Alsob«, bei Schattenbildern, die den Originalen ähnlich sähen, ohne ihnen jedoch hundertprozentig gleichen zu können. Weil nämlich von Mal zu Mal, von Gedicht zu Gedicht bei jedem Dichter ein winziger Entwicklungssprung oder eine winzige Regredierung sich ereignet, jedenfalls eine kaum merkliche Veränderung gegenüber dem vorhergehenden Werk, so daß mit jedem neuen auch stets Unterschiede, das heißt, Unterscheidungsmerkmale verfertigt werden, da dem realen und lebenden Dichter auch ständig neue Erfahrung zustößt.

Nein – nicht auf diese Weise droht dem Dichter der Untergang oder schlimmer: das Museum. Denn sogar noch in der für Dichter scheinbar vernichtenden Prophezeiung von ihrer Ersetzbarkeit durch Computer steckt die rosarote Utopie, weil sie voraussetzt, daß selbst unter den überwältigenden technischen Bedingungen von morgen das Singen und Sagen kein Ende hätte. Es ist wohl eine sehr deutsche, nämlich romantische Utopie, daß der Geist wehe, wo er wolle, und sei es auf einem Bildschirm, auf einer Diskette oder in einem Schaltsystem. Darin jedoch besteht der wesentliche Irrtum, weil davon ausgegangen wird, unsere Intellektualität, meinetwegen unsere Vernunft, könne sich eines Gerätes zu ihrer Steigerung bedienen und dabei unbeeinflußt wie eh und je fortexistieren. Der Geist jedoch, der aus Aladins Wunderlampe steigt, eine Macht sondergleichen, erfaßt zwangsläufig seine Benutzer und macht sie, ohne daß sie es ahnen und spüren, sich selber dienstbar.

Es gibt Vergleiche aus simpleren Bereichen, wo Maschinen, während wir sie bedienen, vom Staubsauger bis zum Auto, von der Schreibmaschine bis zur Videokamera, unaufhörlich unsere Physis konditionieren, uns zu Wahrnehmungsmodi verpflichten, denen wir nicht entrinnen können, ohne durch Fehlbedienungen mögliche Katastrophen, zumindest Schädigungen hervorzurufen. Wie erst wirkte ein Gerät, das sich zur Gänze der sinnlichen Beziehung entzogen hat, auf unsere Denk- und Vorstellungsweise ein? Ich erinnere mich, vor Jahrzehnten eine Ausstellung epochemachender Bücher besucht zu haben, wo, unter Glas, ein Korrektur-Exemplar Immanuel Kants gezeigt wurde; die aufgeschlagene Seite war kaum größer als die eines Taschenbuches, der Druck klein, der verbleibende Rand breit und vollständig vollgekritzelt mit einer haarfeinen Schrift, Zusätze, Verbesserungen, Änderungen, die sich musterartig bis zwischen die gedruckten Zeilen zogen. Dieser Anblick hat mich dermaßen berührt, daß ich ihn nie vergessen habe. Was da in einem seltsamen Neben- und Miteinander von Handschrift und Druck sichtbar wurde, war die Visualisierung eines individuellen Denkprozesses und seine ebenso individuelle Fixierung. Heute jedoch weist bereits ein elektronisches Schreibgerät eine »Erwartungshaltung« auf, die uns optisch dauernd mahnt: Bediene mich, zögere und zaudere nicht! Als bestünde nicht gerade die Kunst bei der Kunst in Zögern und Zaudern.

Am Anfang, nicht nur der Biblischen Geschichte, sondern auch am Beginn des Schreibens stehen und entstehen auf Papier Chaos und Anarchie, als gehorche einem nicht die Hand, als versuche sie selbständig das zu erreichen, wozu sich der Kopf schwer entschließen kann. Die schreibende Hand zieht den Dichter in seine Aufgabe hinein, um in einem synchronen Spiel, zusammen mit Hirn und Herz, als dritter in dem notwendigen Bunde, den Text in die Welt zu setzen. Ich bezweifle keineswegs, daß sich mittels eines Computers Literatur herstellen läßt, wahrscheinlich sogar schneller, rationaler und zum alsbaldigen Verbrauch geeigneter als die alten handgeschöpften Werke. Ich bezweifle aber, daß eine solcherart produzierte Schriftlichkeit den »klassisch« geschriebenen gleich sei. Spurenelemente – und wir wissen, wie lebenswichtig die sind – von Substantialität, von Bedeutsamkeit, welche aus der Methode des Schreibens selber resultieren, dürften vermutlich fehlen. Allein schon die beim Schreiben auftretende Emotionalität, welche sich motorisch bemerkbar macht und ihren Niederschlag in der Handschrift findet: nämlich ihre unmittelbare Ableitung – geriete sie nicht eventuell als »Störfaktor«, als deformierendes Moment in den Text selber? Das mag übertrieben klingen, weil völlig beweislos, doch ich glaube an die Reziprozität selbst kleinster Vorgänge, sobald wir in sie affektiv verwickelt und verwoben sind. Insofern bin ich überzeugt, daß diese neue Ehe, welche wir mit der »Künstlichen Intelligenz«, mit der Maschine eingingen, nicht unbedingt im Himmel geschlossen wurde. Ob der Ort des einseitigen Ja-Wortes die Hölle war, wird sich erweisen.

Die Programmierer-Rede ist vom »Dialog« mit dem Computer, doch bei solchem Dialog muß ganz gewiß der eine Partner sich sprachlich auf den anderen einstellen, und ich ahne, daß es wohl kaum der Computer sein dürfte. Eine wie immer wortreich und grammatikalisch einwandfrei arbeitende Maschine wird nur funktionieren, solange sie keine Einwände gegen die Logik und das Kausalitätsdenken ihres menschlichen Gegenübers hat. Man kann mit der Maschine sprechen, wenn man zu vergessen imstande ist, daß die Sprache das Medium stellt, durch das wir der Welt, uns selber und anderen Menschen begegnen. Daß wir bloß insoweit sind, als wir uns zu artikulieren vermögen. Ich spreche, also bin ich. Unsere Zivilisationssprachen sind, ohne daß wir es eigentlich merkten, längst verarmt. Vergleichen wir sie mit den Eingeborenensprachen und ihrer Fülle von Wörtern, die Dinge weitaus differenzierter bezeichnen, müssen wir einsehen, daß die sprachlich reichere Welt auch reicher an Erscheinungen war als unsere vorgeblich super-reiche es je sein könnte. Es gibt zwei Sorten von Reichtum, wir sind der materiellen verfallen und verlieren daher unaufhaltsam den Reichtum der immateriellen, beschleunigt nun durch die Verarbeitung nur noch ironisch »nützlich« zu nennender Daten. Die Verarmung der Sprache, ein allseits unbestrittenes »Naturgeschehen«, wird begleitet von der Verarmung der Fantasie, der Gefühle, der Imaginationsfähigkeit. Aber nur die vielfältigen Möglichkeiten sprachlichen Ausdrucks, das individuell Außerordentliche, das durch ästhetische Ausformung überindividuell wird, bürgen überhaupt für seelische und geistige Chancen, sich selbst und die Umwelt auf anderem Wege zu erleben, als auf dem der alltäglichen Indolenz. Für diese Gelegenheit einer völlig anders gearteten Selbsterfahrung hat bisher der Dichter gesorgt. Als künftiger Bestandteil einer Allgemeingut werdenden Maschine gerät er in Abhängigkeit von ihr und verliert sein einziges, ihn legitimierendes Talent. Wie die Maschine unsichtbar Kausalität verfertigt, so wird, wer sich der Maschine anheimgibt, widerstandslos »gleichgeschaltet«. Er wird zu einem biomechanischen Vermittler des Gewohnten und Gewöhnlichen, das sich wie eine Schicht über unser Sein legt, so daß wir eines Tages darunter, wie vorausberechenbar, ersticken werden.

Über die Kunst, nicht zu lesen

Schopenhauer erscheint einer Gesellschaft, welche mittels der Kategorie »Provokation« alles und jedes zu integrieren und damit zu neutralisieren vermag, kein bißchen mehr provokant. Im Gegenteil: Zum Klassiker erhoben, durch Taschenbuch und wohlfeile Volksausgabe verbreitet, dient der einstmals mit Unbehagen genannte Philosoph heute als Bestätiger unserer aktuellen Skepsis, die eine Frucht trostloser Wirklichkeitserfahrung, nicht etwa solche tieferer Einsicht ist. Dadurch geriet Schopenhauer unausweichlich und unaufhaltsam in den Geruch der »Modernität« – was ihm selber wenig behagt hätte, denn für nichts zeigt er mehr Verachtung als für die Geistlosigkeit eines Publikums, das von diesem fragwürdigen Begriff sich seine Lektüre vorschreiben läßt.

Im Kapitel 24 der »Parerga und Paralipomena« (P II, zitiert nach Hübscher) finden sich einige Abschnitte »Über Lesen und Bücher«, von denen man wünschte, sie würden zum Lehrstoff für jene gemacht, die zwar des Alphabetes, aber noch lange nicht des Lesens kundig sind: die Mehrheit also, wie zu fürchten ist. Ihr will Schopenhauer seine Ansichten und Erkenntnisse keinesfalls »versüßen«; sein psychologisch wohlfundierter Scharfblick, seine mühsam unterdrückte Cholerik, seine berechtigte Ungeduld radikalisieren seine Kritik an der »Krone der Schöpfung«. Die eigene Person, die Selbsterfahrung nutzt der Reflexion und wird zu ihrem Ausgangspunkt, darin – bis in den Duktus – erstaunlich ähnlich den Montaigneschen »Essais«. Der aphoristische Geist tendiert zur Sentenz, und als solche bieten sich jene, jeweils die einzelnen Paragraphen einleitenden Sätze dar. Schon der erste (§ 290) hebt mit einem überzeugenden Diktum an: »Unwissenheit degradirt den Menschen erst dann, wann sie in Gesellschaft des Reichthums angetroffen wird.« Oder bereits den Lesevorgang unter Verdacht stellend: »Wann wir lesen, denkt ein Anderer für uns: wir wiederholen bloß seinen mentalen Proceß (...)« (§ 291) Ganz beiläufig und ohne besondere Hervorhebung wird mitgeteilt, daß Denken und Fühlen bei der Lektüre unauflöslich miteinander verschmölzen – eine Anmerkung, die auf den Kern aller Literaturrezeption zielt: auf die Ambivalenz. Von ihr wird noch die Rede sein.

Schopenhauer setzt sich in den zwölf Paragraphen mit einem Umstand auseinander, der einen nahezu unerschöpflichen Streitfall bildet: zwischen Autoren unterschiedlichster Weltanschauung, zwischen Schriftstellern und Kulturpolitikern, respektive Ideologen. Dieser Streitpunkt ist die Frage nach der Wirksamkeit der Literatur. Darum unerschöpflich, weil nie die eigentlichen Motive des Lesens erkundet werden. Der Schriftsteller mag noch Vorstellung davon haben, warum er liest, nämlich zum Training der eigenen Begabung: »Dies also«, heißt es in § 292, »ist die einzige Art wie Lesen zum Schreiben bildet, indem es nämlich uns den Gebrauch lehrt, den wir von unsern eigenen Naturgaben machen können; also immer nur unter der Voraussetzung dieser. Ohne solche hingegen erlernen wir durch Lesen nichts, als kalte todte Manier, und werden zu seichten Nachahmern.« Oder, falls wir Gelehrte sind, lesen uns sogar dumm: »Denn beständiges, in jedem freien Augenblicke sogleich wieder aufgenommenes Lesen ist noch geisteslähmender, als beständige Handarbeit; da man bei dieser doch den eigenen Gedanken nachhängen kann. Aber wie eine Springfeder durch den anhaltenden Druck eines fremden Körpers ihre Elasticität endlich einbüßt; so der Geist die seine, durch fortwährendes Aufdringen fremder Gedanken.« Und weiterhin: »Je mehr man liest, desto weniger Spuren läßt das Gelesene im Geiste zurück (...)« (§ 291)

Warum also wird gelesen? Die Liste der unbefragt hingenommenen Argumente ist lang; der Autor, nachdem er aus seinen eigenen, meist ziemlich sterblichen Werken vor Publikum gelesen hat, vernimmt sie wie das dumpfe Geräusch der tibetanischen Gebetsmühle: Man lese aus Informationsbedürfnis; um Kenntnisse zu gewinnen; um sich politisch aufklären zu lassen – als würde je ein Linker ein reaktionäres Buch lesen oder ein Rechter ein progressives; um etwas über andere Zeiten und Menschen zu erfahren; und – nicht als schlechtestes Motiv: um sich unterhalten zu lassen. Diese Begründungen sind ganz gewiß Selbsttäuschungen; sie sind die Alibis für tiefwurzelnde Gründe, derer sich der Leser nicht bewußt werden kann – oder nicht bewußt werden mag. Es ist keineswegs der Fall, daß sich der Leser lesend an fremdem Wissen bereichert; daß er inneren Reichtum durch Partizipation an fremdem Leben gewinnt wie ein blutsaugender Vampir, denn es handelt sich bloß um Tinte und Druckerschwärze, was da gierig aufgesogen wird. Eine Zunahme an menschlicher Substantialität muß als scheinhaft bezeichnet werden. Die Figuren der Romane, auch der großen, großartigen, und vielleicht gerade dieser, werden nicht zu Lehrmeistern der alltäglichen Existenz, nicht zu Wegweisern aus dem fort und fort schwelenden Unheil und nicht zu Verhinderern von individuellen oder allgemeinen Katastrophen: Das mag behaupten, wer will; eben die erwähnten Ideologen und Politiker, für welche nur überdeutliche Funktionszusammenhänge Geltung besitzen, in deren Netz sie die Literatur, die Kunst überhaupt, einordnen. Dieser abschätzigen Ansicht, eine in der Tat mehr und mehr vorherrschende, hat sich ein großer Teil der Schriftstellerschaft angeschlossen, weil er daraus seine Legitimation zieht: einen Zweck zu erfüllen. Nun, einen Zweck erfüllt er ja, der Schriftsteller, nur anders, als er sich das gedacht hat: Er verfertigt Prothesen, Lebensersatzteile, Lebenshilfsgüter, alles an sich nicht schlecht, aber in seinen eigenen Augen wie in denen der Leser nicht würdig, nicht hehr, nicht edel, nicht das, was die Selbsttäuschung an verbalen Tarnungen erfordert. Die fatale Formel von der »geistigen Nahrung« wird von Schopenhauer konsequent zu Ende gedacht: »Ueberhaupt aber geht es mit der geistigen Nahrung nicht anders, als mit der leiblichen; kaum der fünfzigste Theil von dem, was man zu sich nimmt, wird assimilirt: das Uebrige geht durch Evaporation, Respiration, oder sonst ab. Zu diesem Allen kommt, daß zu Papier gebrachte Gedanken überhaupt nichts weiter sind, als die Spur eines Fußgängers im Sande: man sieht wohl den Weg, welchen er genommen hat; aber um zu wissen, was er auf dem Wege gesehn, muß man seine eigenen Augen gebrauchen.« (§ 291)

Wozu also wird gelesen? Wo steckt der Sinn solchen unentwegten Unterfangens? Und: Müßten nicht Autoren wie Leser über die Tatsache verzweifeln, daß Jahrhundert um Jahrhundert immer erneut nur das nahezu gleiche seinen schriftlichen Niederschlag findet? Müßten wir, als Schreiber und Leser, nicht darüber enttäuscht sein, daß Epoche für Epoche die Mission der Literatur, den Menschen zu humanisieren, scheitert – ein zerbrechliches Boot an den schier unwandelbaren Klippen des vorherrschenden Bewußtseins? Wir müßten sowohl deprimiert wie zynisch sein und werden, glaubten wir wirklich an eine Aufgabe der Literatur, die ihr bis dato mißlungen ist.

Es ist nicht allein Leben aus zweiter Hand, das, wer liest, stundenweise führt, um seinem eigenen Leben, dessen Ursprünglichkeit und Sponaneität längst abhanden kam, kurzfristig zu entrinnen; es handelt sich außerdem darum, sich aufs unterhaltsamste einem umfassenden kulturellen und gesellschaftlichen Konsens anzupassen. Insofern besteht das folgende Verdammungsurteil nur teilweise zu Recht, da es das wirkende Prinzip verkennt: »Weil die Leute, statt des Besten aller Zeiten, immer nur *das Neueste* lesen, bleiben die Schriftsteller im engen Kreise der cirkulirenden Ideen, und das Zeitalter verschlammt immer tiefer in seinem eigenen Dreck.« (§ 295) Das Verlangen nach Neuem, nach besagter »Modernität«, das sich Schopenhauer nur mit der Dummheit der Menschen erklären kann, ist aber eine Forderung der sich beschleunigenden zivilisatorischen Entwicklung. Nicht allein, daß die Innovationsfreudigkeit des 19. Jahrhunderts eine anhaltende Lust auf Neues schafft und in technischer Hinsicht alles Alte und Gestrige überlebt erscheinen läßt, sogar die überlieferte Literatur – es bedarf, angesichts des enormen Wandels, neuer kultureller Übereinkünfte, neuer Verständigungsmodi, neuer Sprechweisen. Hier findet Literatur, selbst die triviale, ihre Aufgabe. Ähnlich den Tischsitten und Schamgrenzen, dem »Benimm«, dem wechselnden Habitus, wie Norbert Elias es uns im »Prozeß der Zivilisation« vorgeführt hat, »funktioniert« Literatur als »Erkennungsmelodie«, als schichten- und gruppenspezifisches Ordnungselement: Zwischen den Lesern von Rilke und Brecht schaffen Rilke und Brecht ein bestimmtes differenzierendes und vermutlich distanzierendes Verhältnis. Wer Walter Benjamin nicht kennt, ist ein ungebildeter Banause. Wer heute noch Thomas Mann liest, ist von Vorgestern. Oder ein verläßlicher Mitbürger, mit leicht konservativem Einschlag. Wer Günter Grass als Pornographen apostrophiert, entlarvt seine Geisteshaltung. Und so weiter und so fort . . .

Unsere Neigungen und Vorlieben für bestimmte Autoren lenken die Art des Umganges mit anderen Menschen – auch wenn keiner der bekannten oder berühmten Namen dabei fällt. Ein Mensch kann uns fremd und unheimlich werden, obwohl wir ihn genau zu kennen glauben und schätzen, sobald er eine Sympathie für einen Dichter bekundet, den man selber für gräßlich, platt, agitatorisch oder sonstwie suspekt hält. Auf diese Weise wird Literatur fortwährend »instrumentalisiert«, und »Mit diesem Hergange der Dinge hängt es zusammen, daß wir den wissenschaftlichen, litterarischen und artistischen Zeitgeist ungefähr alle 30 Jahre deklarirten Bankrott machen sehn« (§ 297), schreibt Schopenhauer über den literarischen »Paradigmenwechsel«, für den er, verlegenheitshalber, ein astronomisches Modell heranzieht. Wahr ist jedenfalls, daß der literarische Modenwechsel mit dem Konsenswechsel parallel verläuft, und daß dort, wo Beharrung sich zeigt, bestimmte Übereinkünfte ihren Wert behalten haben. Dieses Faktum aber ist uns so selbstverständlich, daß wir dafür blind geworden sind. Das Bücherlesen macht uns kulturfähig – ganz gleich, wie man diese einem Biotop zu vergleichende Kultur beurteilen will. Lesen und lesend miterleben strukturiert den Leser, versetzt ihn überhaupt erst in die Lage des Wahrnehmenden – nicht nur für seinesgleichen, sondern für seine ganze Umwelt. Zugleich aber steckt in diesem Beschenktwerden mit Augen eine neuerliche Ambivalenz, ein Widerspruch: Zwar wird der Leser zur Wahrnehmung berufen, doch sein Blickfeld wird durch seine Lektüre sofort wieder eingeschränkt: Das Buch wird zur Linse, es isoliert ein Stück Wirklichkeit und legt es als Präparat dem Leser in die Hand, der allzu rasch dem Irrglauben verfällt, er erfahre dergestalt alles Wissens- und Bedenkenswerte über die Realität, die innere wie die äußere.

»Daher ist, im Hinblick auf unsere Lektüre« – womit Schopenhauer jede stark zeitbedingte meint –, »die Kunst, *nicht* zu lesen, höchst wichtig. Sie besteht darin, daß man Das, was zu jeder Zeit soeben das größere Publikum beschäftigt, nicht deshalb auch in die Hand nehme (...)« (§ 294) Ein Ratschlag, den nur akzeptieren kann, wer auf kritische Distanz zu jedem Konsens zu gehen bereit ist; wer die Verweigerung von Übereinkünften wagt; wer auf die launige und anheimelnde Konformität zu verzichten imstande ist – also auch nur wieder Außenseiter vom Metier her: Philosophen und Dichter. So bleibt die Kunst des Nichtlesens denen vorbehalten, die davon leben, daß andere lesen: Schopenhauer macht da keine Ausnahme. Wie er leisten wir der Welt Widerstand, indem wir ihr unser Einverständnis aufkündigen, und mit jeder dieser Aufkündigungen uns ihrer Regel unterwerfen, die darin besteht, den Widerpart als Antrieb zu benutzen.

Die verbaute Zukunft

Flucht in die Zukunft, Flucht vor der Zukunft, heißt die Ankündigung dessen, was ich vorsichtshalber ein öffentliches Selbstgespräch nennen möchte. Doch genau besehen, ist dieser Titel irreführend und unstimmig. Denn weder können wir der Zukunft entgehen, noch uns kopfüber in sie stürzen. Wir können ihr entweder ihren Lauf lassen, was ohnehin geschieht, oder über sie nachdenken, wobei, das sollten wir nie vegessen, ein solches Nachdenken unerwartet rasch in Gefahr gerät, sich in Hypothese und Spekulation zu erschöpfen. Die Geschichte scheinbar fundierter Antizipation des Künftigen ist leider eine Geschichte von Irrtümern. Niemals ist eingetreten, was man erwartet, erhofft, ersehnt oder befürchtet hat. Obwohl immerhin letzteres die größte Chance zur Realisierung besaß. Doch selbst die endgültige Gestalt unserer Ängste erwies sich stets als eine unerwartete. Unsere Fantasie, unser Vorstellungsvermögen, blieb und bleibt ständig hinter der Wirklichkeit zurück. Daß wir uns heute mit der Zukunft schwertun, schwerer als jemals vordem, davon spricht nicht allein ein kassandrahaftes Philosophieren. Von der »Dialektik der Aufklärung«, welche uns die böse Kehrseite unseres humanen Strebens gezeigt hat, bis hin zur »Antiquiertheit des Menschen«, die uns unsere zunehmende Überflüssigkeit bescheinigt, entzieht uns der reflektierende Logos Selbstbewußtsein und Selbstsicherheit. Kein Wunder, daß seit Jahrzehnten die Vergangenheit Hochkonjunktur hat. Ob Staufer oder Tut-Ench-Amun, die Preußen oder die Etrusker – von allen erwarten wir insgeheim die Beruhigung unserer Ängste; wir wissen um die Schrecken und Leiden der Vergangenheit und verklären sie uns dennoch – wenn schon nicht zum goldenen, dann zumindest zum zukunftsgewissen Zeitalter. Wir beneiden unsere Vorläufer und Urahnen um ihre Gewißheit, daß ihrer Epoche die nächste, vielleicht sogar bessere, glücklichere, freiere folgen würde. Mit einem Wort gesagt: Wir beneiden sie um ihren Glauben an die Utopie.

Mit dem Scheitern der gesellschaftlichen Paradiesvorstellung, mit der Verwandlung eines menschheitlichen Traumes in einen höchst realen Alptraum, haben wir unsere Illusionen über die Machbarkeit der humaneren, menschenwürdigeren Gesellschaft eingebüßt. Unter der Hand wurde aus der auf ein erhofftes, von der Vernunft formbares, formierbares Morgen gerichteten Utopie eine umfassende Nostalgie, welche als solche sogar bei der romantisierenden Linken der späten sechziger und frühen siebziger Jahre kenntlich wurde. Wir erinnern uns jener einstmaligen Sehnsucht nach chinesischer Volkskommune und kollektivem Leben, begleitet vom kleinen roten Buch nicht relativierbarer, ewiger, revolutionärer Wahrheiten. Die propagandistisch verbreitete Erscheinungsform des chinesischen Weges besaß eine derartige Attraktion, weil sie eine Harmonie vortäuschte, wie sie auch die gängige Nostalgie für gewesene historische Phasen gefühlsmäßig annimmt, insbesondere für das Leben ethnischer Kleingruppen wie etwa Indianer oder Aurikaner. Die aktuelle Nostalgie ist auf dem Stammestrip und hat den Wigwam zu ihrer Heimstatt erkoren.

Die Nostalgie, vor kurzem noch abwertend gebraucht, gewinnt als Begriff Normalität und Wertfreiheit. Verknüpft mit einer kunterbunten Gegenständlichkeit, erweist sie sich als ein Sedativ erster Ordnung gegenüber dem befürchteten Chaos und den schmerzlichen und sehr wahrscheinlich brutalen Versagungen der allgemein als düster gesehenen Zukunft. Ja, am liebsten möchten wir gar keine Zukunft mehr. Am wünschenswertesten wäre die Prolongation der Gegenwart bis zum Sankt Nimmerleinstag. Auch wenn der historische Augenblick bereits von Krisen gezeichnet und bedroht ist, er möge verweilen, weil er vermutlich schöner ist als alles, was danach kommt. Jeder Schritt in die Zeit hinein, das spürt man, führt auf immer unsicherer werdenden Grund. Weil wir, wie gesagt, unserer selbst nicht mehr sicher und gewiß sind. Das beneiden und bewundern wir an unseren Ahnen: Daß sie mit ihren Rollen identisch waren. Wir bekommen zwar auch von der Gesellschaft Masken und Rollen zugeteilt, aufgedrängt, andressiert, aber der Glaube an ihre prägende Kraft ist erloschen. Der Verhaltenskodex bildet nicht mehr die Grundlage unseres Umganges miteinander. Wir sind frei wie niemals zuvor, aber wir haben damit nicht die Freiheit für etwas erhalten, wir sind nur frei geworden von etwas, wie eben Konventionen und Traditionen, welche auch den Zweck hatten, daß man sich ihnen, die eigene Persönlichkeit bildend, widersetzte, sie überwand oder an ihnen zerbrach. Statt dessen sind wir, als sei die Befreiung wie der Wegfall von Stützen und Klammern gewesen, innerlich amorph geworden. Und kennzeichnend dafür ist der Schlachtruf (oder Schrekkensschrei) unserer Ära: »Everything goes!«

Freilich, durch solche Auflösungserscheinungen sind wir auch leichter handhabbar geworden. In der Megamaschine, zu der die Gesellschaften mutierten, sind solche diffusen Wesen wie wir problemlos benutzbar. Wir sind ja schon selig, ein Rädchen in der Maschinerie sein zu dürfen, denn Rädchensein ist seelisch immer noch befriedigender als das Empfinden, man wäre nichts als Rohstoff für unbeeinflußbare Ereignisse. Wir stehen, ohne Kenntnis unserer Person ziemlich ratlos und hilfslos vor einer Zukunft, die wir uns selber eingebrockt haben, ohne von unserer Verantwortlichkeit überzeugt zu sein. Soweit das Resümee unserer momentanen Position, das kaum optimistisch klingt. Und wenn wir von Zukunft reden, müssen wir nicht ständig und nahezu ausschließlich auf die technischen Innovationen starren, auf die statistischen Hochrechnungen, auf die militärische Rüstung, auf diverse ökologische Desaster, obgleich wir doch eher eine Ahnung von Zukunft erlangten, wenn wir uns selber im Spiegel betrachteten? Denn in uns haben wir einen, auf den können wir nicht bauen – um ein Brecht-Zitat abzuwandeln. Wir sind nicht in der Lage, unser Tun in der Perspektive, also in seinen Folgen, zu erkennen. Dafür – und damit nähere ich mich dem heißen Brei der Architektur – gibt es rundum genügend Beispiele.

Es war eine lange, auch heute noch nicht gänzlich verständliche Entwicklung von Werner Hegemanns »Steinernes Berlin« bis zu Siedlers »Gemordete Stadt«, aber diese Entwicklung scheint mir eine, deren Zielrichtung anfangs überhaupt nicht klar gewesen ist. Hegemann nannte Berlin die größte Mietskasernenstadt der Welt und fand alles abreißenswert. Nun, es wurde ja auch kräftig abgerissen: Einerseits durch die Luftangriffe und Häuserkämpfe, andererseits durch Sanierung und Stadtplanung. Und ich erinnere mich, wie das Hansa-Viertel, diese erste internationale Bauausstellung, mit Emphase als Triumph neuen, humaneren Wohnens gefeiert wurde. Heute sehen wir diese frühen Kästen als Schrittmacher der Verschachtelung von Menschen an. Die alten Berliner Häuser hingegen mit den alten Berliner Wohnungen, inklusive dem berüchtigten Berliner Zimmer, dieser dämmrigen Höhle, sind zum bevorzugten Objekt Wohnungssuchender geworden. Weshalb eigentlich? Aus Nostalgie? Weil das gängige Wohnmuster von gestern heute Seltenheitswert hat? Oder weil die Altbauten unseren Bedürfnissen gemäßer sind? Kommunikativer, wie man neudeutsch sagen würde? Ist ihr Maß menschlicher? Aber was ist denn dieses so oft zitierte menschliche Maß? Definiert es nicht jede Generation, jedes Zeitalter neu? Ist nicht die Berufung auf dieses Maß daher ein Bauen auf Sand?

In keiner anderen Stadt wie Berlin hat sich das Bestreben gezeigt, die gegenständliche Vergangenheit, die überlieferten Bauten zu beseitigen und durch neue zu ersetzen. Dieses Phänomen hat schon Hegemann beschrieben, unterstellt es jedoch dem mangelnden Traditionsbewußtsein der preußischen, respektive deutschen Herrscher. Nach dem Kriege haben wir in den sogenannten »Wiederaufbau«-Phasen, wo ja gar nichts »wiederaufgebaut«, vielmehr Neues errichtet wurde, nichts anderes erlebt. Gewiß sind auch verborgene psychische Motive maßgebend. Mir will glaubhaft erscheinen, daß die Erneuerungssucht daher rührte, daß man die keineswegs zu bewältigende deutsche Vergangenheit auch optisch, auch städtebaulich zu verdrängen suchte. Wir wissen ja, daß durch Stadtsanierung mehr Altbausubstanz vernichtet wurde als durch Luftangriffe. Nun könnte man einwenden, daß Haus- und Bodenspekulation dieser Zerstörung Vorschub geleistet haben, was sicherlich, unter anderem, richtig ist. Aber, und das stützt meine Überlegung, dort, wo diese Spekulation fehlte, in Ostberlin, in der DDR, hat sich auf der Basis einer anders strukturierten Gesellschaft dasselbe ereignet. Man hätte annehmen sollen, daß es ein Akt der Vernunft gewesen wäre, Altbausubstanz zu erhalten und wiederherzurichten – was übrigens auch billiger gewesen wäre –, anstatt auf eine bedrückende und erschreckende Weise Tabula rasa zu machen. Diese vorgeblich »sozialistische« Stadterneuerung erweist sich jetzt als ein dem Mythos verfallener Vorgang, ja, der Mythos selber, nämlich die längst verstorbene Utopie, diente als Vorlage für einen Ort, an dem der Mensch zur Idee werden sollte, zu einem Schemen, zu einer Art belebten »Kunst am Bau«. Damit drückt sich im Städtebau eine besondere Radikalität des Denkens aus, welches mit den Zeitläufen absolut übereinstimmt, dafür ist der Mensch zum Mittel geworden. Dazu bedarf es natürlich der Liquidierung von Historie, von gebauter Geschichte. Dem widerspricht keineswegs die Restaurierung von Altstädten, von baulichen Relikten, denn die zu Tode restaurierten Fachwerkhäuser in Fußgängerzonen verwandeln sich zu Kulissen, wie man sie aus den entsprechenden Filmen kennt. Es gibt eine Art der Wiederherstellung und des scheinbaren Bewahrens von solchen Erbstücken, welche diese zu Mumien verwandelt, zu Museumsstücken, weil sie in einem Umfeld stehen, in dem ja die Zukunft längst stattgefunden hat, nämlich die Umwandlung eines einstmals lebendigen und alle umgreifenden Organismus auf eine geringe Anzahl von Funktionen. Von Zukunft sprechen, heißt davon sprechen, daß generell die Funktionalität von maschinellem Charakter zunimmt. Der »maschinenlesbare Personalausweis« deutet unabweislich darauf hin, daß nicht nur unser Personalausweis von der Maschine überwacht wird, sondern vor allem wir, und daß wir unser Verhalten danach einzurichten haben und es so zu gestalten, daß es der Maschine nicht widerspricht; daß es den von allen Maschinen verlangten Normen entspricht. Zu dieser »Maschinisierung« des Menschen leistet die Stadt Beihilfe und Handlangerdienste. Norbert Elias beschreibt den »Prozeß der Zivilisation« als einen des Fortschreitens von Fremdzwängen zu Selbstzwängen, und Lewis Mumford stellt die Stadt als hypertrophierende Megamaschine dar: synchron gelesen, bleibt von diesen sozio-psychologischen Untersuchungen nur die Schlußfolgerung: Unsere Prägung findet bereits im Vorfeld unseres bewußten Verhaltens statt. Vor der Erfindung der Uhr existierte ein anderes Zeitgefühl, das ist eine Binsenweisheit. Und vor dem Eindringen von Maschinen in unseren alltäglichen Lebensbereich, waren unsere Überlegungen und Denkweisen weniger monokausal als heute, wo wir ständig auf irgendwelche Knöpfe drücken, mit sofortigem Ergebnis. So entstand, dessen bin ich gewiß, eine unbewußte Erwartungshaltung, die angesichts komplizierterer, gar akausaler Zusammenhänge mit Ungeduld, Abwendung, Unverständnis reagiert. Unsere Umwelt voller einfacher Signale: bei Rot stehenbleiben, bei Grün gehen, Pfeil für Rechtsabbieger, Leitlinien als Verbote, alle diese Zeichen, Chiffren und wortlosen ikonographischen Hinweise besitzen inzwischen ihre Entsprechung in einem anderen Medium: Im Fernsehen. Auch hier geht alles so zu, daß auf A sofort B und nichts anderes folgt, was nur zur Verwirrung, gar zur Betroffenheit über das eigene Unvermögen, Schwierigeres zu kapieren, führen würde. Solch unbewußt gewordenes Reagieren zeigt sich in wachsendem Maße gegenüber der Literatur, gegenüber Texten, die nicht verstehen zu können als ein Makel und eine Verfehlung des Autors beklagt wird, anstatt die eigene Mangelhaftigkeit und Denkschwäche als Produkt einer Umwelt zu erkennen, in welcher geistige Bedürfnislosigkeit gefragt ist.

Die Stadt als Handlanger, hieß es, und dieser Handlangerdienst besteht nicht nur in der Aufspaltung in Einkaufsviertel, Fußgängerzonen, Bankenviertel, Schlafstädte, Bürobezirke, obwohl diese Teilung schon ein Übermaß an Einschränkung von städtischem Leben enthält. Hinzu kommt noch die »Autogerechtigkeit«, die Anpassung der Stadt an eine spezifische Verkehrstechnik. Wir jedoch, hinter unseren Lenkrädern, schaltend, beobachtend, die Maschine bedienend, nehmen gar nicht mehr wahr, was unser Auto mit uns macht, indem es uns zu dienen scheint. Ja, ja, der Zauberlehrling – das haben wir schon oft gehört, zustimmend mit dem Kopf genickt und damit hatten wir dann unserer Pflicht zur kritischen Einsicht in unseren Zustand genügt. Verändert hat sich nichts, haben wir nichts. Weil wir es nämlich gar nicht mehr können. Weil die besagte Freiheit, die wir gewonnen haben, die alten Lasten, die wir losgeworden sind, längst durch ungeahnte Unfreiheiten und neue Bürden ersetzt wurden. Man muß sich, um ein banales Beispiel zu geben, nur des eigenen Wartens an einer Verkehrsampel erinnern. Selbst wenn kein Auto erscheint, bedarf es einer starken inneren Überwindung, dennoch bei Rot den Damm zu überschreiten. Und wie viele rote und grüne Lämpchen, die den täglichen Ablauf unserer Existenz regeln, nehmen wir gar nicht wahr, sondern reagieren bewußtseinslos und wie Automaten, zu denen zu werden wir im Begriff sind.

Gibt es keine Gegenwehr? Müssen wir resignieren? Sind wir schon rettungslos verurteilt? Darauf verneinend zu antworten, fällt schwer. Unsere Aussichten sind gering. Rezepte existieren nicht. Besteht die Alternative nur noch darin, sehenden oder blinden Auges dem Untergang entgegenzutaumeln? Auch ich weiß keine Empfehlungen und Gegenmittel. Ich weiß nur, daß der Verlust unseres Geschichtsbewußtseins den Prozeß, den wir selber gegen uns eingeleitet haben, beschleunigt. Vielleicht können wir unser Urteil aufschieben, wenn wir uns unserer selbst als Geschichtsprodukte bewußt werden: Tiere, die ihr Revier derart veränderten, daß letzteres über ihre Natürlichkeit siegte. Das Bewußtsein von Geschichte, wie immer fragwürdig und mythosbeladen es sei, enthält und und erhält doch noch etwas von Geschichtskontinuität. Ich meine nicht jenes rückwärts oder ins Indianische gewendete Verlangen nach Übereinstimmung mit sich selbst und dem Kosmos. Das ist vorbei. Ich meine das Annehmen und die Kenntnis der Geschichte als eines Dressuraktes, den wir uns selber angetan haben. Sich dieser Herkunft dauernd zu erinnern, stärkt geringfügig die Resistenz gegen das Überwältigtwerden durch die »Modern Times«. Doch auch in dieser Hinsicht herrscht Ambivalenz. Ein zwiespältiges Gefühl bewegt mich, sehe ich historische Erinnerungstafeln für Größen aus früheren Jahrhunderten an

Gebäuden, die 20 Jahre alt sind. Hier lebte im Jahre 1860 der Philosoph XYZ, und der Bau selber ist aus Betonplatten zusammengesetzt und hat nie einen Philosophen beherbergt, geschweige denn 1860. Eine Vortäuschung also. Aber soll man lieber auf diese Anmerkung verzichten, der geschichtlichen Korrektheit halber? Ist das Erinnertwerden, obgleich auf groteske Weise, nicht wichtiger, als dieser sichtliche Widerspruch? An der Vergangenheit festhalten, ist dringend geraten. Nicht im Sinne des Konservierens, sondern im Sinne der ständigen Verlebendigung des Gewesenen. Das erfordert ein Festhalten an der verdinglichten Geschichte, an den architektonischen Zeitzeugen. Von der Berliner Mietskaserne bis zum Repräsentationsbau sollen uns die Überbleibsel nicht über ihre eigene Bedingtheit hinwegtäuschen, doch wir wollen sie auch nicht als das exemplarisch Schlechte und Verwerfenswerte verkennen. Lesen wir noch einmal die authentischen Chronisten: Walter Benjamins »Kindheit um neunzehnhundert«, noch einmal Franz Hessels »Spazierengehen in Berlin«, noch einmal Siegfried Kracauers »Straßen in Berlin und anderswo«, um eine Welt zu erfahren, in der noch das organische Prinzip das mechanistische überwog oder vielleicht nur überdeckte. Die Stadt, die Großstadt jener abgelebten Tage, war noch Behausung, Versteck, heimliche Freistatt, Bühne des Lebens, Platz einer säkularen Transzendenz.

Unsere zeitgenössischen Städte sind ideologische Konstruktionen, geltungssüchtig, protzenhaft, talmihaft, aufs Ökonomische konzentriert und total verwechselbar. Das hat zur Folge, daß wir überall zu Hause sind und nirgends. Die berühmte »Unwirtlichkeit« unserer Städte hat sich, indem man einen Buchstaben austauscht, zur Unwirklichkeit gewandelt und diese bildet nun ihre neue Qualität. Insbesondere am Abend, sobald die Dunkelheit topographische und naturbezogene Unterscheidungsmerkmale verdeckt, werden alle unsere Städte zu einer einzigen Stadt. Ob man durch Cuxhaven fährt oder durch Münster, durch Pasing oder Bergen-Enkheim, man kommt sich immer wie in einem farbig beleuchteten Märchen vor, dessen Leitmotiv das Fehlen von Menschen ist. Das künstliche Licht hat die Menschen verdrängt, für sie ist kein Platz mehr, sie gehören vor den Fernseher, wo man ihnen ihr Tun und Lassen vorschreibt, wie es der Maschine gefällt.

Haben wir zu frühzeitig kapituliert? Was hat uns gefehlt, daß wir uns fraglos und wehrlos diesem Fortgang von unserem Leben angepaßt haben? Es muß ja nicht so sein, und ich erinnere mich an einen einwöchigen Rom-Aufenthalt vor ein paar Monaten: Gegen Abend leerten sich auch dort und selbst in der Altstadt, wo ich wohnte, die Straßen. Der Campo dei Fiori vereinsamte. Nur die Lokale waren besetzt, sonst nur leere Gassen. Bis auf einen winzigen Teil des Bezirks: Im einstigen Ghetto, bestehend aus ein paar Straßenzügen, war Leben, und zwar so ungewöhnlich wirkend, daß es einem nahezu unheimlich vorkam. Hier nämlich saßen die Menschen auf Stühlen auf den Bürgersteigen, unterhielen sich, tranken Kaffee oder Limonade, standen an die Fassaden gelehnt oder unter den Türen, hockten rauchend um Tische, die man aufs Pflaster gestellt hatte. Und während die Nacht kam, die sonstige Umgebung längst in Schweigen und Schlaf versunken war, bestand hier ein eigenartiges Miteinander, von dem anzunehmen war, es sollte versäumtes Dasein nachgeholt oder bedrohtes mit verdoppelter Intensität vorweggenommen werden. Kaum ein Auto fuhr durch diese Straßen. Möglicherweise führte nur das »Schtetl« auf solche seltsame Weise ein verspätetes, unwiederholbares Nachleben. Und doch: Gleichzeitig vermittelten diese Leute eine Ahnung von städtischem Leben, wie es gewesen war, wie es sein könnte, ohne die Entfremdung, welche zu fördern und zu steigern auch Architektur, auch Städtebau, das ihre beigetragen haben. Der anachronistische Anblick verwies auf den Verlust und machte außerdem klar, daß wir in unserem fortgeschrittenen Zustand der Verdinglichung zu solch einem ungehemmmten und unmittelbaren Miteinander nicht mehr fähig sind. Da hilft uns auch keine Grünfläche zwischen maßvolleren Wohnhäusern aus der Misere, denn unser Sein selbst ist in technikbedingte Abläufe integriert und zu Phasen dieser Abläufe geworden.

In Gesprächen habe ich, sicherlich etwas undifferenziert, das Bauhaus für das verantwortlich gemacht, was uns an innerstädtischem Elend zugestoßen ist, und habe mir sagen lassen müssen, nur die Perversion der Bauhaus-Idee trage Schuld. Es muß jedoch nachgefragt werden, ob denn, sobald eine menschenfreundliche, aufs Allgemeinwohl zielende Idee »pervertiert« wird, nicht diese sogenannte Perversion ein logisches Ergebnis ihrer Realisierung darstellt. Weil wir jede, noch so gut gemeinte Idee in den Rang eines kategorischen Imperativs erheben, der, koste es, was es wolle, durchgesetzt werden muß. Uns verlangt es immer nach der Totalität von Ideen, gegen die wir, nachdem sie konsequent versagen mußten, nur neue zu setzen imstande sind. Immer schlägt das Pendel zur anderen Seite extrem aus, aber das Räderwerk dahinter ist immer dasselbe.

Wo immer vor uns die Bilder von Metropolen auftauchen, wirken sie austauschbar: Frankfurt, Hongkong, Houston, erhabener, himmelhoher Beton, und wir wissen, daß da unten in den Straßen die gleichen Produkte feilgehalten werden, die gleichen Filme laufen, die gleiche Technik den Betrieb in Gang hält. Nicht nur die erwähnte Anpassung an Technik findet da statt, auch eine Vereinheitlichung, um nicht zu sagen: Gleichschaltung des Bewußtseins tritt sehr wahrscheinlich ganz zwangsläufig ein. Die Folgen sind absehbar. Unser Bewußtsein, eine recht heterogene, wenn nicht gar in sich widersprüchliche Angelegenheit, die aus inneren Widersprüchen Kreativität schöpft, muß notwendigerweise verarmen, wenn die Vielfalt seiner Umwelt sich weiterhin rückbildet. Und gerade das, was wir in dieser »Endzeit« brauchten, nämlich Fantasie, Einfallsreichtum, Mut zu konträren Vorstellungen, Kraft zum Plädoyer für ein friedliches Nebeneinander lebenswichtiger Gegensätzlichkeiten und Divergenzen des Daseins, mit einem Wort, die Vision von etwas ganz anderem, Unpopulären, ist in den Mechanismen und Funktionskuben abhanden gekommen, veräußerlicht worden und durch die Medien kanalisiert. Nicht mehr in unserem Kopf sprießen die Phantasmagorien, sondern in der »Fantasy«-Literatur oder im Film, was bedeutet, daß sie in die Freizeit abgedrängt wurden und somit neutralisiert. Zu diesem Globus fällt einem wahrhaftig nichts mehr ein.

Nur im Traum – und das meine ich nicht metaphorisch – erlebe ich noch die Stadt, wie ich sie mir wünschte: Ein anheimelnder Korpus der bis ins Detail unterschiedlichen Proportionen und Formen, unterschiedlichster Ursprünge und Perspektiven. Dieser Traum kehrt immer wieder. In ihm spaziere, ja, flaniere ich durch eine namenlose City, gehe über Brücken oder sehe fern auf Brücken S-Bahnen vorüberfahren; Kuppeln wölben sich auf, Türme im Hintergrund der Vedute, vorn schon in sich zusammengesunkene Häuser von Altstädten, auch Ruinen, gibt es noch, eine kretisch-berlinische Mischung, das ehemalige Stadtschloß ist noch vorhanden, fremdartig jedoch, ich schreite an einem Kanal entlang, von palastartigen Fassaden begleitet, und kann mich nicht sattsehen an dieser überwältigenden Fülle des Unzusammengehörigen. Es handelt sich offenkundig um das Konzentrat einer Stadterfahrung, wie sie bald unmöglich sein wird. Eine Stadt als Ensemble des Individuellen, des jeweils Besonderen und Einmaligen, eben eine Traumstadt, die einem wohl vorschweben, aber nie erbaut werden kann. Selbst wenn man es noch so innig ersehnte, ihre Chancen sind gleich Null.

Statt dessen arbeitet sich die trostlose Wahrheit immer mehr ans Licht, daß wir Menschen uns eine Wirklichkeit geschaffen haben, der wir als Menschen nicht gewachsen sind. Um diese Wirklichkeit künftig überleben zu können, müssen wir zu anderen werden als die, die wir heute sind. Und aus diesem Akt der Unterwerfung unter die unabänderlichen Gegebenheiten und aus der nötigen Selbstverstümmelung resultieren unsere Leiden. Doch wenn diese aufhören, ist es auch mit uns vorbei.

Heimat als Biotop
Versuch einer Definition

Es ist ein entlarvendes Kennzeichen menschlicher Geistesverfassung, daß wesentliche Fragen unserer Existenz immer erst dann gestellt werden, wenn die Antwort nahezu unmöglich geworden ist. Wie sich niemand in besonderem Maße um die Zukunft scherte, als die Utopie noch durch die Köpfe spukte, und jedermann unbefragt zu wissen meinte, was die deutsche Nation sei, bevor ihr geographischer Raum zwischen den Siegermächten geteilt wurde. Nun geht es voll bänglichem Wissensdrang an die Heimat heran, deren selbstverständlichen Besitz wir verloren haben. Nicht allein die sogenannten »Heimatvertriebenen« büßten ihre von Kindheit an gewohnte Umgebung ein, auch wir Späteren sind auf vielerlei Weise der angestammten engeren Umwelt entfremdet worden. Sei es durch freiwillige oder unfreiwillige Mobilität, durch den Zwang, aus politischen oder ökonomischen Gründen unseren Wohnort, der unser Geburtsort war, aufzugeben, sei es, daß sich der Ort selber vor unseren Augen ins Unkenntliche verwandelt hat. Aber ich will nicht vorgreifen.

Über Heimat reden wollen, bedarf einer wesentlichen Voraussetzung: der Entmischung von Ideologie und Faktum. Es fällt schwer, diesen geschichtlich belasteten, um seine Unschuld gebrachten Begriff so zu verwenden, daß er nicht den Ruch aller in seinem Namen vollstreckter Untaten hinter sich herzieht. Es fällt ebenso schwer, emotionslos über dieses zum Ideologem aufgeblasene einstige Schlagwort, mit dem tatsächlich der Umstand körperlicher Züchtigung verbunden war, zu reden, als spräche man vom Wetter. Der Versuch soll dennoch unternommen werden, und sei es um der eigenen Klarheit willen.

Daß das Wort »Heimat« in keiner anderen Sprache außer der deutschen vorkommt, mag für Zufall halten, wer will. Ich jedenfalls meine, daß diese solitäre und außerordentliche sprachliche Stellung Grundbedingung für seine Kraft und Eindringlichkeit gewesen ist. Zusammensetzungen wie »Vaterland« oder »Homeland« oder das alt-ehrwürdige »Patria« enthalten nicht die gleiche, überwältigende, weil assoziationsgeladene Intensität wie eben diese Bezeichnung, welche deshalb imstande gewesen ist, Gefühlsschübe auszulösen, die wohl nur mit den bedingten Pawlowschen Reflexen zu vergleichen sind. Wo dieses Wort fiel, schwieg die Vernunft. Gegen Heimat gab es kein Argument, gibt es noch immer keines, denn es ist nicht nur ein beschmutztes, verbrauchtes, weil mißbrauchtes Wort, es ist zugleich nach und trotz aller historischen Relativierung ein vom Tabu geschütztes Phantasma. Es ist – um genau zu sein – ein Zauberwort, von dem eine magische Wirkung ausgeht oder doch zumindest erwartet wird. Es ist ein Bannwort, ein Werturteile vermittelndes Markierungsinstrument. Das läßt sich leicht an der Kombination erkennen, in der es seine Wirkung entfaltet. Wer beispielsweise als »heimatverbunden« klassifiziert wurde, erfuhr damit eine grundsätzliche Aufwertung, obgleich solche Verbundenheit über die menschlichen Qualitäten nicht das geringste auszusagen vermag. Gegenteil dessen war die Disqualifikation, die den Disqualifizierten dem Bannkreis der »heimatlosen Linken« zuordnete. Keine Formel hat in Deutschland der sozial-emanzipatorischen Bewegung mehr geschadet als die Unterstellung der Heimatlosigkeit. Denn Heimatlosigkeit war ein Kennzeichen von Landstreichern und Zigeunern, von Juden und Intellektuellen, welch letztere mit einem noch schlimmeren Makel ausgestattet schienen: der »Wurzellosigkeit«.

»Heimat« in seiner öffentlichen und vermutlich auch in

seiner privaten, den offziellen Sprachgebrauch akzeptierenden Verwendung wirkte als unaufhörlicher Zwang zur Unterwerfung. Die Heimat, eo ipso das Positive und jeder Kritik Entzogene, war der Prüfstein für den einzelnen wie für die Gruppe. Heimat nur als naturgegebenes Phänomen anzuerkennen, reichte nicht aus; sie als Eigenwert von hohem Rang zu betrachten, das mindeste. Der Verdacht besteht, daß dieser hohe Eigenwert eine holzige Frucht des deutschen Partikularismus darstellt. Die fehlende Reichseinheit über lange Zeiträume hinweg hat das Regionale favorisiert und gestärkt, so daß es sich nach der Erreichung der Reichseinheit 1870/71 nicht mehr in dem übergreifenden Gebilde namens Deutschland aufzulösen vermochte. Dieses Land bestand zu lange aus vielen Heimaten, um an die Stelle einer jeweiligen Heimat rücken zu können. Der gleichermaßen auftretende und überschäumende Nationalismus scheint der geheimen Herrschaft von Heimat zu widersprechen, doch ist der Widerspruch wirklich nur scheinbar. Gerade weil die regionale Bindung derart übermäßig stark ist (gefördert durch die deutsche Romantik, welche bis ins Industriezeitalter nicht zu enden vermag), zeugen Enge und Beschränkung Chauvinismus als Überreaktion. Daß dann unter Hitler die Heimat in der Form von Provinzialität ihre Herrschaft antritt, ist daher kaum verwunderlich. Nach Ausschaltung der »heimatlosen Linken«, der »wurzellosen Intellektuellen« aus dem öffentlichen Leben, rückt notwendigerweise die unter der dünnen Oberfläche urbaner Kultur und Zivilisation bestimmende, von eben der besagten Oberfläche unbeeinflußte Heimat in das Vakuum ein. Ja, unter dem Signet »Blut und Boden« setzt sich Heimat – immer als Ideologem gemeint – als primäres Kriterium für alle Erscheinungsweisen des Daseins, nicht zuletzt für die Kultur.

Es ist oft behauptet worden, die Nazis hätten mit einem

Trick eine überalterte Ideologie auf einen modernen Industriestaat gepfropft – aber das wäre unmöglich gewesen, wenn nicht in einem langen historischen Vorlauf Heimat nebst all ihren Voraussetzungen solche Macht über die Seelen und Hirne gewonnen hätte. Wir sollten nicht vergessen, daß Hitler keineswegs erfindungsreich war, sondern nur Kanalisationsdeckel öffnete, aus denen ans Tageslicht quoll, was immer schon vorhanden war. Auch, wie gesagt, Heimat als der gewichtigste, jeden Widerspruch ausschaltende Appell an die eingeborene Unvernunft.

Erinnern wir uns: Als die amerikanischen und russischen Truppen immer weiter in Deutschland vordrangen, änderte das Regime seine Parolen. Nicht mehr für Führer, Volk und Vaterland wurde gekämpft, sondern nun hieß es, die Heimat zu verteidigen. »Unsere Häuser brechen, unsere Herzen nicht!« stand an den Ruinen, und daß als letztes Argument, als letzte Bastion an erster Stelle die Heimat ins Feld geführt wurde, scheint mir vielsagend. Da war mit Heimat längst nicht mehr Landschaft oder Ortschaft gemeint, sondern ein psychotisches Konglomerat, ein reines Wahngebilde. Durch die erwähnte Vorherrschaft der Provinz über die Nation und die damit gleichzeitig verlaufende Hypertrophierung des Heimatbegriffes zum Herrschaftsinstrument hat sich Heimat selber von der Realität losgelöst und ist zu einem Alptraum ausgeartet. Man hätte denken sollen, daß diese Art Heimat, diese diffuse Einbildung mit dem Krieg verlorengegangen sei – doch zum Erstaunen und Erschrecken hat sich gerade diese Fiktion in zahllosen Köpfen erhalten. Noch immer oder vielleicht sollte man sagen: Schon wieder ist der Begriff zu einer gängigen Münze geworden, mit der, wie zu fürchten steht, man es seinen Gegnern heimzahlen kann, obwohl Heimat heute, wirkliche Heimat, sich von dem, was der Begriff von ihr einmal zusammenfaßte, lichtjahrweit entfernt hat. Denn er war, wie erwähnt, in der

Hauptsache romantisch geprägt, meinte Feld und Wald, Berg und Tal, Fluß und Meer als Spielplatz jeweiliger Kindheit. Er war – mit einem modernen Terminus – ökologisch bestimmt, fern der Industriezivilisation. Er bezog sich auf das Dorf und die Kleinstadt, nicht auf Großstädte, nicht auf Ballungsräume. Heimat bezeichnete den überschaubaren, umgrenzten Umweltbereich, in welchen das Individuum hineingeboren wurde, wo es seine ersten Erfahrungen machte, wo ihm Menschen nahestanden, wo seine Psyche die frühen und darum entscheidenden Eindrücke erhielt; wo es, kurz gesagt, seine Umgebung gefühlsmäßig aufnahm, um bei sich wiederholender Begegnung mit der Umgebung und ihren Merkmalen stets die einstigen, wenn auch schwächer gewordenen Empfindungen zu erneuern. Heimat wäre somit der Platz wiederholbarer Gefühlserfahrung.

Doch bietet dieser Platz noch mehr. Durch Wiedererkennen seiner natürlichen oder verfertigten Bestandteile vermittelt er beruhigende Sicherheit. Wo einem alles vertraut ist, hat man auch Selbstvertrauen, fühlt man sich »zu Hause«, nämlich wie in den eigenen, nur eben ausgedehnteren vier Wänden. Erst das Fremde erzeugt Beunruhigung und Unsicherheit, das eigene Verhalten betreffend. In seiner Heimat verhält man sich gegebenermaßen stets richtig, den ungeschriebenen Regeln zufolge – oder man ist sich ihrer Verletzung bewußt. In unbekannter Umgebung mit fremden Ordnungsriten ist das Fehlverhalten vorprogrammiert, bis man das rechte gelernt hat. Heimat, so ließe sich zusätzlich anmerken, wäre auch der Platz eines Sicherheit gebenden, fast zum Instinkt gewordenen, den Existenzumständen angepaßten Verhaltens. Das klingt ein bißchen abstrakt, könnte aber durch Beispiele, die keinen Anspruch auf hundertprozentige Übereinstimmung erheben, überraschend und farbiger erläutert werden. Wie immer distanziert man zu Konrad Lorenz stehen mag, mancher Vergleich liegt so nahe, daß er sich gar nicht ignorieren läßt. Zu unserem tierischen Erbe gehört eben, daß wir als wahrhaft »Eingeborene« eines bestimmten Reviers von eben diesem unser Schutz- und Sicherheitsbedürfnis bis zu einem gewissen Grade erfüllt wissen, weil wir keinerlei Überraschungen zu gewärtigen haben. Nicht allein alles Gegenständliche ist uns lange bekannt, wir sind ebenso vertraut mit dem landläufigen Benehmen und den Reaktionen unserer Mitmenschen, auf die wir von Kindheit an eingestellt worden sind. Verstörung und Verunsicherung breiten sich aus, sobald uns Ungewöhnliches, Ungewohntes naht, gegenüber dem uns kein Verhalten gelehrt wurde. Etwa wenn wir in unserer Kleinstadt plötzlich mitten in eine Schar unverständlich redender, schwarzhäutiger Asylanten geraten, und obwohl jede persönliche Befürchtung, Opfer eines unverhofften körperlichen Angriffs zu werden, völlig unsinnig ist, bewegt uns doch ein starkes Unbehagen. Das Fremde an sich, das in unseren entwicklungsarmen Lebensraum eingedrungen ist, erweckt in uns Angst und zugleich irrationale Aggressivität. Unser Heimatverständnis ist beschädigt worden, und wir reagieren entsprechend darauf mit dem energischen Verlangen, den vorherigen Zustand wiederhergestellt zu sehen. Asylanten raus! Die aktuellen Aufforderungen an die Vernunft der Bürger, dem Ausländerhaß entgegenzutreten, verkennen die Bedeutung der genetisch vorprogrammierten Revierfixation, genannt »Heimatliebe«. Aus diesem Grunde hat Heimat auch zeitenthoben zu sein: Ein Ort der Unveränderlichkeit, oder doch nur maßvollen, unauffälligen Wandels. Denn solange die alte Linde am Brunnen steht und Großmutters Fachwerkhaus bewohnbar bleibt, solange die Straßenbahn wie jeden Morgen durch unsere Straße fährt und der Metzger im Nebenhaus uns einen Guten Morgen wünscht, werden wir unseres Alterns weniger gewahr. Die Konstante der Heimat, ausgestattet mit den einem selber von Kindheit an nahen Mitmenschen, mit denen man gemeinsam altert, von scheinbar gleichbleibender Natur umgeben, schafft und nährt die Illusion von Zeitstillstand, auf jeden Fall die von einem langsameren Verlauf. Als ein Beispiel sei auf das vielen DDR-Bewohnern eigene Zeitgefühl verwiesen. In einer Kleinstadt der DDR, und manchmal nicht nur dort, scheint die Zeit viel zögernder und verzögerter hinzugehen als im Westen. Der ganze Lebensrhythmus ist ein anderer, nicht etwa weil man in mancher Hinsicht vorindustriellen Verhältnissen weniger entfremdet wäre, sondern weil sich die Umgebung so wenig gewandelt hat. Das Dorf in der DDR zeigt noch den Charakter des vorigen Jahrhunderts. Wer (als älterer Zeitgenosse) über das Holperpflaster zwischen lädierten Ziegelbauten gefahren ist, wird von diesem sichtlichen Verfall angeheimelt sein – gerade weil sich hier noch die Umwelt ziemlich gestrig präsentiert; so wie wir sie von unserer eigenen Jugend her kannten. Insofern sind die »Heimatgefühle« völlig unabhängig vom Lebensstandard oder den politischen Verhältnissen der jeweiligen Heimat, weil ihre Gesetzmäßigkeiten andere sind, und zwar solche, die unserer genetischen Verfassung entsprechen. Als unverdächtiger Zeuge sei hier Walter Benjamin zitiert, bei dem es in seinem Aufsatz über Werner Hegemanns Berlin-Buch heißt:

»Gewiß ist das Leben, das Hunderttausende Jahrhunderte lang in diesen Berliner Gelassen geführt haben, ungesund, unwürdig gewesen. Gewiß drückt sich das diabolische Wesen der Mietskaserne, heute wie damals im Ehe- und Familienleben, in den Qualen der Frauen und Kinder, in der Borniertheit des Gemeinwesens, der Häßlichkeit seines Alltags aus. Aber ebenso gewiß ist es, daß Boden, Landschaft, Klima und vor allem Menschen – nicht nur Hohenzollern und Polizeipräsidenten – diese Stadt geschaffen und ihrerseits im Bilde der Mietskaserne einen Abdruck des ihrigen hinterlassen haben. Noch die planlose Roheit dieser Siedlung, so gewiß ihr Kampf bis aufs Messer zu liefern ist, hat ihre Schönheit, nicht nur für den flanierenden Snob aus dem Westen, sondern für den Berliner, den Zille-Berliner selbst, eine Schönheit, die innigst seiner Sprache, seinen Sitten verwandt ist.« Was Benjamin hier liefert, ist seine Definition von Heimat, und daß es sich um nichts anderes handelt, macht der euphorische Ton klar. Häßlichkeit ist nur für den schön, für den sie alle oben aufgezählten Charakteristika von Heimat erfüllt. Ihre reale Erscheinungsweise ist erstaunlich nebensächlich, ästhetische Voraussetzungen spielen keine Rolle, wichtig sind ganz andere Komponenten. (Über diese gälte es zu diskutieren, um aus dem Dunst des Ideologems herauszukommen und in die Wirklichkeit vorzustoßen, um diese zu befragen, inwieweit sie überhaupt noch die Möglichkeiten von Heimat enthält.) Unsere Welt, einer auch äußerlich sichtbaren rapiden und unumkehrbaren Verwandlung unterworfen, entzieht sich als Heimat ihren Bewohnern zunehmend. Der globale Schwund der Wälder, Verstädterung weiter Gebiete, Betonwucherungen, Agglomeration, Verkehrstrassen, ständiger Abriß und Neubau verhindern für unzählige Millionen das Empfinden, einem unverwechselbaren Fleckchen Erde zuzugehören. Zugleich schwemmen politische Unruhen und wachsende Not Flüchtlingsströme in die scheinbar noch intakten Gebiete, um an deren Umwandlung zu arbeiten. Verliert die Welt an Heimatlichkeit? Wird sie nicht dadurch unheimlich, daß sie immer weniger anheimelnd ist? Und, als letzte Frage, entsteht dadurch nicht die Möglichkeit, daß Heimat generell verlorengeht? Daß eine Vielzahl von Ursachen ihre Erosion bewirkt, allen voran ihre sich mehr und mehr beschleunigenden Umgestaltungen, aus denen nie wieder hervorgehen kann, was ihre eigentliche Grundlage ist: nämlich ungestörte Dauer und unlimitierte Beständigkeit?

Will man eine vorsichtige Antwort versuchen, müßte man zuallererst hinnehmen, daß Heimat, im hergebrachten Sinne, vom Schwund erfaßt ist. Aber da das unaufhebbare und berechtigte Bedürfnis der Menschen weiterbesteht, sich in einem Raum heimisch zu fühlen, sich dort auszukennen, ihn in Beziehung zu sich setzen zu können, mag eintreten, daß sich die Qualität dieses Raumes ändert. Es gibt ja etwas, das man mit freundlicher Ironie als »ambulante« Heimat bezeichnen könnte und das gängiger »geistige« Heimat genannt würde. Diese geistige Heimat ist vorzugsweise Aufenthaltsort von Intellektuellen und Künstlern, auch von politisch denkenden Menschen, und sie ist selbstverständlich nicht immer identisch mit der realen Heimat. Diese geistige Heimat, über die es zu reden gilt, scheint mir keineswegs unwichtiger oder leichtgewichtiger als die vermeintlich vorhandene. Das klingt abstrakt und vielleicht auch ein bißchen verstiegen, und scheint die Forderung zu enthalten, Literatur anstelle tatsächlicher Heimat zu setzen, ja, Heimat durch Bücherlesen zu ersetzen. Das ist keinesfalls beabsichtigt. Ich will einzig und allein darauf hinweisen, wie enorm wichtig in Zeiten der Orientierungslosigkeit, der zerfallenen Maßstäbe, der zerbröckelten Normen, der Angst und der Unsicherheit geistige Heimat geworden ist. Und ich möchte mich zur Illustration dessen noch auf ein Beispiel berufen. Dieses Beispiel liefert die Geschichte der Juden. Aus dem Orient kommend, verstreut über Europa, das sich ihnen schon wenig wohlgesonnen zeigte, besaßen sie weder angestammten Lebensraum noch nationales Umfeld, die ihnen hätten Heimat sein können. Man hauste vom frühen Mittelalter an im Ghetto, ständig verunsichert und gefährdet, und nahm diese Wohnisolation und alles, was sie bedingte, keineswegs als Heimat hin. Heimat war der

Glaube, war das Judentum, war eben: geistige Heimat, resultierend aus Sprache, aus den heiligen Schriften, den Trost und innere Sicherheit spendenden Regeln und der fast familiären Menschengemeinschaft, in welcher man lebte. Und gerade aus dem Mangel an Heimat als gewohntem Biotop, gerade im Zustand der Diaspora, mußte die geistige Heimat eine außerordentliche Bedeutung erlangen, denn sie und nichts anderes garantierte den Erhalt der persönlichen und der gruppenspezifischen Identität. Das Festhalten am Judentum trotz stärkster Repressalien zeigt, wie existentiell wesentlich diese geistige Heimat gewesen ist, da man sie nicht aufzugeben und einfach »normaler« als Christ weiterzuleben vermochte. Erst spät im 19. Jahrhundert, da sich andere Identitätsmöglichkeiten anboten, ohne daß man das Eigene zur Gänze hätte vergessen müssen, assimilierte man sich langsam, unterlag auch das Judentum dadurch unaufhaltsamen Veränderungen.

Ich habe dieses Beispiel gewählt, um auf jenen vorhergehenden Punkt zurückzukommen, da sich die Frage stellte, ob die Welt an Heimatlichkeit verliert und ob Heimat generell verlorengeht. Es wäre immerhin denkbar, daß durch den enormen Wandel in der Welt, durch die extreme Mobilität der Menschen, durch die Verschiebung von Bevölkerungsmassen auf dem Globus weithin Zustände eintreten, die denen der Diaspora ähneln. Bereits heute hat sich die Bezeichnung Ghetto nicht zufällig erweitert, und wir benennen damit Quartiere in unseren Städten, wo Ausländer wohnen, und wir verkennen dabei eine globale Entwicklung: Daß wir Europäer unaufhaltsam selber in die Ghetto-Situation rutschen, die sich durch Bevölkerungsexplosion und das Aufkommen neuer, außereuropäischer Mächte und Großmächte herstellt. Die Welt, europäisch geprägt, wird diese Prägung verlieren; wir werden in einer sich schon abzeichnenden Zukunft innerhalb der Menschheitsmehrheit eine Sonderstellung einnehmen, die man als einen minderen Status wird akzeptieren müssen: Wie werden wir, die Europäer, damit fertig werden?

Selbstgewißheit und Selbstverständnis und damit einen Platz in der Welt findet man, wenn man eine einigermaßen feste, das heißt, nicht relativierbare Position einzunehmen vermag, wenn man angesichts aller Auflösungserscheinungen eine geistige Heimat hat. Nebenbei gesagt: Die augenblickliche Renaissance des Islam stellt nichts anderes dar, wenn auch unter regressiven Vorzeichen: Inmitten einer technologisch überwältigenden Gegenwart, da für die meisten Mohammedaner die überlieferten Strukturen ihres Zusammenlebens bereits abstarben, mußte sich als zweite Heimat und gesicherte Enklave der Islam anbieten. Wir haben dergleichen nicht zu erhoffen. Dafür haben wir vor allzulanger Zeit unsere Glaubensfähigkeit eingebüßt. Unsere zweite Heimat, unsere geistige Heimat, deren wir bedürfen, um das Manko an greifbarer auszugleichen, kann nichts anderes sein als ein erweitertes kulturelles Bewußtsein. Mir ist klar, wie verschwommen derartiges sich anhört, doch ließe sich in einem längeren und gezielten Diskurs wahrscheinlich genauer feststellen und festlegen, wie ein solches Bewußtsein beschaffen zu sein hätte, und welche Ansichten eine geistige Heimat demjenigen bieten sollte, der sich von der Realität zurückgestoßen sieht.

Von den Befürwortern der Kollektivität ist oftmals der Individualismus beklagt worden, als handele es sich um eine unheilbare Infektion – ich finde, das Individuum kann gar nicht individuell genug sein, um wenigstens in sich selber wiederzufinden, was ihm sonst nirgendwo mehr geboten wird: eine schutzbietende Freistatt, einen Binnenort, dessen gesamte Elemente ihn hilfreich bergen. Das ist kein Rückzug der sogenannten »schönen Seele« in sich selber, sondern ein notwendiger Umweg zur Außenwelt, welche nur über diesen Umweg eine begreifliche

Kontur gewinnt und zu ertragen ist. Wenn wir also über Heimat verhandeln wollen, dürfen wir nicht am Brunnen vor dem Tore stehenbleiben, vielmehr in ganz andere Brunnen hinabsteigen, um Heimat zu entdecken – selbst wenn wir uns dabei wie Froschkönige vorkommen sollten.

Der deutsche Wald gibt seine letzte Vorstellung

Der Sinn des Sprichwortes, vor lauter Bäumen den Wald nicht sehen können, verliert sich für mich konkret, sobald ich aus dem Fenster schaue. In meinem Gesichtsfeld existieren deutlich unterscheidbar beide Kategorien, perspektivisch hintereinander gestaffelt und ohne sich gegenseitig abträglich zu sein. Wald und Bäume: Inzwischen von der Industrie und der ihr entspringenden Zivilisation nicht nur zum Tode verurteilt, sondern durch dieses Urteil zugleich mit einer neuen Bedeutung, mit neuer Symbolik versehen. Alte, uralte Symbole waren Wald und Baum ja schon immer.

Hebe ich beim Schreiben just dieser Worte den Blick, sehe ich wenige Meter von mir entfernt zwei mächtige Linden, meinen Aufenthaltsort, das Haus, hoch überragend; ihre südwärts gerichtete Wetterseite ist mit einem grünen Stoff überzogen, der sich anfühlt wie eine besondere Sorte Samt, nur eigentümlich lebendiger. Nicht ganz genau in der Mitte zwischen ihnen eine überschlanke Birke, deren vielfältiges feines Astwerk blattlos die anatomischen Aufrisse des Blutkreislaufes kopiert. Rechts von ihr an einen Schuppen gelehnt ein greisenhafter, aber noch kräftig ausschlagender Fliederbaum. Sie alle könnten den Betrachter glauben machen, seine Besorgnisse seien übertrieben – stünde nicht etwas weiter links eine Reihe von Tannen, aus denen Zweige mit braunen, hängenden Nadeln in eine Zukunft zeigen, die »ihren Schatten vorauswirft«. Nur würde dann wohl die Redewendung vom *Schatten werfen* ebenso verschwinden, weil verschwunden sein dürfte, was sie begründet hat.

Jenseits dieser solitären Gewächse der Wald, eher ein

Wäldchen sich drängelnder magerer Tannen, Stamm an Stamm, das Tageslicht absorbierend, so daß es, obgleich nur eine Festmeterplantage, dennoch auf Vergangenheit verweist: Urweltliches und Urwaldhaftes wird trotz der Ärmlichkeit ahnbar, ja, es stellen sich fast automatisch Erinnerungen an die Kindheit ein, an die unheimlichen Forste, voll des Numinosen, das die Märchen nur oberflächlich benannten. In dieser schweigenden, undurchsichtigen Düsternis, durchsetzt von wegsperrendem, wehrhaftem Unterholz, von Barrikaden aus gefallenen Stämmen, an denen oft das aus dem Boden gezerrte Wurzelgeschlinge offen lag und an Riesen-Taten glauben ließ, und im drahtverhauähnlichen Astwerk von Bruchholz nisteten die Fantasien aus unserer frühesten Lektüre. Im Zentrum der botanischen Undurchdringlichkeit vermuteten wir das vom lauernden Spuk erfüllte Wirtshaus, das zerfallene Schloß, in dem man das Gruseln lernte, falls man es auf dem Wege dorthin nicht verspürt hatte, sowie die Höhle mit den ungeahnten Schätzen, welche sich, trug man sie heim, zu Runkelrüben und Kohlköpfen verwandelten. Immer noch meldet sich ein merkwürdiges Gefühl in der Verlassenheit und Einsamkeit bei nahender Dämmerung. Die Schwärze wächst von irgendwo hervor, sintert als sich verdichtende Substanz aus dem Boden, um den Wanderer späterhin völlig einzuhüllen: Ein Vorgang, der selbst Erwachsene mit einem gewissen Unbehagen erfüllt. Obschon wir wissen, daß weder mit wilden Tieren noch mit Kobolden zu rechnen sei, spitzen wir die Ohren angestrengter und reagieren intensiver auf ungewohnte Geräusche.

Mich plagt der Zweifel, ob solche Befürchtungen eine Spätfolge des besagten kindheitlichen Lesestoffes sind oder die beiläufig und unbewußt aufgenommene Kenntnis über Formen eines einstmals gängigen Aberglaubens – oder ob nicht doch der C. G. Jungsche Archetyp in uns steckt, der uns zwingt, ein seit seinem ersten Erdenwallen verbindliches Verhaltens- und Empfindungssyndrom nachzuerleben.

»Der Wald ist den Vorvätern ein Rätsel gewesen«, heißt es in einer Studie über den »Deutschen Volksglauben des Spätmittelalters«, »er war ihnen jedoch noch mehr als ein Rätsel, er war ein Ort des Erschreckens und Grauens. Man bannte die Wiedergänger hinaus in den Wald. Er wurde ihnen ein Jenseits und ein Totenhaus. Die Wesen des Waldes sind finster und böse, wie ihre Geschichte es ja immer bewies. Im Wölfagrund, an der Wobach und Eisch, da hauste vor Zeiten ein wildes Weib, mit Haaren bedeckt vom Kopf bis zum Fuße. Die kam erst zur Nachtzeit aus ihrer Höhle und ging dann am Ufer der Eisch entlang, und was sie auf diesem nur erwischte, Mensch oder Tier, das erwürgte sie . . .« Freilich, das hier beschriebene Monstrum aus der spätmittelalterlichen Sagenwelt, aktuelles Modell für einen Horrorfilm, ist selber einer Verwandlung erlegen, welche ihm die Lebenden zugefügt haben. Denn der Wald war nicht nur eine Schreckensstätte, sondern auch die einer »wilden«, einer von Konventionen frei gedachten Geschlechtlichkeit. In der Abgeschiedenheit der noch kaum berührten Natur hausten die »wilden Frauen«, die »wilden Fräulein«, von denen die erwähnte Studie behauptet, daß ihre »Schönheit die Schönheit der irdischen Frauen weit übertrifft und die im leuchtenden Schein von uns gehen. Der Blitz leuchtet loh, wenn sie sich wenden. Der Wald rauscht laut aus den hintersten Gründen, und ihre Liebe zum Mann ist jach, ungezähmt, hat einen Geruch von Wildheit und Blut. Die schaurige Schönheit des tiefen, wilden Waldes leuchtet aus all diesen Waldfrauensagen hervor.« Waren diese Waldbewohnerinnen nur Projektionen eines ungestillten männlichen Verlangens? Waren sie pure Einbildungen? Erdachte Gespenster, um vor dem Wald und seinen Gefahren zu warnen?

Aber warum verband sich dann solche Warnung mit dem Verweis auf eine ungezügelte Sexualität? Das Grundmuster solcher Fantasien ist wohl älter, als die »Volkssagen« es zu erkennen geben. Unter dem Oberbegriff »Baum« erweisen sich seine verschiedenen Gattungen als weiblich: Eiche, Eibe und Tanne, Birke, Linde und Kiefer, Esche, Ulme und Weide und sogar die exotische Palme: sie alle sind grammatikalisch Femina – zumindest in der deutschen Sprache. Zur Erklärung dieses Umstandes verhilft uns nicht nur die offenkundige Tatsache jährlich wiederkehrender Fruchtbarkeit, welche dem Baum das weibliche Prinzip zuordnet, sondern bestimmte optische Auffälligkeiten der Rindenbildung, welche nicht erst seit Freud eindeutige Assoziationen hervorrufen. Ist nicht jeder Baum eine Tochter Daphnes (die ja in einen Lorbeer verwandelt wurde) und nur noch durch äußere Merkmale den ursprünglichen Zustand verratend? Zugegeben, daß derartige Überlegungen in der Welt instrumentaler Vernunft und vergötzter Ratio kindlich klingen, aber eine Fähigkeit des Kindlichen, auch und gerade des geschichtlich zu bestimmenden, ist der gestaltbildende Blick: Er erkennt Verschwisterung und Verwandtschaft, wo wir nichts mehr sehen, weil uns die Wissenschaft mit dem Star auch die Augen ausgestochen hat. Jene vergangene, uns so ferne Zeit ist die »Traumzeit«, von der Hans Peter Duerr spricht: Das späte Mittelalter vor Beginn der Hexenverfolgung; eine Zeit, da die Frauen mehr gesellschaftliche Selbständigkeit besaßen als in späteren »fortgeschrittenen« Epochen, mehr Gleichberechtigung, mehr Macht, nicht zuletzt vermutlich durch ihre Heilkundigkeit, durch »medizinisches« Wissen, möglicherweise durch etwas wie Schamanismus, was ihnen späterhin zum Verhängnis werden sollte. Im Walde Heilkräuter sammelnd, den dabei notwendigen magischen Riten obliegend, hielt man sie für »wilde« Frauen, weil sie den Wald und seine Schrecken nicht fürchteten; daher ihr Status der »Wildheit«, also einer von Naturnähe, von Naturgebundenheit. Vielleicht galten sie gar als Nachfolgerinnen der Dryaden und Sylphiden, der Wald- und Quellnymphen des Altertums, heidnische Geschöpfe, von denen man noch wußte, wenn auch nur in sagenhafter Verballhornung. Ihr »Image«, ihr Aussehen und Ruf wandeln sich mit dem Wald selber. Sie werden zu Ungeheuern und Hexen, und ihre Verfolgung hebt an, wenn auch der Wald zur Gänze unter die Herrschaft von Zwecken gerät: »Schon im hohen Mittelalter«, so schreibt Richard Plochmann (»Bild der Wissenschaft«, 12/1983), »gab es – für die damaligen Begriffe – eine Bevölkerungsexplosion. Folge davon waren ausgedehnte Rodungen. Während der Wald in der hochindustrialisierten Bundesrepublik Deutschland fast 30% der Gesamtfläche einnimmt, betrug sein Anteil an der Wende vom Hoch- zum Spätmittelalter nur 20%. In diese Wende fiel auch eine weitere Zäsur. Im Jahre 1368 begann der Nürnberger Patrizier Peter Stromeier, sich mit der künstlichen Nachzucht von Nadelwäldern zu beschäftigen ...« Und die Etymologie des Wortes »Hexe« zeigt es noch klarer: »Das Wort Hexe ist althochdeutsch *hagziassa, hagazussa,* ein Kompositum, von dem *hag* eine Rodung, Feld und Flur, das übrige die Schädigende, Hexe also ›die den Hag Schädigende‹ bedeutet.« Die Identität des Weiblichen mit dem Wald, mit ungezähmtem Wachstum überhaupt, deklariert dieses fatale und vernichtende Wort. Mit der Domestikation des Waldes und seinem Umbau in einen forstwirtschaftlichen Sektor der Gesamtwirtschaft verschwanden auch die »wilden Weiber« aus dem Bewußtsein der Bevölkerung. An ihre Stelle traten Schädlinge, mit denen man kurzen Prozeß machte. Dadurch aber verschlechterte sich insgesamt die Stellung der Frau; sie verlor ihre partielle Autonomie, ihre »Geschäftsfähigkeit« und wurde zu einem Bestandteil des Haushalts, des »Familien-Unternehmens« im kommerziellen Sinne und unter Leitung des Hausvaters, des Familienoberhauptes. Im gezähmten Wald verblieben Zwerge, Glasmännlein, Rübenzähler, eine Menagerie kruder Gestalten, deren Beziehung zu den Menschen nur noch eine eingeschränkte, alptraumhafte Erinnerung an die einstmals geträumte oder gar erträumte darstellte. Mit der Pflege und Hege wurde dem Wald in den »Baumschulen« alles Geheimnisvolle, Göttliche und Grausige ausgetrieben. Aber warum sollte es ihm anders ergehen als anderen Naturbereichen? Die sich ausbreitenden und sich summierenden naturwissenschaftlichen Kenntnisse, die ökonomiebedingt expandierende Vernunft eröffnete nicht allein neue Ausbeutungsmethoden der Natur, sie reduzierte sie gleichzeitig auf ihren kommerziellen Nutzen und überließ ihren metaphysischen Gehalt den Dichtern.

»Laub- und Nadelwald standen um 1800 in einem Verhältnis von 7:3, gegenwärtig ist es umgekehrt. In knapp eineinhalb Jahrhunderten gelang es, die Holzproduktion des Waldes fast zu vervierfachen. Allerdings: Diese Leistungssteigerung, von der wir heute zehren, wurde durch eine Reihe von Risiken erkauft. Großflächige Monokulturen der Fichte oder Kiefer sind von Sturm oder von Schneebruch stärker gefährdet als die natürlichen Laubwälder ...«

Heute, wo in Europa der Wald eingeht, während er auf anderen Kontinenten rücksichtslos abgeholzt wird, weil Holz global immer noch Hauptenergieträger ist, betrachten wir sein Grün mit anderen Empfindungen. Da der Wald mehr und mehr abscheidet, müssen wir künftig nicht nur mit einer Verringerung des Grundwassers rechnen, mit häufigeren Überschwemmungen, mit verstärkter Bodenerosion und mit einer Landschaft, die der mediterranen oder walisischen gleichen dürfte: steinig, felsig, mit Gestrüpp bewachsen oder mit Heidekraut, kahl, karg, in den gedämpften Farben der Moose und Flechten, zu erwarten sind weitaus unangenehmere Folgen: etwa eine herabgesetzte Sauerstoffproduktion, eine abnehmende Resorption von Kohlendioxid, das statt dessen die Atmosphäre anreichern wird. Wir werden dann in der Apotheke unsere Atemluft einkaufen, versetzt mit Original-Tannenduft, und unseren Aufenthalt im sogenannten Freien auf ein Minimum einschränken, stets ein Sauerstoffgerät in der Tasche, falls uns dort, wo der Wald stand, die Puste ausgehen sollte. Aber es dürfte sich mehr verändern als physikalische Meßwerte, als die bisher gewohnte Umgebung. Denn von den psychischen Auswirkungen einer waldlosen Welt ahnen wir nichts.

Schon komme ich mir selber anachronistisch vor, denke ich daran zurück, wie mein Vater bei Ausflügen in die märkische Landschaft mir aus Borke Schiffchen schnitzte, sie mit Masten aus winzigen Zweigen und Segeln aus Butterbrotpapier versah, um sie auf einem tatsächlich sanft und klar dahinplätschernden Bach über Scharen von verblüfften Stichlingen gleiten zu lassen, fort in ein Nirgendwo, dessen enormen Sog wir deutlich verspüren. Oder die gänzlich von Feuerwanzen-Armeen bedeckten Wurzelstümpfe, Gewimmel, unaufhörlich und fesselnd; metallisch schimmernde Mistkäfer auf unseren Pfaden, Hirschkäfer mit den Zangen ihrer Geweihe; lärmende Vogelvölkerscharen, und abends die hin- und herzuckenden Fledermäuse, von denen es hieß, sie krallten sich einem ins Haar. Mittagshitze auf einer Kieferlichtung, betäubender Harzgeruch, heiß-lastende Stille ohne Laut; der Schlaf im Halbschatten, aus dem man erwachte, als seien soeben hundert Jahre vergangen: Alles ziemlich abstrakt gewordene Andenken, die kein Museum aufbewahren und die man keinem hinterlassen kann, weil ihr Nachvollzug unmöglich geworden sein dürfte.

Aber der Erfahrungsschwund bleibt nicht der einzige

Verlust: Auf den Baum als Symbol menschlichen Seins und dessen Kontinuität – ausgedrückt im Bilde des »Stammbaums« – zu verzichten, bedeutet mehr als die Aufgabe einer Metapher. Wer nur letzteres annimmt, vergißt, daß unser eigenes Leben nicht allein von Symbolen geprägt und bestimmt ist, sondern daß auch wir selber größtenteils symbolisch denken und handeln. Wir verkennen die Funktion von Symbolik als Ausdruckshilfe unserer Selbst, und der Wegfall eines der wesentlichsten Symbole, des Baumes nämlich, ergäbe eine Verarmung existenznotwendiger Mittel der Selbstdarstellung. Wir benötigen aber solche, um uns selber begreifen zu können. Wechselnde »graue« Theoreme führen nur zu einer wechselnden Verkleidung unseres Ichs, das unverwechselbare Symbole braucht, damit es Halt und Umriß erhält. Was dem Wald geschieht, ist unübersehbar. Was wir uns jedoch außerdem durch das beinahe zwanghaft ablaufende suizidäre Unternehmen an subtileren Verwüstungen zufügen, entgeht uns so ziemlich. Dabei könnten wir an der Biographie des Waldes einiges über unsere eigene Entseelung ablesen. Aus dem heiligen Hain der Antike mit seinen Halbgöttern, mit den Verkörperungen von Naturerscheinungen in einem »Ambiente«, in welchem der Mensch sich der tröstenden Einheit alles Lebenden verbunden wußte, geriet er in den Fabelwald des Nordens, in die Wildnis und in die lockende Gefahr von Sexus und Freiheit, um über eine kurze romantische Phase hinweg, während welcher der Wald schwarz und schweigend stand, sich in einem erbarmungswürdigen Lazarettbetrieb wiederzufinden, der in einen friedhofsartigen Zustand einzumünden droht. Aus manchen jener Volkssagen eines bereits unvorstellbar gewordenen Gestern spricht etwas von der nur durch den Tod aufzuhebenden Symbiose von Mensch und Baum, von ihrer Schicksalsverbundenheit:

»Im oberen Inntal, im Urgental droben, lag der verrufene Fanggenurwald. Ein Hirt war da aus nach verlorenem Vieh; er fand in dem Walde ein kleines Kind, ein Mädel, über und über behaart und sehr scheu. Das nahm er mit heim und zog es auf. Erwachsen, blieb es als Magd am Ort. Es war soundsoviel Jahre nach dem Ereignis, da gingen zwei Männer am Rande jenes Urwalds; plötzlich erreichte sie ein Ruf aus dem Walde: Ihr Männer, wenn ihr hinabkommt nach Urgen, so sagt der Stutz-Färche, die Rorinde wäre gefället und tot. Die beiden wußten sich das gar nicht zu deuten. Doch als sie nach Hause gingen, kehrte der eine von ihnen, ein Freund des Bauern, bei dem jene diente, in dessen Haus ein und erzählte sein Erlebnis. Die Magd in der Kammer hörte alles, was er sprach. Da fing sie auf einmal zu schreien an und zu weinen und lief aus dem Hause in die Urgenwildnis hinaus. Es hat sie kein Mensch mehr danach gesehen. Man habe den Tod der Rorinde mit dem Fällen eines der Urbäume zusammengebracht ...«

Mag sein, daß germanischer Mythos hier mitspielt: Die Weltesche Yggdrasil, der alles umfassende Weltbaum, unter dessen Zweigen die Götter Recht sprechen. Unter seiner Wurzel quellen die Weltströme hervor. Bei der Götterdämmerung wird auch diese Esche stürzen und zerschellen. Das Geschick von Baum und Mensch ist unauflöslich verknüpft, falls wir den Mythen und ihren Abkömmlingen, den Märchen und Sagen, Glauben schenken wollen. Nur: Die Probe aufs Exempel bleibt uns versagt. Weil es kein für das Resümee geeignetes »Danach« mehr geben kann; keinen Hades, kein Niflheim, kein Himmlisches Jerusalem, wo man einst und mit einer gewissen Verspätung der selbstmörderischen Irrtümer gedenken könnte. Und dabei sind wir außerstande, uns auf Unwissen herauszureden, wie wir das schon bei anderen Massenmorden versucht haben. Wie mit dem Wald umgegangen wird, ist seit langem bekannt, wir haben es aber kraft unseres Talentes,

Unangenehmes und Störendes zu ignorieren, von Anfang an einfach verdrängt. So hören wir heute mit einem nicht ganz entschuldbaren Staunen:

»Das Jahr 1849 gilt gewissermaßen als Geburtsjahr der Waldschadensforschung. Damals war der Chemiker Stoeckhardt von der sächsischen Regierung beauftragt worden, die Ursachen für Waldschäden zu erforschen. Ihm und weiteren Wissenschaftlern der Forstversuchsanstalt Tharandt bei Dresden gelang der experimentelle Nachweis, daß die in industriellen Abgasen enthaltene Schwefelsäure Schädigungen an Nadelbäumen herbeiführte. Die Chemiker vermuteten seinerzeit, daß die sauren Verbindungen aus der Luft über Nadelblätter und Rinde in die Pflanzen gelangten und dort pathologische Störungen verursachten.« (FAZ)

Solch törichtes Ignorantentum, dessen Ergebnisse wir gegenwärtig betroffen und bedrückt wahrnehmen, scheint einer unserer vorherrschenden Charakterzüge zu sein. Es wird einem angst, wenn man sich klarmacht, daß uns wohl noch weitere schlimme Überraschungen ähnlicher Art erwarten. Wir haben uns, dem Bibelwort gehorchend, über die Natur gestellt, aber mittels einer sehr wackligen Leiter und mit einem Strick um den Hals.

Lichtenberg als Exempel

In Europa geht wieder ein Gespenst um: das Gespenst der verstorbenen Aufklärung. Es ähnelt demjenigen, das durch Oscar Wildes Canterville polterte: ein bedauernswerter Spuk, alt und kraftlos, müde und erlösungsbedürftig. Ein Gespenst, das, wie im besagten Kunstmärchen, an das einstmals vergossene Blut nur noch mittels entwendeter Ölfarbe erinnern kann. Es ist nicht der Geist der Experimentalphysik, der da hilflos umgeht, an Türen und Wände pocht und mit verrosteten Ketten rasselt. Der Geist der Experimentalphysik hat sich längst von diesem armen Gespenst getrennt und ist inzwischen weltweit arriviert. Der Geist der Experimentalphysik hat sich in höchst konkreten Gestalten manifestiert: in Otto Hahn beispielsweise, in Lord Rutherford, in Edward Teller, in Klaus Fuchs. Der Geist der Experimentalphysik ist zum Ungeist unseres Jahrhunderts geworden. Von ihm her findet keine Aufklärung mehr statt. Er bewirkt allenfalls noch die Aufhebung des menschlichen Lebens auf unserem Planeten – eine Aussicht, an welcher auch die Aufklärung auf vordem ungeahnte und mittelbare Weise ihren Anteil hat. Ihre Neigung für die Naturwissenschaft, in der sie einen natürlichen Verbündeten im Kampf um Emanzipation zu erkennen meinte, hat sie dieses Wechselbalg hätscheln lassen, bis daraus ein Moloch geworden ist.

Die skeptischen und den Zweifel befördernden Konjunktive Lichtenbergs, mikroskopische Mittel zur Infragestellung selbstgewissen und starren Denkens, werden jedoch – und darüber gilt es zu sprechen – begleitet von einer historisch bedingten Vorurteilspartizipation, über welche zu lächeln wir keinen Anlaß haben. Zur Rede stehen die »ausführlichen Erklärungen«, die Lichtenberg zu Hogarths Kupferstichen, respektive zu den Kopien von Riepenhausen verfaßte. In der Vorrede zur ersten Lieferung der Stiche merkt er programmatisch seine Absichten an, in denen jedoch der Konjunktiv eine eher fatale Rolle spielt. Ich zitiere:

»Was der Künstler da gezeichnet hat, müßte nun auch so gesagt werden, wie er es vielleicht würde gesagt haben, wenn er die Feder so hätte führen können, wie er den Grabstichel geführt hat.«

Mit solcher Formulierung, durch das zögerliche »Vielleicht« nur geringfügig eingeschränkt, setzt sich der Erklärer an die Stelle des Kupferstechers, indem er dessen zu übersetzende Bildsprache für sich erst neu erfindet. Damit wird von vornherein eventuellen Einwänden begegnet und eine fragwürdige Annahme legitimiert, die im Klartext behauptet, die Bilderklärung sei den Bildern ebenbürtig; sie sei die wörtliche Aussage dessen, was Hogarth zeichnerisch gemeint hat. Und es kündigt sich in einer weiteren Formulierung eine Methode an, die künftig mit wachsendem Erfolg verwendet werden wird. Es heißt da:

»Mitunter könnte auch den Hieben, die er dem Laster und den Torheiten seines Vaterlandes damals so reichlich mitteilte, durch eine kleine Wendung eine Richtung gegeben werden, daß etwas davon auch auf neuere Köpfe fiele; nur versteht sich, nicht auf individua, sondern immer auf Klassen.«

Zwei Dinge melden sich hier an, die später in sozialen oder kritischen Theorien wesentlich zu deren Durchsetzung beitragen: Daß man nämlich bestimmten konkreten Fakten nur eine kleine interpretative Wendung zu geben brauche, damit sie paradigmatisch würden und allgemeingültig. In ein historisch nachmaliges Bild transponiert, bedeutet dieser Glaube, man habe es, zumindest soweit die europäische Kultur reicht, allenfalls mit Varianten des Immergleichen zu tun und es seien daher auch überall die gleichen Kausalitäten wirksam. Die Perücken und Kniehosen mochten sich wohl kaum unterscheiden, aber steckte unter diesen Perücken nicht eine je andere Mentalität, ein je anderes Weltbewußtsein, das psychische Resümee einer je anderen geschichtlichen Entwicklung? Die Aufklärung, ausgehend vom schönen Gleichheits-Ideal, übertrug diesen emanzipatorischen Grundsatz auf Bereiche, für die er keinen Schlüssel darstellte. Ja, es scheint, als hätten überhaupt die Ideale Aufklärern wie Lichtenberg den Blick für manches verstellt – so wie uns selber einstmals unsere Ideale und menschheitsfreundlichen Ideen blind machten für die in ihrem Namen geschaffene Wirklichkeit.

Noch ein Wort zu Lichtenbergs Intentionen bei der Erklärung der Hogarthschen Kupferstiche. Nicht nur hat er Widerspruch erwartet, er hat ihn auch zu spüren bekommen, um sich dagegen entschieden, nämlich mit der Selbstsicherheit des Naturwissenschaftlers, der an absolute Kriterien glaubt, zur Wehr zu setzen. Er schreibt:

»Noch muß ich einem Vorwurf begegnen, den man mir schon ehemals gemacht hat: als hätte ich in Hogarths Werken Absichten gefunden, an die er selbst nie gedacht hätte. Das mag sein. Aber was schadet dieses in einer Schrift, die, ob sie gleich hauptsächlich da ist, Licht über des großen Künstlers Werke zu verbreiten, doch zugleich ihren eignen Gang geht? Mag ich doch hinzugedacht haben, was ich will, wenn ich nur nichts weggedacht oder weggerklärt habe von dem, was da ist.«

Was da ist – so steht es dort ohne den Schatten eines Zweifels hingeschrieben. Aber was ist denn das eigentlich, was da ist und dem man eine kleine Wendung geben kann; bei dem man etwas hinzudenken darf, solange man nichts wegdenkt?!

Tritt denn nicht erst durch solche zweckgerichtete Deutung in Erscheinung, was das Bild selber kaum fragmentarisch hergibt? Sind die Objekte nicht Katalysatoren, mit deren Hilfe wir für uns selber sichtbar und kenntlich werden? Indem wir die Bilder zu lesen versuchen, sprechen wir wahrer über uns, als wenn wir uns direkt bekennen würden, weil wir, im Banne illusionärer Objektivität, die Selbstkontrolle lockern. Wir verstecken uns hinter den Bildern und sprechen sozusagen hinter vorgehaltener Hand, was indes entlarvender ist als jedes scheinbar offenherzige Geständnis.

Lichtenbergs Haltung entspricht der des Wissenschaftlers, welcher, indem er die Dinge zu erforschen meint, sich und sein Verständnis in ihnen spiegelt. Auch der Wissenschaftler denkt ja stets etwas hinzu und ist überzeugt, nichts wegzudenken. Er ahnt selten, daß seine Methode der Wirklichkeitsuntersuchung, unauflöslich an bestimmte Vorgaben und Instrumentarien gebunden, notwendigerweise reduktionistisch sein muß. Er meint eben, er halte sich an das, was ist, doch für ihn ist eben nur vorhanden, was den eingrenzenden Rahmen seiner Erkenntnismöglichkeiten ausfüllt. Unleugbar ergeht es unserem Lichtenberg ebenso bei seinen Erklärungen der Hogarthschen Blätter.

Er hat scine Beschreibung der *Fleiß und Faulheit* genannten Folge nicht vollenden können. Die ersten sechs Erläuterungen konnte er noch abschließen, die letzten sechs fanden sich als Torsi im Nachlaß.

Im Jahre 1967 hatte der Fernsehsender des WDR den unverhofften und erstaunlichen Einfall, Lichtenbergs 225. Geburtstag zu feiern: Geplant war, um Lichtenberg optisch präsentieren zu können, ein Film mit den Hogarthschen Blättern. Man bot mir an, die fehlenden Texte der zweiten Hälfte von *Fleiß und Faulheit* zu schreiben, und ich akzeptierte den Vorschlag. Lese ich jetzt diese Texte noch einmal nach, stolpere ich über einiges. Beinahe plakativ auffällig, daß sie am Vorabend der Studentenrevolte geschrieben wurden. Nicht allein taucht der Name Che Guevaras auf, gezielter noch heißt es zu dem Blatt mit dem Titel »Der Fleißige wird Lord-Mayor von London«:

»Die höchste Spitze ist erklommen, die ein Mann seiner Herkunft erreichen kann, und er wird, um letztere zu vertuschen, amtlicher und zeremonieller auftreten, als es ein anderer täte: Regierender Bürgermeister, der mit Sicherheit seine Stadtmiliz gegen akademische Jugend mobilisieren würde, falls diese, die sich sichtlich nicht am Umzug beteiligt, obwohl Kings College nahe ist, Umzüge anderer Art wagen sollte! Scharf durchgreifen! Nichts durchgehen lassen ...«

Und so fort. Mit einem derartigen Kommentar hatte ich mich völlig Lichtenbergisch verhalten: Hinzugedacht, was ich wollte. Und ich war, wie ich heute feststelle und wie es mir damals keineswegs schien, im Prinzip der Lichtenbergischen Sichtweise verhaftet geblieben. Denn ich deutete das ungleiche Paar vorwiegend gesellschaftlich und nur in einem geringen Maße als *›Individua‹*, mehr soziologisch als psychologisch, und war mir meiner Begrenztheit, ehrlicher: Beschränktheit, wenig bewußt. Nicht daß meine Lesarten nun gänzlich falsch und nichtig gewesen wären, es fehlte ihnen nur etwas Wesentliches. Und zwar just das, was sie von einer sogenannten *›wissenschaftlichen‹* Betrachtungsweise unterschieden hätte: die kritische Wahrnehmung des eigenen Standpunktes. Das habe ich nicht zuwege gebracht. Und es ist fraglich, ob man dazu generell fähig sein kann.

Dem gleichen Phänomen bin ich beim erneuten Lesen der Lichtenbergschen Texte begegnet. Um nicht mißverstanden zu werden: Es handelt sich hier keinesfalls um eine partielle Demontage dieses unbestritten großen deutschen Schriftstellers, vielmehr geht es mir darum, die Relativität jeweiliger Betrachtungsweisen, die selbstverständlich auch für mich gültig ist, anzumerken. Dazu dienten mir eben die Lichtenbergschen Erklärungen.

Sie enthalten, unter dem Vorwand der Wissenschaftlichkeit, absurde Ansichten, deren Nachleben wir täglich registrieren können. Es handelt sich um ein *unaufgeklärtes* Modell der wertenden Typisierung.

Im 18. Jahrhundert, vor Hogarth und Lichtenberg, beginnt, wie ich vermute, die Festlegung des sozialen Aussehens der Menschen. Die Stellung, die man in der Gesellschaft einnimmt, verändert das Gesicht. Je sozial höher, je schöner; je niedriger, desto häßlicher. Man denke nur an die Vielzahl der Geschichten und Märchen von vertauschten oder geraubten Kindern, die, unter ihrem Stand aufgewachsen, immer an ihren edlen Zügen erkannt werden. In dieser Epoche entwickelt sich so etwas wie eine unbewußt wertsetzende Perspektive. Während auf den mittelalterlichen Malereien eine gewisse Uniformität des Aussehens vorherrscht oder auf den Porträts der Renaissance die Individualität und ein Dürerscher Bauer nur an der Kleidung von einem Dürerschen Adligen zu unterscheiden ist, entsteht mit den Fortschritten der Naturwissenschaften im 18. Jahrhundert eine wissenschaftliche *›Physiognomik‹*, bei der wahrscheinlich Lavater und Gall Pate gestanden haben. Gall, in seiner *Phrenologie*, war überzeugt, aus den Schädelformen auf den seelischen Zustand Rückschlüsse ziehen zu können. Und obwohl Lichtenberg ein Gegner der Lavaterschen Theorien gewesen ist und seinen Bekannten, um sie zu düpieren, Männerporträts zeigte, aus denen sie den Charakter der Dargestellten erraten sollten, wobei es sich, wie Lichtenberg hinterher bekannte, um die Bilder von Mördern und Verbrechern handelte, hat sich Lichtenberg selber lavaterisch verhalten. Zumindest in den »Erklärungen«, und von keinem anderen Lichtenberg rede ich hier – um dem Mißverständnis vorzubeugen, ich vollzöge so etwas wie eine Generalabrechnung mit Lichtenberg. Ich will nur deutlich machen, wie der Aufklärer selber zum Opfer dessen werden kann, worüber er aufzuklären meint. So verblüfft, wie in den »Erklärungen« Aussehen und Haltung der Personen mit ihrem sozialen Stand und ihrer Moralität in Übereinstimmung gebracht werden.

Dafür einige Beispiele.

Im ersten Blatt von *Fleiß und Faulheit* heißt es über den Faulen: »Ehe wir weitergehen, verdient wohl Faulhansens gefährliche Physiognomie eine kleine Erläuterung aus der Geschichte.« Und zum dritten Blatt lesen wir: »Was für Gesichter, gütiger Himmel! Zwischen solchen Menschen wäre ehrliches Spiel fürwahr ein Wunder ...« Und über einen Kumpan von Faulhans: »Das hat die Bildnerin des Leibes, die tätige Seele des Mannes, für den Pranger und Galgen auf Kosten seines Profils getan.« Und über die Engländer:

»O! wer London nicht kennt, kann sich unmöglich einen Begriff von der Biegsamkeit des physiognomischen Stoffes bei diesem großen Volke und dem Spiele machen, das die unerschöpfliche Natur dort mit Gesichtern treibt. Von der eigentlichen National-Physiognomie, die an sich schön ist, steigen sie und sinken sie von der einen Seite zu hohen idealischen Formen hinauf, und von der andern zu Pavians-Gesichtern hinab.«

Lichtenberg gibt für diese Wandlungen eine witzige Begründung, die, rund zweihundert Jahre später bei einem Scharlatan namens Lyssenko, einem Favoriten Stalins, weniger lustig wiederkehrt: Als Vererbung erworbener Eigenschaften, also als ein konsequentes Zuendedenken der aufklärerischen These von der Formbarkeit der Natur durch Erziehung. Ich zitiere Lichtenberg:

»Man hat nämlich schon längst bemerkt, daß sich die Natur manche künstliche Verstümmelung, wodurch der Mensch ihre Werke zu verbessern glaubt, endlich gefallen, und in ihrer eigenen Werkstätte nachahmen läßt. Haut man Hunden, Katzen usw. in linea recta descendente die Schwänze öfter ab, so merkt sich dieses die Natur und läßt die Schwänze endlich weg. (. . .) Ja, es ist mir mehr als wahrscheinlich, daß es mit den künstlichen Verstands-Verstümmelungen eben die Bewandtnis hat. Erst werden die Eltern durch Feuer und Schwert, oder den Popanz ungeprüfter Autorität, genötigt, Dinge zu begreifen, die man mit Güte kaum einem Elefanten weismachen würde. Was hat die Natur da zu tun? Antwort: weil sie sieht, daß man es nicht besser haben will, gut, so gibt sie den Kindern solche Verstandesformen, daß ihnen Albernheiten aussehen wie notwendige Wahrheiten.«

Trotz aller kritischen Ironie ist diese Behauptung wohl ernster gemeint, als sie klingt: die Interpretationen stehen dafür. Was Wunder, wenn Herr West, der erfolgreiche Geschäftsmann und Prinzipal des fleißigen Gutkind, das adäquate Aussehen zugeschrieben bekommt:

»Wests Gesicht, Figur und Stellung haben etwas sehr Edles, und was mehr wert ist, als alles das, etwas sehr Gutes.« Zur moralischen Disqualitifikation des Faulen hingegen gehört die Leugnung seines Menschentums; er wird auf dem Blatt, da er zur See geht, als »Bestie« bezeichnet und mit einer »Schnauze« ausgestattet. Die maximale Abwertung, wir wissen es nur zu gut, stürzt den solchermaßen Bezeichneten ins bodenlos Animalische. Die Tiernamen sind die bösesten Benennungen, aber nur durch sie bewahrt man sich selber das ungeprüft überlieferte Ideal des Humanen. Erinnern wir uns doch des psychischen Widerstandes, die KZ-Mörder als menschengleich akzeptieren zu sollen, und an die Flucht vor der tieferen Einsicht in schützende Formeln wie »Bestien«, »Sadisten«, »Unmenschen«, ja sogar »Tiere«, obwohl wir alle wissen und wußten, wie wenig bestialisch Tiere sich verhalten. Die Ausstoßung des moralisch Disqualifizierten aus dem Kreis der Menschen erfolgt als Verstoßung ins Tierreich – gegen jede Vernunft.

Lichtenberg, von seinem Zeitalter fest eingeschlossen wie wir von dem unsrigen, bemerkt nicht einmal die Unbeweisbarkeit seiner Ausgangsposition, und er kleidet, was wir auch heute ständig erleben, seine Vorbehalte wissenschaftlich ein. »Pathognomisches Organen-Spiel« heißt das bei ihm, oder, der Experimentalphysik näher: »Physiognomische Krystallisation«.

Es entsteht für mich hier eine ganz wesentliche Frage, die ich jedoch nur zögernd zu stellen wage, nämlich ob die wissenschaftliche Ausbildung, die wissenschaftliche Tätigkeit gewisse intuitive künstlerische Fähigkeiten hemme, gar kupiere und ob wir nicht Parallelen zu erkennen vermöchten, wo eine wissenschaftliche Sicht, eine »wissenschaftliche Weltanschauung« im Bereich der Kunst, der Literatur ihre Wirkungen zeigt. Es scheint, daß wissenschaftliches Denken als kanalisiertes und zweckgerichtetes außerhalb seines Anwendungsbereiches leichter auf Irrwege verlockt.

Wenn ich ein Gegenbeispiel aus einer weitaus früheren Ära, dem 16. Jahrhundert nämlich, wähle, stelle ich mit Verblüffung fest, um wie vieles moderner bereits vor Lichtenberg gedacht worden ist. In Montaignes *Essais* wird der Mensch noch nicht mit seiner sozialen Rolle gleichgeschaltet und gewertet. Hier ist noch alles offen. Ich zitiere:

»Der Mensch ist wirklich ein wunderbar ungreifbares, verschiedenartiges und schwankendes Wesen: es ist schwierig, etwas dauernd und allgemein Gültiges über ihn auszusagen.«

Oder, im Gegensatz zu Lichtenbergs Naturauffassung, die an Wissenschaft fixiert bleibt:

»Wir sollten mit mehr Ehrfurcht vor der unendlichen Macht der Natur vorgehen, wenn es gilt, ihre Grenzen zu bestimmen, und mit mehr Verständnis für die Beschränkung und die Schwäche unseres Urteils. Wieviel Dinge gibt es, die wenig wahrscheinlich und doch von glaubwürdigen Menschen bezeugt sind! Wenn dieses Zeugnis uns auch vielleicht noch nicht überzeugt, so müssen wir die Sache doch zum wenigsten unentschieden lassen. Denn wenn wir sie als unmöglich ablehnen wollten, würden wir uns zutrauen, zu bestimmen, wie weit das Mögliche geht; das wäre eine unberechtigte Anmaßung.«

Just diese Anmaßung, zu bestimmen, wo die Grenzen des jeweils Möglichen liegen, ist die »naturgemäße« Einstellung des Wissenschaftlers, der sich selber nicht in Frage stellen kann, ohne sein Denksystem aufzugeben. Gott würfelt nicht. Durch die Spezifik ihrer Fragen erhält die Wissenschaft spezifische Antworten, von denen man sagen könnte, sie seien durch die Fragen vorprogrammiert. Ausschnitt und Segment sind ihr Labor. Wofür ihr die Fragen fehlen, das kennt sie nicht. Montaigne, kein Wissenschaftler und, wie ich meine, auch kein Aufklärer, nimmt eine völlig andere Haltung ein. Er schreibt:

»Ich habe hier kein anderes Ziel, als mein Inneres aufzudecken; vielleicht bin ich morgen schon wieder anders, wenn eine neue Lebenserfahrung auf mich eingewirkt hat. Ich erhebe durchaus nicht den Anspruch, daß alles, was ich sage, als Evangelium aufgenommen wird; das wünsche ich auch gar nicht; fühle ich doch die Unvollkommenheit meiner Erkenntnis zu deutlich, als daß ich andere belehren könnte . . .«

Zweihundert Jahre später geht es hauptsächlich darum, andere zu belehren, respektive »aufzuklären«. Von Montaignes Selbstzweifel bis zu Lichtenbergs meist zweifelsfreier, von wissenschaftlichen Analogien gestützter Welt- und Menschensicht ist die Aufklärung ein großes Stück vorangeschritten und zwar in jene Richtung, über die wir in der *Dialektik der Aufklärung* von Horkheimer/Adorno das zu hören kriegen, was trefflich auf die Bildgeschichte unserer beiden Gentlemen paßt:

»Das Wesen der Aufklärung ist die Alternative, deren Unausweichlichkeit die der Herrschaft ist. Die Menschen hatten immer zu wählen zwischen ihrer Unterwerfung unter Natur oder der Natur unter das Selbst. Mit der Ausbreitung der bürgerlichen Warenwirtschaft wird der dunkle Horizont des Mythos von der Sonne der kalkulierenden Vernunft aufgehellt, unter deren eisigen Strahlen die Saat der neuen Barbarei heranreift.«

Abgesehen von dem Irrtum in der Methaphorik – unter eisigen Strahlen reift nichts –, ließen sich doch die unterschiedlichen Lebensbahnen der Herren Faulhans und Gutkind unter dieser Alternative verstehen: Auf der einen Seite die Unterwerfung unter die Natur, beziehungsweise die Lust, den Trieb, die Leidenschaft, mit zwölffachem Verdammungsurteil und Hinrichtung, und auf der anderen Seite die Belohnung für die Unterwerfung der (eigenen) Natur unter ein Selbst, das ein gesellschaftliches Konstrukt ist. An den Folgen solcher konsequenten Entscheidung haben wir heute zunehmend zu leiden. Denn jetzt wendet uns die Aufklärung mehr und mehr ihre Kehrseite zu, ohne daß wir, da sie nicht ersatzlos zu streichen ist, dem »Massenbetrug im Dienste der Gegenwart«, wie Horkheimer/Adorno ihre Letztphase nennen, zu entgehen vermöchten.

Bleiben wir jedoch bei der Physiognomik Lichtenbergs, bei seinen »physiognomischen Krystallisationen«. Eine Optik wird eingeführt, mit großem schriftstellerischem Talent ein Blickwinkel hergestellt, dessen Auswirkungen notwendigerweise negativ sein müssen, da sie jedem, der die besagten »Krystallisationen« akzeptierte – und wer als gebildeter, naturwissenschaftsbeflissener Bürger hätte das nicht getan –, eine Brille aufsetzten, die das Auge korrumpieren mußte. Wir nehmen nur wahr, was man uns wahrzunehmen lehrt. Und wenn wir erneut einen Schritt in der Geschichte machen, diesmal rund 200 Jahre voran und hinein ins »Tausendjährige Reich«, dann sind unterdessen die »Krystallisationen« zu Rassenmerkmalen geworden, ohne daß sich an der Sache selber etwas verändert hätte. Immer noch kleben Aussehen, Status und Moralität aneinander wie Pech und Schwefel. Wobei das Aussehen die primäre Stelle einnimmt, denn es gilt als das Symptom, anhand dessen sich die Gesamtdiagnose ergibt. Gebogene Nase, wulstige Lippen, hängende Augenlider, tückischer Blick, Tränensäcke, kurzer Hals: alles Krystallisationen einer Kreatur, die man nicht als menschlich, vielmehr als untermenschlich, als ungezieferartig zu bezeichnen hat. Dieses Geschöpf, an dem nichts Edles, Aufrechtes, Klares, Nordisches, Gutes erkennbar ist, muß der durchs Bild und dessen Erklärung aufgestellten Logik zufolge auch ethisch verworfen und verwerflich sein. In ihm steckt Natur als Unkraut, schmarotzend, fruchtbar, geil, bedrohlich, fremdartig, gefährlich, im Ursprung böse und daher durch keine pädagogische Maßnahme auf die Höhen disziplinierter Verwertbarkeit zu heben. Ja, wenn dieses Geschöpf sich zu ändern imstande wäre! Aber das ist ihm, weil ja rassisch bedingt, absolut verwehrt. So ist ihm sein Weg vorgezeichnet, der nur zum gewaltsamen Tode führen kann, an dem es, wie einstmals Faulhans, selber schuld ist, da es noch nicht einmal versucht hat, gegen sein genetisches Grundkonzept anzukämpfen. Es ist zum Untergang bestimmt, wie Faulhans auf dem allerersten Bild seiner kurzen Vita bereits vorverurteilt erscheint, ohne jede Chance, in sein abrollendes Schicksal eingreifen zu können.

Zwar wird Faulhansens Geschick als Exempel deklariert, zugleich jedoch, obwohl an seiner Vorbestimmung kein Zweifel besteht, wirft ihm Lichtenberg eben dieses Geschick als Selbstverfehlung vor. Hier mischen sich zwei unterschiedliche Gedanken: die naturwissenschaftliche Überzeugung von der biologischen Präokkupation und die protestantische Vorstellung von der Selbstverantwortung des Individuums. Beide disparate Elemente verbindet Lichtenbergs glänzende und amüsante Schreibweise, gespeist von einem enormen Bildungsfundus, aus dem eine Fülle von Belegen zitiert wird, verbunden mit der Exaktheit des Wissenschaftlers in der Wiedergabe von Details. Es entsteht ein dichtes Sprachgeflecht, ein Netz, in dem sich der Leser unversehens fängt.

Wie nun sehen wir heute die Hogarthschen Blätter?

Lichtenbergs Sicht ist für uns nicht mehr nachvollziehbar, sie ist historisch geworden. Wir sind nicht mehr in der Lage, im sozialen Aufstieg eines Mannes einen Akt höherer Gerechtigkeit zu erkennen wie gleichfalls nicht im Untergang eines anderen. Insofern sind wir »aufgeklärter«, stecken wir immer noch in einem fortwährenden Zustand von Aufklärung, der sich möglicherweise erst jetzt langsam seinem Ende zuneigt.

Selber von der überwältigenden Übermacht der Gesellschaft betroffen, schätzen wir die beiden Lebensläufe anders ein. In meinem eigenen, 1967 geschriebenen Text habe ich das zu unternehmen versucht, Gutkind als jenen Opportunisten zu beschreiben, der er vermutlich auch gewesen ist, und Faulhans als Opfer der Umstände. Damit hat sich die Perspektive um 180 Grad verkehrt. Der Abstieg des einen weckt in uns eher Mitleid und Empörung, die Karriere des anderen Verachtung und ebenfalls Empörung, und beidemal handelt es sich um die Empörung über die intendierte Ungerechtigkeit einer Welt, von der wir nicht mehr zu glauben vermögen, daß in ihr die Schicksale unparteiisch und nach dem jeweiligen Wohlverhalten zugeteilt werden. In dieser Hinsicht bewegte ich mich 1967 beim Schreiben durchaus in den aufklärerischen Traditionen, also im Rahmen dessen, das Horkheimer/Adorno das Wesen der Aufklärung genannt haben: Parteinehmend für die Unterwerfung der Natur unter das Selbst – wenngleich ich ein anderes, sagen wir ruhig, ein sozialistisch determiniertes Selbst anvisierte. Mit einem Wort: Ich kehrte die fragwürdige Alternative der Bildfolge interpretatorisch um – und frage mich jetzt, da ich diese Umkehrung erneut lese, ob ich damit einsichtiger gewesen bin als seinerzeit Lichtenberg. Meine Untersuchung der Lichtenbergschen Grundlagen für seine Deutungen ließ sofort die Frage entstehen, ob eigentlich meine Ausgangsposition »objektiver« sei, richtiger, wahrer, zweifelsfreier. 1967 war ich davon überzeugt, heute bin ich es nicht mehr. Indem ich meinen damaligen Wissensstand in die Hogarth-Blätter projizierte, habe ich sie zwar für mich und das Publikum sinnfällig gemacht, sinnfälliger als heute die Lichtenbergschen Erklärungen wirken, aber ich zweifle daran, daß ich den Bildern gerecht geworden bin. Mein Verständnis der Serie als einer Reihe von Illustrationen gesellschaftlicher Verhältnisse war, ich kann es nicht anders als mit einem Marcuse-Terminus benennen, eindimensional.

Heute also frage ich mich, da ich Faulhans und Gutkind auf ihren auseinanderstrebenden Lebensbahnen anschaue, inwieweit meine – und nicht nur meine – Überzeugung von der Verantwortung der Gesellschaft für diese beiden sie aus der Eigenverantwortung entläßt. Wir haben uns angewöhnt, die Menschen in Opfer und Täter, in Leidende und Leidenmachende einzuteilen, denn die Bilder, die unsere Gegenwart überschwemmen, zeigen kaum noch etwas anderes. Und manchmal verwischt sich sogar diese Dualität und fällt in eins zusammen: Opfer und Täter als eine Identität. Vor dieser Erscheinungsweise des Menschen, keine ausschließlich bildliche, im Gegenteil, stehen wir ziemlich hilflos und ratlos.

Wie sollen wir uns dieses massenhaft gewordene Sein

deuten, aus dem keine Beispiele mehr abzuleiten sind? Die Gutkinds und Faulhansens sind eine Symbiose miteinander eingegangen und ununterscheidbar geworden. So kommt es uns jedenfalls vor. Es mag jedoch niemals anders gewesen sein, und die Trennung des Homo sapiens in gut und schlecht, in fleißig und faul, in wertvoll und wertlos, in moralisch und unmoralisch, in schwarz und weiß, ohnehin bloß das gescheiterte Experiment, eines von zahllosen, sich der eigenen, insgeheim übermächtigen Natur zu entziehen und sie von sich abzuspalten, um sie bändigen, um sie *besiegen* zu können.

Der vorhin zitierte Satz: »Die Menschen hatten immer zu wählen zwischen ihrer Unterwerfung unter Natur oder der Natur unter das Selbst« scheint mir dialektisch erweiterungsbedürftig, denn zwischen diesen beiden Polen ist ein unsichtbarer, vielleicht für immer unerkennbarer Prozeß im Gange. Ein Prozeß, den wir gegen uns selber führen und der, wie bei Kafka, mit unserer Verurteilung angefangen hat.

Ja, ich glaube, daß wir verurteilt sind und alle unsere Utopien nur die Träume des Delinquenten, und daß sie eine den Träumen vergleichbare Funktion haben: Uns vor dem Wahnsinn zu bewahren. Wir sind verurteilt zu einer Existenz, die sich nur mit dem berüchtigten Streckbett, diesem mittelalterlichen Folterinstrument, vergleichen läßt. Wir sind ausgespannt zwischen Natur, zu der wir gehören, und dem abstrakten Anspruch, nicht mehr Natur zu sein, durch den wir uns terrorisieren. Sehr wahrscheinlich sähe morgen eine Interpretation der Hogarthschen Blätter ganz anders aus, da man in den beiden Figuren frühe Symptome jenes Unterfangens sähe, sich dieser unerträglichen Spannung, der Tortur unserer Existenz, auf unterschiedliche Weise zu entziehen: Einmal durch hemmunglose Rückkehr zur Natur, einmal durch totale Unterwerfung derselben, wobei sie beide Male getötet wird.

Dort konkret am Galgen, hier durch brachiale Selbstzwänge. Es mag sein, daß einmal der Tag kommt, an dem sich alle bisherigen Bilder, nicht allein die Hogarthschen, unerwartet einheitlich entschlüsseln lassen und insgesamt von ein und demselben Umstand sprechen, eben von unserem Urteil, das wir schuldlos verschuldet haben.

Zurück in die Steinzeit

Wir möchten es nicht glauben, und wir können es uns nicht vorstellen, denn der Stand von Naturwissenschaft und Technik scheint dem zu widersprechen, und doch mehren sich die Zeichen: Der Kreis will sich schließen. Wir kehren zu unseren frühesten Anfängen zurück. Nur haben wir auf dieser langen Kreisbahn unsere Unschuld verloren und unsere Hoffnung, unsere Kraft und unsere Moral. Allein die Blindheit unseres Prometheischen Beginnens ist uns geblieben. Und diese Rückkehr erweckt den trostlosen Eindruck, als würde nach der Vollendung unseres geschichtlichen Zirkels nichts mehr kommen – absolut nichts mehr. Eine trübe Prognose, für deren Ursache ich nicht verantwortlich bin.

Inzwischen tragen weitaus mehr und ganz andere Personen den Titel eines Unheilspropheten, einer Kassandra – mit Gelassenheit übrigens. Die Naturwissenschaftler selber, die Erfinder und Innovatoren, eine ganze Reihe von ihnen jedenfalls, erkennen mit Schrecken, daß sie der Menschheit anstelle des glücksverheißenden Füllhorns die Büchse der Pandora geöffnet haben. Daß Dichtern, daß Künstlern ein Gespür für künftiges Unheil eignet, stärker vielleicht als dem braven Nachbarn, den seine alltäglichen Pflichten in vieler Hinsicht anästhesieren, kann wohl als bekannt vorausgesetzt werden. Aber daß nun sogar die Initiatoren der Zukunft, in der wir bereits leben und deren Ablauf dem eines Uhrwerks gleicht, das irgendwann einmal stehenbleibt, sich dem Omen nicht mehr verschließen können, markiert unsere augenblickliche Position.

»Kurs auf den Eisberg« heißt ein Buch, das vor wenigen Tagen erschienen ist: Professor Joseph Weizenbaum, einer der Väter des Computers, schreibt darin folgende Sätze, welche nur diejenigen überraschen können, die unsere gegenwärtigen Befürchtungen für individuelle Ängste depressiver Spinner halten. Weizenbaum erklärt:

»Meiner Überzeugung nach sind wir heute alle Passagiere auf einer ›Titanic‹. Wir fahren auf den Eisberg zu, aber es ist zu spät, das Steuer herumzureißen. Es ist uns einfach bestimmt, auf diesen Berg aufzufahren, das Schiff muß sinken.«

Sogleich erhebt sich die Frage, ob, wenn das Schiff gesunken sein sollte, es Überlebende geben wird. Und weiter: An welche Küsten werden sie gelangen? Wie werden sie fortexistieren? Können sie überhaupt noch ihr Dasein fristen?

Man kann selbstverständlich der Ansicht sein, daß uns, die wir immer noch mehr oder weniger zielgemut unterwegs sind, solche Fragen kein bißchen interessieren. Und daß es jetzt einzig darauf ankäme, die leider etwas heruntergewirtschaftete Natur zu kurieren und sich von veralteten, unheilvollen Techniken zu trennen. Die menschenfreundlichen Köpfe unter uns haben sich zu einem globalen Flickwerk entschlossen. Wir sollen, so die Überlegung, künftig in einer weltweiten Reparaturwerkstatt leben, wo ein Schaden durch den nächsten behoben wird. Ich könnte sagen: Das ist die Schlauheit von Höhlenmenschen, wenn ich nicht soviel von Höhlenmenschen halten würde. Es versteckt sich nämlich in solchem Verhalten immer noch die Auffassung von der unbegrenzten Aussicht, durch einfallsreiche Tricks und Kniffe der Folgen gestriger Tricks und Kniffe Herr zu werden. Der Höhlenmensch-Nachfahre verkennt, daß die von ihm geschaffenen Techniken, die technischen Systeme, die technischen Strukturen ihr Eigenleben entwickeln und ihm wie Götter gegenüberstehen, ohne daß er sie und ihre geheime Macht erblickt. Der blinde Fleck ist sein Geburtsfehler. Sein

Strohhalm ist eine simple Konklusion, welche die ungeheure Vielfalt von Ursachen und Einflüssen einfach ignoriert; sein Credo heißt: Wenn A, dann B. Man brauche bloß jenes zu tun, damit sogleich anderes unterbliebe. Als ob nicht bereits der Faktor A Folgen zeitigte, die für den Augenblick, vielleicht gar für immer, unerkennbar bleiben. Insgeheim geht bei den besten und humansten Unternehmen etwas vor, dessen Evidenz sich erst später, nämlich viel zu spät, zeigt. Also soll man überhaupt aufhören zu tun, zu handeln, zu agieren?

Ob wir dadurch den Schiffskurs noch zu ändern vermögen und den Eisberg nur mit angefrorener Nasenspitze passieren? Ich zweifle sehr daran.

Wir können gar nicht einhalten in unserem Tun. Und wie immer es sich gestalten sollte, ja, selbst wenn wir heute, was wie ein Witz klingt, die Erde schonend behandeln würden, selbst die schonendste Behandlung durch sieben oder zehn oder mehr Milliarden Menschen über Jahrzehnte und Jahrzehnte hinweg muß zu mörderischen Ergebnissen führen. Statistische Berechnungen, die davon ausgehen, daß soundsoviel Hektar soundsoviel Menschen ernähren können, sind nicht nur lächerlich, sie sind schlicht kriminell. Die Überlebenden aus Weizenbaums »Titanic« werden untereinander und gegeneinander ums weitere Überleben kämpfen müssen. Nach der Vernichtung der Tier- und Pflanzenwelt, nach dem Tod der Wälder und Gewässer folgt mit der gewohnten Konsequenz die Vernichtung der Menschen, der Tod von Völkern und Rassen – soweit das Menetekel, jene berühmte Leuchtschriftinformation, welche uns mitteilte, wir seien gewogen und zu leicht befunden worden. Ich spreche nicht zufällig oder um des rhetorischen Dekors willen von diesem Menetekel, vielmehr aus einem tieferen Grunde, und zwar aus einem, der, wie ich meine, die Bildende Kunst betrifft. Und über Bildende Kunst zu reden war eigentlich und ist immer noch meine Absicht.

Es ist ziemlich klar, daß die Aussagekraft der Bildenden Kunst, ihre ästhetischen Möglichkeiten, an eine Grenze geraten sind, jenseits derer sie zum Zitat, zum Eklektizismus, zur Kopie ihrer selbst gezwungen wird. Doch nicht die Formen, die stilprägenden Intentionen haben sich erschöpft, sie, die Kunst, kann einfach nicht mehr eine Welt ins Bild bringen, deren eigene reale Erscheinungsweise immer weniger über sie aussagt. Um nicht mißverstanden zu werden: Hier ist keine Rede vom Realismus, sondern von einer Bildlichkeit, welche sich noch auf irgendeine Weise der Welt verpflichtet fühlt, sich, selbst in der Abstraktion, noch auf sie bezieht, Welt bedeuten will, auch wenn sie diese erst schaffen muß. Welt kann in der Bildenden Kunst wohl nur noch dergestalt auftauchen, wie es uns das Menetekel aus dem Palast des Belsazar vorgeführt hat: als ein Zeichen, aus dem wir unser Schicksal herauslesen. Das jedenfalls scheint die einzig tragende Idee vieler dieser Werke.

Doch ist es mit dem Lesen und Schreiben so eine Sache, wenn der eine selber nicht weiß, was seine Chiffren, die er auf die Leinwand setzt, denn eigentlich bedeuten, und der andere, gewohnt an die Wiedererkennbarkeit von Umwelt, des Dechiffrierens unmächtig bleibt. Will sagen: Was heute weithin als Malerei erscheint – und ich enthalte mich ganz bewußt jeder Geschmackswertung und rede nur von dem Phänomen –, ist in einem Maße hermetisch, wie es keine Malerei vordem je war. Alle bisherigen Ismen wurden an ihren jeweiligen Schöpfungstagen immerhin von Motiven getragen, in denen unleugbar ein utopisches Moment wirksam war, denn alle Ismen erwiesen sich als erneuerungssüchtig. Vorab vor jedem persönlichen Wollen, das nach Romantik strebte oder nach kritischer Wahrheit, nach Naturähnlichkeit oder gesellschaftlicher Realität, nach dem glücklichen Maß der Form, der Balance der Farbe, dem ständig modifizierten »Goldenen Schnitt«, dem ungebrochenen Ausdruck des eigenen Fühlens – es war doch immer und stets das Verlangen nach Erneuerung am Werk und zugleich der Überdruß am Vorangegangenen, Überlieferten. Dieses utopische Moment ist aus den meisten Bildern der Gegenwart verschwunden und durch eine buchstabenlose Geheimschrift ersetzt worden.

Damit meine ich: Der Zugang zu dieser Art Kunst ist literarisiert worden. Die unmittelbare Reaktion des Betrachters wird verhindert, als wolle diese neue Kunst sagen: Du sollst dir kein Bild machen! Und das soll der Betrachter ja auch tatsächlich nicht. Er soll sich Gedanken machen. Er soll grübeln. Er soll meditieren. Er soll Überlegungen anstellen. Er soll interpretieren. Er soll deuten. Er soll, angesichts der Endzeitprodukte, sein eigenes Wissen gewissermaßen und gewissenhaft aktivieren. Versunken in die Betrachtung der »Honigpumpe« oder in eine mit Margarine bestrichene Scheibe Filz stoße ihm doch bitte die mitteleuropäische Zivilisation auf. Und wenn er das nicht allein zu leisten vermag, so helfe ihm Gott oder der Katalog, der Text zum Objekt, ohne welchen letzteres nicht existenzfähig und nicht existenzwürdig wäre.

Da die »Honigpumpe« weder wie die Nike von Samothrake den militärischen Triumph anzeigt noch den Erlösertod Christi, weder die Revolution noch das Nirwana, muß uns erklärt werden, was um Gottes willen dieser Krempel bedeuten soll. Dafür akzeptieren wir dann auch die Erklärung, jede, weil wir längst nicht mehr an Gott und die Götter glauben und an die Revolution schon gar nicht. Wären wir noch religiös, würden wir die uns als »Kunst« vorgeführten Gegenstände für Gerümpel und Abfall halten. Aber da uns jede metaphysische Beziehung abhanden gekommen ist, sehen wir in die Dinge hinein, was sie an sich nicht sind: Wir nehmen sie als Zeichen, als

Code, als die Flammenschrift an der Wand, aus der wir entziffern sollen, wie es um uns steht. Dazu sind wir auch bereit. Ja – wir sind wieder dazu bereit. Wir betrachten daher einen simplen Steinklotz, vorausgesetzt er ist seiner natürlichen Umgebung beraubt, wie Steinzeitgenossen: Als Zeichen der Dauer, als massives Gleichnis für irgend etwas, vielleicht für die Ewigkeit. Wir nehmen die wilden Hieroglyphen wilder Maler als Mitteilung uns fremder Mythen dankbar entgegen. Aus den Riesengemälden, diesen eindeutigen Kunstverweigerungen, ziehen wir nicht etwa Vergnügen, Bestürzung, Befriedigung irgendeiner Art, sondern sehen sie als eine Aufgabe, häufig als eine Schulaufgabe an, welche zu lösen man uns auferlegt hat, und der wir uns auch unterwerfen, weil wir nicht als Idioten gelten wollen.

Wir sind in einer fatalen Situation. Einerseits ist das Zeitalter der Bildenden Kunst als Medium allgemeinverbindlicher Darstellungsmethoden von Außen- oder Innenwelt offenkundig vorüber, andererseits können wir uns mit den Chiffren des Neuen nicht anfreunden. Wir haben unsere uns lieb gewordenen Sehgewohnheiten und weigern uns, sie aufzugeben. Ja, wir könnten es vermutlich nicht einmal. Wir beschweren uns: Es war doch sonst immer so, daß das Bild auf uns wirkte, daß etwas von dem Werk zu uns sprach, etwas auf uns überging, wir uns seiner Wirkung öffneten und aussetzten – nun geschieht nichts dergleichen vor den barbarischen und groben Pinseleien, die man uns in die Augen streut. Es handelt sich dabei jedoch, wie ich meine, um die Grobheit und die Barbarei unserer eigenen Uranfänglichkeit, die aufs Bemerkenswerteste und Alarmierendste wiederkehrt.

Diese Malerei verkündet und vorankündigt den Rückfall auf den Mythos, dessen Kennzeichen die verschlüsselte Erscheinungsweise und Tradierung gewesen ist. Man braucht nur einen Blick von den »neuen Wilden« auf die

Erzeugnisse der echten, alten Wilden zu werfen, um zu verstehen, was gemeint ist.

Wie bedeutungsvoll und schwerwiegend sind beispielsweise für den Eingeweihten die Sandbilder australischer Ureinwohner, wie lebensbestimmend die abstrakten Rindenzeichnungen der Indianer – gerade in Hinblick auf deren Kultur, in der noch viel Frühzeit lebt, möchte ich erläutern, was mit dem mythosschwangeren Zeichen, mit dem mythosträchtigen Gegenstand gemeint ist.

Bereits die Konfiguration der Zelte, die Plazierung der Schlafstellen, die Bekleidung, der Schmuck, nahezu jeder Gegenstand ist als solcher oder in bestimmter Kombination mit Bedeutung aufgeladen und erklärt etwas für den, der im Bannkreis metaphysischer Modelle aufgewachsen ist. Nun besteht jedoch das Problem darin, daß wir keine Indianer sind und keine allgemeinverbindlichen Mythen, keinen Mythos mehr besitzen, der Sehweisen bestimmt, Übereinkünfte absegnet und das Verhältnis des einzelnen zu seiner Umwelt transzendiert. Zwar hat uns die neue Kunst, vereinfachend gesagt, in einer gewaltigen, schleifenartigen Kehrtwendung erneut dahin gebracht, in den Dingen um uns eine tiefere oder weitergehende oder übergreifendere Bedeutung zu vermuten – handele es sich nun um »Campbells Tomatensuppe« oder die besagte »Honigpumpe« –, doch liefert sie uns aus Mangel an Mythos nicht die geistige Gebrauchsanweisung für ihre Produkte mit. Mühselig müssen wir uns was denken und ausmalen und hinmalen, ständig unsicher, ob wir damit der Bedeutung des Gegenstandes nahekommen. Dabei gibt es, wie ich vermute, gar keine verborgene Bedeutung in diesen neueren Werken. Sie täuschen den Mythos nur vor. Sie ähneln darin der modernen Dichtung, die, wie Hugo Friedrich in den »Strukturen der modernen Lyrik« nachweist, auf einer »leeren Transzendenz« basiert: Das einstmals Bedeutete ist verschwunden, übrig blieb die hohle Bedeutsamkeit.

Während die frühen künstlerischen Hervorbringungen mit ihrer mythischen Bedeutung standen und fielen und nach Verlust und Vergessen des Mythos nur noch Kunstgeschichtsthemen oder archäologische Spekulationsobjekte sind, geben die aktuellen Werke vor, für etwas einzustehen, was gar nicht da ist. Vielleicht noch nicht da ist. Denn es besteht ja die Gefahr, daß diese unleserlichen, unentzifferbaren Werke die Vorläufer sind von einem Mythos, der erst im Entstehen ist; daß diese Zeichen, Graffiti im wahren Wortsinn, den entsprechenden Inhalt nach sich ziehen.

Wir lesen diese Bilderschriften als Nachrichten aus dem Abgrund der heutigen Ängste, als Vor-Zeichen: So als stünden wir an einem Ufer und sähen in der Ferne Leute uns zuwinken, ohne daß wir den Anlaß ihres aufgeregten Armeschwenkens verstünden. Aus irgendeinem unerfindlichen Grund aber sind wir nicht in der Lage, unser Fernglas ein paar Zentimeter abzusenken, sonst würden wir die Leute als Passagiere der »Titanic« des Professors Weizenbaum identifizieren. Wir würden sie als jene Personen ausmachen, die auf den Eisberg zufahren. Oder vorsichtiger gesagt: Die überzeugt sind, auf den Eisberg aufzufahren. Solange wir jedoch in Unkenntnis der Totalität verharren, erscheinen uns die hektischen Gesten, die entsetzten Mienen völlig sinnlos. Wie uns die Merkmale aus menschlicher Frühzeit sinnlos erscheinen, und wir ihnen, beunruhigt über unser Unwissen, wechselnde Zwecke und Sinnbezüge unterlegen.

Wovon die uralten Kerben im Fels, die Ritzmuster im Stein zeugen, wissen wir nicht. Sie waren Ideogramm, Mitteilung, Schrift, die einstmals eindeutig von etwas sprach, und wir nehmen heute an, daß sie Gedächtnisstützen sein sollten, die der Überlieferung der Mythen dienten. Inzwischen sind sie zu den Rätseln geworden, welche die gegenwärtigen Werke schon jetzt darstellen. Aber, und damit komme ich zum Schluß, in dem Augenblick, da sich die jetzigen Werke ohne Rest dem Betrachter erschlossen, also von einem verbindlichen geglaubten Mythos erfüllt und getragen würden, wären wir just an dem Punkt angelangt, von dem im Titel die Rede war: In der Steinzeit.

Funken hegen

»In den abgeleiteten oder Spätzeiten glaubt der Mensch, die Kunst diene ihm; er braucht sie zur Pracht und deutet bisweilen mehr ihre Neben- und Zierformen als ihre Hauptformen aus; ja sie wird Gegenstand von Zeitvertreib und Geschwätz«, schreibt Jacob Burckhardt in einem Aufsatz mit dem etwas großspurigen Titel: »Über die Stellung der Kunst in der Weltgeschichte«. Wahr an Burckhardts immer noch aktueller Klage jedenfalls ist, daß sich die Position der Kunst weiterhin verschlechtert hat. Ihre einstmals außerordentliche Stellung hat sie längst eingebüßt. Und wenn sie ehedem »Magd der Theologie« gescholten wurde, so wäre die Bezeichnung »Angestellte des Marktes« heute wohl kaum ein Ehrentitel.

Angesichts der unaufhörlichen, hauptsächlich überflüssigen Hervorbringungen fragt man sich, was schuld daran sein mag, daß letztere nur noch zum »Zeitvertreib und Geschwätz« taugen. Wahrscheinlich gibt es viele Gründe, ein nur mühsam erkennbares Syndrom, in dem jedoch zwei wesentliche Motive sichtbar werden. Die Kunst leidet unter ihrer Funktionslosigkeit und an ihrem Publikum. Sie hat nichts mehr mitzuteilen, obwohl ihr Schicksal und Geburtsmerkmal die Mitteilung ist. Und in diesem ihrem Zustand relativen Verstummtseins erwartet dennoch und trotz allem das Publikum von ihr Mitteilung, Vermittlung, Nachricht. So bleibt der Kunst nichts anderes übrig, als sich nur noch selbst, das heißt die eigenen Vergangenheiten, zu zitieren, oder, in Erkenntnis ihrer Letalität, durch Filz und Fett, durch Nägel und Neonröhren etwas wie Vitalität vorzutäuschen. Indem sie sich als mehr oder minder geordnetes, strukturiertes Material präsentiert, gibt sie vor, mittels einer Metamorphose ihrer tödlichen Krise entkommen zu sein. Und wir, als absolute Mehrheit zum Hofstaat des Märchenkaisers gehörend, akzeptieren ihre neuen Kleider. Aber um das zu bewerkstelligen, benötigen wir ständig jene Fachleute, die uns diese »Akzeptanz« ermöglichen. Mit anderen Worten: Die kunstgeschichtliche, meinetwegen kunstphilosophische Interpretation ist ein unabdingbarer Bestandteil der Werke selber geworden und kann diesen nicht mehr entzogen werden. Ja, sie beweist häufig einen größeren Einfallsreichtum und mehr Fantasie als die interpretierten Objekte selbst, deren Erscheinungsweise oft genug erbärmlich simpel, trostlos primitiv und unattraktiv ist.

Ohne den Interpreten, den bemühten Handlanger des Künstlers, bliebe das Material toter Müll. Er, der Interpret, springt in die Bresche, die der Künstler mittels Kunst auszufüllen nicht mehr in der Lage ist. Eindeutig handelt es sich hierbei um eine höchst eigentümliche Symbiose, gar eine Notgemeinschaft, entstanden aus der Krise der Kunst, welche unbemerkt zu ihrem Normalzustand wurde.

Wenden wir uns den Werken selber zu, stehen wir vor etwas ganz und gar Unverständlichem, über das wir der Aufklärung bedürfen. Ohne Hinweis, ohne ein Warnschild ACHTUNG – KUNST! würden wir sie als solche nicht wahrnehmen. Bei einem Museumsbesuch in Darmstadt vor Jahren betrat meine (manchmal von fataler Hilfsbereitschaft besessene) Frau einen Raum, in dem leere Pappkartons herumlagen, als sei hier eben eine Lieferung ausgepackt worden, und sie, meine Frau, begann schon mit dem Aufräumen, bevor ihr klar wurde, es handele sich hier keineswegs um wiederzuverwertenden Rohstoff. Wie oft versinke ich in Museen in die Betrachtung jener in die Betrachtung von altem Eisen, brüchigen Holzstücken und zerbrochenem Glas versunkenen Personen und bewundere ihre Ernsthaftigkeit und die ihren Gesichtern deutlich anzumerkende Mühe um Verstehen. Als wenn es da etwas zu verstehen gäbe! Womöglich gehört zum Verständnis derartiger Gegenstände als primäre Voraussetzung die Autosuggestion, die sich, da wir uns als Betrachter dumm vorkommen, gar geistig minderwertig anderen, scheinbar verständigeren Betrachtern gegenüber, in uns zu entwickeln beginnt wie eine Infektion. Bald glauben wir, daß wir sehen, was gar nicht zu sehen ist. Wir lesen dem Objekt etwas ab, was ihm gar nicht eingeschrieben ist. Und können dennoch dabei ein gewisses Unbehagen nicht überwinden, da wir insgeheim und uneingestanden 3000 Jahre Kunstgeschichte nicht zu vergessen vermögen. Denn in unserem Kopf geht es immer noch recht archaisch zu; wir folgen der Gewohnheit, die wir geerbt haben, und aufgrund dieser stellen wir zwangsläufig immer wieder an jedes Kunstwerk die Gretchenfrage: Nämlich was es eigentlich bedeuten solle. Wir wollen einen Sinn erkunden und erkennen, und werden vom Werk barsch zurückgewiesen, und dürfen uns ihm nur als eingeführte Adepten nähern, die seine Sprache erst in der »Übersetzung« durch seine Produzenten oder die besagten Interpreten kapieren.

Wir wissen, weil wir es gehört haben, daß unser Dasein atomisiert und mechanisiert sei; daß die Wissenschaft am Zerfall sowohl der »höheren Werte« wie des Wissens schuldig wäre und daß die daraus resultierende »wertfreie« Vielfalt der Einsichten und Erkenntnisse kein geschlossenes Weltbild, kein allen gemeinsames Lebensgefühl mehr zulasse. Das klingt überzeugend und liefert den Nachweis für den schon zum Schlagwort verkommenen »Sinnverlust«. Wo keine »Sinnfälligkeit« mehr vorhanden ist, kann auch die Kunst sie nicht wiederherstellen, sondern muß in einer als sinnlos erkannten Welt selber ihren Sinn einbüßen. Wenn nun aber »Sinn« nicht mehr sichtbar gemacht werden kann; wenn die Kunst um diese ihr bis dato inhärente Aufgabe gebracht worden ist – was soll sie da überhaupt mit sich (und uns) anfangen?

Da sie selber keine Deutung der Welt mehr vorzuweisen imstande ist und sich somithin nicht mehr als Mittler zwischen Subjekt und Objekt einzusetzen vermag, hat sie die Flucht nach vorn angetreten. Durch die unaufhörliche und seit langem sich vollziehende Relativierung dessen, was wir kaum noch mit »Transzendenz« zu bezeichnen wagen, leugnet die Kunst radikal jegliche Bedeutung. Sie stellt höhnisch dem Betrachter anheim, derartiges zu unterstellen oder es auch bleiben zu lassen. Mit diesem »Kunstgriff« hat sich die Kunst aus der Klemme, Symbol und Sinnbild sein zu müssen oder doch: zu sollen, aufs Geschickteste gezogen. Ob Kubismus oder Fotorealismus, informell oder anekdotisch: Die Bedeutung wird planvoll und listig verhehlt. Rätsel und Labyrinth sind willentlich installierte Elemente, für die es keine Entschlüsselung gibt, obschon das Publikum wie das berühmte hypnotisierte Huhn immer aufs neue starrsinnig darauf besteht – ohne zu ahnen, daß es in dem Spiel, welches die Kunst mit ihm treibt, unbemerkt den »Schwarzen Peter« gezogen hat.

Wollte man unvoreingenommen den gegenwärtigen Zustand der wilden oder auch nur verwilderten Malerei analysieren, sollte man von einer Sentenz Friedrich Hebbels ausgehen, einer ahnungsvollen Tagebuchnotiz, die von der Barbarei vor der Kultur und der Barbarei nach der Kultur handelt. Man begreife solche Formel keinesfalls als Abwertung, vielmehr als eine erstaunlich frühe Wahrheit über Kunst und Kunstausübung. Durch Hebbels »Weitwinkel« gesehen, rückt die Höhlenmalerei in die Nähe der Moderne und erhält der Manierismus Auftrieb durch zeitgenössische Nachfahren. Für die neolithischen Kritzeleien fehlt uns der erklärende Kontext, für die uns zeitlich nahen wird zwar von Sachverständigen dieser Kontext fabriziert, doch hat letzterer keinen kanonischen Wert, eben weil Deutung und Ausdeutung auf der schwankenden Basis von Spekulation und Hypothese nichts Definitives aussagen. Der Unterschied zwischen 15000 Jahre alten Artefakten und den allerneuesten besteht nicht im sich bekundenden Talent, sondern in der ihnen zugeschriebenen Bedeutung, in ihrem »Sinn«. Die uralten nämlich sind das Ergebnis einer lebenswichtigen Absicht, durch das an den Felsen Gezeichnete etwas höchst Wichtiges zu übermitteln. Unsere Bildnerei hingegen, sich des in allen Köpfen abgelagerten Bildungsabhubs bewußt, gestattet, nein, verlangt apodiktisch frei flottierende Assoziationen, nebuloses Sichherantasten, weil in ihr, der Bildnerei, nichts mehr steckt und sie darum auf gedankliche Auffüllung angewiesen ist. Aber das macht auf drohende und somit bezeichnende Weise klar, daß nach der im menschheitlichen Morgendämmer verfertigten Kunst die unserer Spätzeit ebenfalls eine literarische ist: Keine überwältigenden Beispiele von Schönheit, keine ästhetische Zeitlosigkeit, auf die noch Jacob Burckhardt sich bezog: Vielmehr eine Kunst, die weniger der sinnlichen Anschauung, weniger des Genießens, der emotionalen Beteiligung bedarf als der Anstrengung des Dekodierens. Gegenwärtige Kunst, die sich nicht im Zitat klassischer Kunst erschöpft; die nicht C. D. Friedrich ironisch variiert; übergenauer als Fotografie sein will oder dem Impressionismus unter anderen Namen nachträumt – diese Kunst, angesiedelt zwischen Mondrians Erben und Beuys' Jüngern, ist nichts als außer Kontrolle geratene Literatur. Den Beleg dafür bietet die Literatur selber. Am Beginn einer nun völlig ausgelaugten Moderne steht die Erläuterung, und zwar beim literarischen Urvater Edgar Allan Poe. In seiner »Philosophie der Komposition« wird das Gedicht als ein Werk definiert, das von einer »unbestimmten Unterströmung von

Bedeutsamkeit« getragen werde. Und überhaupt nicht anders ergeht es dem weitaus größten Teil der zeitgenössischen Kunst. Diese unbestimmte Bedeutsamkeit, über die wir informiert worden sind, verführt uns anhaltend, Bedeutungen unterzuschieben oder vorauszusetzen. Nicht zu vergessen: Unsere Anschauungsweise stammt aus jenen fernen Tagen, da wir, vor dem Isenheimer Altar knieend, mühelos erkannten, worum es bei Grünewald ging – weil wir, analphabetisch und ungebildet, dennoch über den Kontext Bescheid wußten: Ja, weil wir selber der Kontext waren: Die entsetzten oder sonstwie affizierten Zuschauer der Kreuzigung Christi, welch selbige ein absolut unbezweifelter, unser ganzes Dasein beeinflussender Vorgang gewesen ist. Klar: Einem Zentralafrikaner oder einem Japaner jener Epoche wäre das Bild surrealistisch vorgekommen, hätte es schon Surrealismus und die diesen begleitende Theorie gegeben. Trotz allem: Diese beiden Exoten wären auch ohne Vorwissen, ohne Vorstellung vom Christentum, durch die Darstellung, durch die Kunst Grünewalds angerührt worden. Sie hätten zumindest die »unbestimmte Unterströmung von Bedeutsamkeit« empfunden, auch ohne die Bedeutung zu kennen.

Freilich: Für uns gilt solch ein exempelhafter Rollentausch nicht mehr. Es gibt keine Möglichkeit, die erspürte, geahnte, möglicherweise völlig falsch herausgelesene Bedeutsamkeit auf eine wirkliche und unzweifelhafte Bedeutung rückzubeziehen, da solche, wie mehrfach behauptet, im Gegensatz zu unserem historischen Beispiel inexistent ist. Aber wo zum Teufel ist nun die Bedeutung, nach der wir uns ständig sehnen, bloß hingeraten? Wie konnte es geschehen, daß man eines Tages in der Abteilung »Kunst des 20. Jahrhunderts« vor dem Leinwand und Ölfarbe gewordenen Nichts stand? Was denn ist der Kunst zugestoßen, daß sie uns als befremdliche Sphinx entgegentritt, statt wie früher als weg- und stegweisende Begleiterin, an der man sich noch nebenbei ergötzen durfte? Was hat diese unheimliche Verwandlung bewirkt?

Ein einziges kleines Wort gibt darüber Auskunft, obgleich es der Erläuterung bedarf, um Mißverständnisse wenigstens in Grenzen zu halten. Das Wörtchen heißt »Freiheit«.

Nicht die politische. Die ist Voraussetzung aller Kreativität, da mit der politischen Unfreiheit die diese legitimierende Ideologie erscheint, mit der ihr innewohnenden Tendenz, sich über jede künstlerische Tätigkeit zu erheben und sich selber als Maßstab zu setzen. Das Durchsetzungsmittel einer derartigen Ideologie ist die Zensur, welche den Rahmen festlegt, innerhalb dessen gewerkelt werden darf.

Die Rede ist von einer anderen, eminent gefährlicheren Freiheit. Einer, aus der sowohl Bindungslosigkeit wie Verantwortungslosigkeit erwachsen. Sobald in einer Gesellschaft weder geistige, noch ästhetische, noch moralische Verpflichtungen mehr normsetzend wirken, wird die Beliebigkeit zum Schaffensprinzip. Jede innere Notwendigkeit, sich mit der Welt, mit dem eigenen und doch gesellschaftsbedingten Ich schöpferisch auseinanderzusetzen, schwindet dahin. Wo diese Notwendigkeit ihren freiheitsverursachten Rückgang erleidet, verliert sich auch die Notwendigkeit für den Betrachter, durch ein Bild, durch eine Skulptur zu neuer Welt- und Selbsterfahrung zu gelangen. Gipfelt Freiheit in einem »anything goes«, verblaßt Kunst bis zur Unkenntlichkeit. Anstelle einer individuellen und dennoch aus den zeitbezüglichen Widersprüchen herrührenden Intention tritt der Zwang zum Effekt. Letzterer wiederum unterliegt weniger ästhetischen Imperativen als denen des Kunsthandels. So daß neben der Kunstkritik als »Königsmacher« der Markt seinen unseligen, wenn auch indirekten Einfluß auf das Schaffen und den Schaffensprozeß ausübt. Dieses ziemlich einseitig den

Künstler unter Druck setzende Verhältnis scheint der »umfassend« genannten Freiheit zu widersprechen, doch was diese im künstlerischen Bereich betrifft, erweist sie sich vor allem als eines der Mittel, als eine der handwerklichen Techniken, durch welche – und hier beginnt Unfreiheit – der Künstler seine Erzeugnisse wie mit einem Markenzeichen stigmatisiert, das er ungestraft nie mehr aufgeben kann. Was einstmals wie eine Fessel ausgesehen hat und wovon der Künstler frei geworden ist: vom Glauben an seine Mission (wie verschwommen auch immer derselbe gewesen sein mag), zeigt sich im nachhinein als Wurzel, durch die er, der Künstler, gleich Antäus Kräfte aus dem Boden zog, auf dem er heimisch war. Hoch hinauf in die Luft gehoben, strampelt er noch ein bißchen: Stoff für »Zeitvertreib und Geschwätz«.

Bedeutung und Sinn, entleerte Begriffe, deren einstigen Inhalt man nicht simulieren kann. War für den Künstler der Akt des Schaffens der ausschließliche, um zumindest im Medium der Kunst persönliche Freiheit zu erlangen, da er sich (und auch uns) eine zweite Welt schuf, damit er die reale bewältige (und wir mit ihm), so ist er nun unter dem Zwang zum Effekt außerstande, noch einmal Totalität zu erreichen, noch einmal all das zu umgreifen, woraus sein Umfeld besteht. Die Selbstbefreiung durch das Werk ist eingetauscht worden gegen die Freiheit der Mittel und durch diese trotzdem weder ausgeglichen noch kompensiert.

Der Gegenstand, das Thema, der Inhalt – wie man es auch bezeichnen will, ist, so überhaupt noch vorhanden, zum zufälligen Accessoire degradiert. Die Musen sind müde geworden und zu alten Damen, deren Erscheinung keinen mehr anspornt und inspiriert; die niemanden mehr zu verlocken vermögen, etwas zustande zu bringen, was, vergleichsweise, Rilkes »Archaischem Apoll« ähnelte, nach dessen Anblick man sein Leben würde ändern müssen, weil das Geschaffene durch seine unerhörte Intensität einem gar keine andere Wahl ließe. Wo jedoch Kunst zu dieser ewig unerreichbaren Aufgabe nicht mehr fähig ist, könnte sie ebensogut unterbleiben. Ihre Zukunft bestünde sonst in einem Fortvegetieren als dekoratives Kunstgewerbe, einzig dazu berufen, den Kunstbetrieb in Gang zu halten.

Unsere verleugnete und gleichermaßen wütend abgestrittene Resignation reicht offenkundig nur noch zu einer in »Handwerk und Gewerbe« sich erschöpfenden Bildnerei, zu unentzifferbaren Signalen, die allesamt nichts anderes als ein einziges Notsignal sind. Ihre letzte Berechtigung stammt aus der immer deutlicher hervortretenden Sinnlosigkeit der Welt, die sie auf vertrackte Art widerspiegelt. Aber das ist alles so neu nicht. Friedrich Hebbel, der schon zitiert wurde, notierte bereits vor 130 Jahren: »Der Künstler kann heutzutage nur noch den Funken unter Asche hegen.« Ein unwiderleglicher Satz, der aber keinesfalls als Lizenz gelten sollte, Asche für Kunstwerke auszugeben.

Verraten und verkauft

Es gibt Dinge, Vorkommnisse, beiläufig vernommene Sätze, die man nie vergißt und die irgendwann, wie eben jetzt, zurückkehren, gerufen von der Erinnerung, die im zerebralen Fundus nach konkreten Beispielen für die Reflexion Umschau hält, um fündig zu werden: Ein Gespräch mit Brecht über den Sozialismus und dessen mangelnde Attraktivität, zu welcher unser Klassiker, auf die damalige DDR-Führung gezielt, anmerkte: »Die müßte sich mal das Buch ›How to Sell an Idea‹ besorgen . . .!« Sein Stimmklang verband Ironie mit unweigerlich ernst gemeinter Empfehlung zur Praxis. Aber die Vorstellung, eine Idee, gar die Idee des Sozialismus, den Leuten anhängen zu können wie einen neuen Wagentyp oder ein Haushaltsgerät, war doch wohl so direkt nicht angepeilt. Obschon Brecht eine unverhohlene Bewunderung für den Pragmatismus in den USA an den Tag legte (und in solchen Momenten von sich als: »Wir Amerikaner« sprach), muß ihm doch klar gewesen sein, daß der Akt des Verkaufs seinen Gegenstand verändert. Die schönste und beste »Idee«, sobald man sie auf dem Markt erwerben kann, erleidet eine Entwertung einfach dadurch, daß sie zu einer Ware unter anderen wird. Sie wirkt plötzlich wie ein Mensch, dessen edle Taten sich zusätzlich als honoriert herausstellen. Diesem Prozeß der Warenwerdung kann in der Gesellschaft, von der wir ständig reden, weil wir ebenso ständig in ihr leben, sich so leicht kaum etwas entziehen. Vermutlich aber dachte Brecht damals nicht ernstlich an den Ideen-Verkauf, vielmehr an etwas, was eine wortgewordene Antinomie »Verkaufspsychologie« nennt, da doch Psychologie eher eine Methode des Verstehens, der heilenden Einflußnahme bedeutet, und weniger die Gebrauchsanweisung für ein Knopfdrucksystem, das nach entsprechender Bedienung die entsprechenden Verkaufsziffern zeitigt. Kurz (und abschweifend) gesagt: Brecht wünschte sich wohl einfach mehr psychologische Einsicht bei der Popularisierung und Verbreitung von Sozialismus, ohne zu erkennen, daß er genau die Mittel forderte, die der zu vermittelnden Sache erst recht im Weg stehen müßten und sie be-, wenn nicht gar verhindert haben würden. Doch es soll hier nicht über ein Gesellschaftssystem disputiert werden, das seinen Bestand (unter anderem) der Tatsache verdankt, daß es vom real existierenden Menschen absieht und ihn wie ein Kalkulationsobjekt betrachtet und behandelt, dessen sowohl geistige wie seelische Bestandteile bürgerliche, ergo überflüssige Relikte darstellen. Im übrigen befindet sich hier, trotz allem Verwundern, genau der Berührungspunkt mit den Gesellschaften freier Marktwirtschaft, in welchen gleichfalls dem Menschen (oder was wir dafür halten) Symbolcharakter zugedacht worden ist und zwar von der Werbung. Wie der stolze Arbeiterklassenvertreter mit leuchtenden Augen auf die Leistungen des (ebenfalls nur symbolischen) Volkes blickt, so schaut der Marlboro-Raucher abenteuerlustig in die Welt, die zu seiner Staffage erniedrigt verkam. Damit stecken wir mitten im Thema: unserer Käuflichkeit, unserer Verwertbarkeit und unserem Bewußtsein von diesen beiden, keineswegs unbedingt identischen Tatsachen.

Unsere Käuflichkeit ist eine altunehrwürdige Tatsache, die, im Gegensatz zum gewohnten Lamento, keineswegs aktuelle Ursprünge hat. Wir sind sogar weniger käuflich, weniger korrupt als einstmals. Und die Erinnerung braucht nicht lange zu kramen, um dafür auf Indizien in früheren Epochen zu stoßen: die Käuflichkeit aller Ämter und Würden, einschließlich der Papstwürde. Und selbst das

Heiligste, die Gebeine der christlichen Märtyrer, hatten ihren festen Preis, und man handelte schwunghaft damit. Sogar das Absolutum selber wurde zu einem enormen Geschäft: Gemeint ist der Ablaßhandel. Obschon man die Wirklichkeit insgeheim anzweifelte, kaufte man dennoch – man konnte ja nie wissen, ob der Zettel nicht doch vielleicht zum Eintritt ins Himmlische Jerusalem berechtigte. Jedenfalls zeigte sich bei derartigen Investitionen ein blindes Vertrauen, über das wir heute nur staunen können, als wiesen wir Gegenwärtige nicht Eigenschaften auf, die unsere Vorväter hätten erschauern lassen und die wir an uns selber gar nicht mehr registrieren: Unsere Verwertbarkeit beispielsweise. Sie ist etwas anderes als Käuflichkeit: Wir würden uns nur zu gerne kaufen lassen, wenn bloß einer käme und für uns Geld böte! Wir würden auf unsere Überzeugungen, die wir ohnehin nicht haben, oder wenn doch, dann sicher die falschen, ohne zu fackeln verzichten, aber wirklich gekauft werden nur die wenigen, die ihren Preis selber festsetzen können. Wir anderen gehen ungefragt im Dutzend weg, ohne daß wir es überhaupt merken. Im Ernst: Daß jeder Mensch auf Geld, auf diese seltsam abstrakte Form des berühmten »Mehrwerts« reagiert wie ein Heuschnupfler auf Blütenpollen im Sommer, ist, wie eben Allergien immer, keinesfalls das Schlimmste. Als verführbar erwies sich der Mensch stets, und immerhin ist es eine den Schein wahrende Weise, zu bezahlen und sich bezahlen zu lassen, als für die gleichen Leistungen dem Terror unterworfen zu werden oder ihn ausüben zu müssen. Nicht nur die »Wirtschaftsflüchtlinge« belegen das deutlich. Es ist ganz *natürlich*, im Sinne unserer zweiten, gesellschaftlichen Natur, daß sich das Geld, da es Macht verleiht, auch als Macht verselbständigt, noch dazu, weil wir dubiose Mächte gewohnt waren, die wir an ihren Wirkungen zu erkennen meinten – warum sollten wir da nicht eines Tages auch an den Gott mit dem Namen

Mammon glauben, wo doch seine Kraft so ungeheuer und so schöpferisch sich zeigt: bis in die mehr oder minder verästelten zwischenmenschlichen Beziehungen hinein. Und weil wir im Zuge des Erinnerns sind, gedenken wir auch sofort eines erläuternden Vergleichs: Die Prostitution, angeblich ältestes Gewerbe der Welt, tritt erst gemeinsam mit dem Geld in Erscheinung. Bei unseren nomadischen Urahnen oder, historisch näher, bei den Indianerstämmen Nordamerikas gab es zwar Voraussetzungen, die gewöhnlich Prostitution zu fördern pflegen, nämlich vorehelich geschlechtliche Enthaltsamkeit und restriktive Sexualnormen, doch die Sache selber fehlte: Wohin mit der (leicht selbst zu erzeugenden) Tauschware für die körperliche Dienstleistung? Da dieses Problem unlösbar blieb, lebte man zwangsläufig moralischer als gewollt. Ohne »klingende Münze« entstand nicht, wofür dennoch ein starkes Bedürfnis vorhanden gewesen sein muß. Ach ja: Das Bedürfnis selber ruft noch lange nicht den Gegenstand seiner Befriedigung ins Leben, dazu bedarf es vieler, häufig verborgener Additive. Inzwischen hat, und das kennzeichnet einen bewegenden Wandel, der mit einem Evolutionssprung vergleichbar ist, in der marktwirtschaftlich geprägten Industriezivilisation sich der simple Mechanismus herausgebildet, daß man erst das Objekt fabriziert, bevor man das Verlangen danach erzeugt, das eigentlich dem Gegenstand vorauszugehen und in ihm seine Krönung zu finden hätte. Dieses Verhältnis wird allgemein kritisch als »verkehrt« vermerkt – und doch wissen wir gar nicht, ob diese ablehnende Sicht nicht ein Überbleibsel aus vor- oder frühindustrieller Zeit ist. Generell scheint, daß unsere gesellschafts- und systemkritischen Intentionen stets aus der Vergangenheit gespeist werden, ressentimenthaft aufgeladen sind und unaufhörlich auf ein Gestern zurückbezogen, das der Vernunft eigentlich als abscheulich gilt, obschon es ihr die Argumente liefert.

Das sehen wir klar exemplifiziert an Peter Sloterdijks »Kritik der zynischen Vernunft«, wo unser aktueller Zynismus »Herren-Zynismus« heißt, dialektisch gepaart mit einer »kynischen Vernunft«, die sich, Blick zurück ohne Zorn, stracks auf Diogenes beruft.

Doch der Mensch, wie immer er sich definiert, hat nicht aufgehört, seine eigene Entwicklung zu betreiben, und weil wir auf Flossen wie Flügel verzichtet haben, sind wir zum Watschelgang verurteilt, den wir uns »aufrecht« wünschen. Und verurteilt, uns selber anstelle alter und altertümlicher Bedürfnisse, welche uns teils abdressiert, teils zu unheimlich und unhandlich geworden sind, dauernd neue aufzupfropfen. Und vor allem verurteilt dazu, »künstliche« Menschen zu sein. Aus uns spricht wie aus dem Schlaf, aus einem verlorenen Traum die Natur, die zu sich zurück möchte: Doch das Anathema ist nicht mehr aufhebbar. Noch gestern meinte der urgroßväterliche »Kapitalismus«, sich geruhsam den Marxschen Vollbart kraulend, indem er produziere, erfülle er die Wünsche des Menschen, den er als Kunden ansah, und wenn diese Produkte nur allen zugänglich wären, sei das Glück auf Erden konstituiert. Heute jedoch muß er (oder das, was an seine Stelle trat) zugleich mit seinen Erzeugnissen die entsprechenden Wünsche und Sehnsüchte schaffen, die zu unabdingbaren Bestandteilen der Produkte geworden sind, ohne daß die Produkte sie einzulösen vermögen. Wir erkennen das leicht an einem besonders augenfälligen und augengefälligen Indikator: an der Damenmode. Seit Jahrzehnten bereits ignorierte die Bekleidungsindustrie das spezifische Volumen des weiblichen Körpers und kreierte und setzte ein Schönheitsideal durch, das der weiblichen Physis durchaus widerspricht. Was noch bis in den Ersten Weltkrieg hinein als »fraulich« galt, verschwindet plötzlich. Mit dem Aufkommen des Sports in den frühen zwanziger Jahren als Ersatz für andere abgestorbene gesellschaftliche Integrationsmechanismen wird das Image der Frau »maskulinisiert«. Die Hypothese besagt, es handele sich dabei um eine männliche Angstreaktion: Nach dem Zusammenbruch des tradierten männlichen Ego durch Krieg und Nachkrieg habe die männliche Furcht das Bild der aufkommenden Großmacht »Frau«» abschwächen wollen. Die Mode verdrängt die Vorstellung von Weiblichkeit, indem sie die Geschlechtsmerkmale kaschiert. Nur dem Bein, dem eine homoerotische Komponente eignet, wird Sichtbarkeit zugestanden. Und das Ergebnis? Oder zumindest eines der Ergebnisse? Zunahme der Anorexie, der Magersucht: »Hypothesen, welche sich auf bestimmte familiäre Konstellationen bezogen, haben sich nicht bestätigen lassen. Hingegen ist sicher, daß alle üppigen Formen dem heutigen weiblichen Schönheitsideal widersprechen. Die Anorexie hat wohl eine starke kulturelle Komponente –« (FAZ, Juni 1983). Nur als Äquivalent und nur für den Ausnahmezustand abendlicher Geselligkeit darf die Frau, wenn auch formalisiert, ihre Körperlichkeit ausstellen. Analog dazu entwickelte ein anderer Industriezweig für die durch das entsinnlichte Frauenbild männliche Frustration den »Vamp«. Was aus dem Alltag verdrängt worden war, die spannungsgeladene Dualität der Geschlechter, und durch eine »Gleichberechtigung« ersetzt, welche Mann wie Frau auf eine eindimensionale ökonomische Brauchbarkeit verpflichtete, führte notwendigerweise zu Kompensationen. Was unterdrückt unter der Oberfläche rumorte, erfuhr seine »Renaissance« im Film und in der Werbung. Da tauchten die *tollen Weiber* auf, die es sonst nirgendwo gab, auch wenn sie nur aus Papier oder Zelluloid bestanden und man nichts Rechtes mit ihnen anzufangen wußte, weil sich das reale Verlangen an ihrem Bild allein nicht sättigen konnte. Wo es sich aber hätte sättigen dürfen, stand wiederum das Bild bestimmend und hemmend dazwischen. Indem wir die lebenden

Frauen dem Maß der symbolischen unterwarfen, erniedrigten wir sowohl sie wie uns selber, da wir unsere Seligkeit unter die Fata Morgana, unter die im rein Fiktiven gründende Illusion stellten. Das scheint, als würfen wir der Industrie nicht mehr und nicht weniger vor, als uns Männer liebesunfähig gemacht zu haben durch Abrichtung auf Imagines: Wie die Windhunde beim Hunderennen hinter einem Hasen herjagen, der, aus der Nähe besehen, nur eine schlechte Imitation und ansonsten Teil der Rennmaschinerie ist. Dieser Vorwurf, obgleich nach Satire klingend, enthält, wie zu fürchten ist, eine gehörige Portion Wahrheit. Und eben diese Wahrheit spricht von einem einschneidenderen, deformierenderen Eingriff, als es die Käuflichkeit der Papstwürde oder eines Eintrittsbillettes in Abrahams Schoß sein könnte – da er sich nämlich unterhalb unserer Bewußtseinskontrolle vollzieht. Denn wir können, selbst wenn wir die Plastikschönheiten, die Retorten-Nymphen in ihren einladenden Posen als Ausgeburten ganz anderer Zwecke erkennen, doch nicht den Blick von ihnen wenden und gestatten ihnen, diesen Vampiren, durch unser Blut eine scheinhafte Realität zu erlangen. Weil unser Stammhirn, unser innerster atavistischer Kern wie die besagten Windhunde auf den falschen Köder reagiert. Und ein weiteres Moment, das sich nur allzu raffiniert unserer Kenntnis entzieht, weil wir alles, was unser Selbstwertgefühl in Frage stellt, automatisch negieren, ist unsere eigene Verwertbarkeit in der totalen Verwertungsgesellschaft. Gemeint ist damit nicht die unmittelbare als Arbeitskraft oder Käufer, als schweigende oder zustimmende Mehrheit, sondern eine Verwertbarkeit, die von einem mächtigen, partiell unsichtbaren, partiell verselbständigten Apparat vollzogen wird. Dieser Apparat hat insgeheim uns gewogen und unseren Preis festgesetzt, und die Verwertbarkeit besteht somit darin, daß jeder für etwas anderes als er selber ist substituierend benutzt werden kann. Für etwas, das der Apparat ihm verordnet, ohne daß er, der Jedermann, es überhaupt wahrnimmt. Grundvoraussetzung unserer Verwertbarkeit ist die Realisation unserer Ideale: Freiheit, Demokratie, Offenheit, Pluralismus. Das ist keine zynische Formel, nur als bedingender Zustand angemerkt, jenseits aller moralischen Urteile. Versucht wird ja nur, ein Phänomen andeutungsweise zu skizzieren, das, noch im Wachstum begriffen, der Analyse noch nicht vollständig zugänglich ist.

Dadurch, daß die erwähnten Grundvoraussetzungen etwas ermöglichen, was wir ungenau »Öffentlichkeit« nennen, sind wir, vermittels der Medien eben dieser Öffentlichkeit, zu ihren latent verwertbaren Objekten geworden. Durch die abstrakte Kommunikation besagter Medien, die zugleich den Schein des mitmenschlichen Miteinander wahren, wurden wir – und das ist nur *eine* Art der Verwertung – alle füreinander zu Nachrichten, zu überraschungslosen Ereignissen, zu vorgeblichen Meinungsbildnern, also zu Mitteln, so daß, da alle für alle verwertbar werden, keiner mehr ganz er selber ist. Erinnern wir uns ferner jener, uns lächerlich und naiv vorkommenden Angst »Primitiver« vor dem Fotografieren, die sie zu unserer Heiterkeit damit erklärten, die Kamera entzöge ihnen die Seele, so ahnen wir heute, daß da ein sicherer und richtiger Instinkt auf seine Weise vor der Verwertbarkeit zurückscheute. Überzeugt von der Eliasschen Erklärung, daß die Menschheit, zumindest ihr europäischer Teil, von Fremdzwängen zu Selbstzwängen fortschreite, respektive die Fremdzwänge verinnerlicht habe, erkennt man unabweislich in diesen verinnerlichten Selbstzwängen die blinde Unterwerfung unter die Verwertbarkeit.

Erinnern wir uns weiterhin dessen, was vor einem relativ kurzen Zeitraum sich als »Sexuelle Befreiung« gerierte – heute entlarvt die einstige »Emanzipation« den Verwertungsapparat, der uns gar nicht zu einer unverhohlenen, unverkrampften Sexualität berufen, sondern nur unsere Verkrampfung, unsere Komplexe verwertet hat – mit seinen technischen Mitteln. Seine Macht erwies sich stärker als die alten Tabus, und so hat er durch die optische Reproduktion des Geschlechtsaktes nicht nur einen existentiellen Bezirk unseres Daseins der materiellen Nutzung zugeführt und für die wirtschaftliche Durchdringung geöffnet, wie einst der Missionar, der Konquistador die geographisch weißen Flecken auf der Landkarte für den Welthandel, der »Große Apparat« hat sich damit auch unserer subjektiven Fantasie bemächtigt und sie uns, indem er sie verwertend realisierte, zugleich auch für immer entzogen und anstelle unserer geheimsten Träume Farbfotos und Videokassetten zurückgelassen.

Es scheint, als sei jeder Widerstand zwecklos, weil sogar dieser Widerstand, das Aussteigertum, das Verweigererwesen, kaum daß es eine Gruppe ergriffen hat, bereits der vielfältigsten Verwertung anheimfällt: Von der sozial-theoretischen »Aufarbeitung« divergenter Verhaltensweisen bis zu ihrer Verbreitung durch die Medien, bis zu ihrer belächelten Einfügung in das Sittengemälde der Epoche, das die Integrationskraft besitzt, unter dem Titel »Pluralität« das Gegensätzlichste zusammenzuführen und zusammenzufügen. Auch das Prinzip der Pluralität ist künstlich, fast artifiziell zu nennen, und es bedarf heftigen Auftrumpfens sogenannter »Randgruppen«, um seine Existenz zu erhalten. Sonst müßten diese Randgruppen erfunden werden – nein, sie werden ja tatsächlich erfunden, denn durch den überwältigenden und durchdringenden kommunikativen Zusammenschluß aller mit allen wird auch jede Monade sofort zum Modell. Es gibt insofern keine individuelle Subversion mehr: Der einzelne, der sich, um seine Mitbürger zu verstören, die Haare grün färbt, gründet damit sofort einen Club – ob er es will oder nicht. Denn der Verwertungsapparat entdeckt ihn und sein grünes Haar sofort und bietet ihm die Öffentlichkeit, gegen die sich seine Absichten richten, um ihn selber zu einem Teil dieser Öffentlichkeit und damit völlig ungefährlich zu machen. Er wird zu einem Steinchen im Mosaik, dem sich andere hinzugesellen, um schließlich für den Gesamteindruck als notwendige Komplementärfarbe zu dienen. Heute muß sich der Häretiker schon selber verbrennen, wenn er ein Mindestmaß an Aufmerksamkeit erregen will, doch auch diese Aufmerksamkeit, das millionenfache Auge der Welt, erkennt ihn und sein Wollen, seine Botschaft und seine selbstgewählte Aufgabe nur durch das längst apparativ installierte Okular, das mittels seiner spezifischen Brechung immer am Angeschauten das Verwertbare mit abbildet. Das Bewußtsein wird sich dieser Gefangenschaft, aus der es kein Ausbrechen gibt, immer klarer, da noch der freiwillige Abgang, der Suizid, der Verwertung anheimfällt und durch Club-Regeln und »Handbuch der sichersten Methode« sein Geheimnis und sein Grauen verliert; zum Diskussionsgegenstand profaniert wie alles, was einmal unaussprechbar war und demnächst in den Quizsendungen herausgeblökt werden wird, ist auch diese allerletzte individuelle Handlung um ihre Qualität, nämlich ihre Unverwechselbarkeit, gebracht worden, wie eben auch die Sexualität durch ihre bildliche Wiedergabe. Durch die Verwertung aber, um es zu wiederholen, verändern sich die Dinge und Verhaltensarten gründlich, indem sie ihre zumindest für das Individuum gültige Einzigartigkeit einbüßen und nur noch zur Reprise, zum Nachvollzug werden. Nicht allein hat die Reproduzierbarkeit das Kunstwerk im Zeitalter derselben um seine Aura gebracht und tödlich geschwächt, die Reproduzierbarkeit als Grundvoraussetzung der Verwertung hat uns selber, unser Tun und Lassen und Denken ergriffen: Es hat alles den Anschein des Korrepetiven. Im Zeitalter unserer Verwertbarkeit sind unsere Gesten entlehnt, unsere Bewegungen unwillkürlich geregelt, unsere Worte ihrer Substanz beraubt, weil ihre Bedeutungen längst vielfach vermarktet und verschlissen wurden.

Wie rührend erscheinen uns da die alten Legenden, etwa die Sage vom Dr. Faustus, der dem Teufel seine unsterbliche Seele verschrieb. Wir armen Teufel müssen uns erst selber eine kaufen und wir bekommen nicht einmal die Garantie ihrer Haltbarkeit oder ethischen Kratz- und Schlagfestigkeit. Ja, was wir bekommen, ist schon derart auf- und vorbereitet wie Fertignahrung und zum alsbaldigen Verbrauch bestimmt. Wüßten wir das nicht, wäre uns wohler. So aber ahnen wir die dürftige Konsistenz, ihre Produktartigkeit, und daß sie aus zweiter Hand ist. Nicht einmal »paßgenau« scheint sie zu sein – was wir häufig genug an einem unbestimmten Unbehagen erkennen, dieser Vorstufe einsichtsvoller Depression. Weil unsere Individualität (zumindest die persönlich geglaubte) in der Verwertung aufgegangen und diversen gängigen Mustern zugeschlagen worden ist, sind wir diesen Mustern, in denen wir atomisiert vorherrschen, ausgeliefert, da sie uns die Chance eines Selbstverstehens vortäuschen. Ohne eigenes Selbst suchen wir unter den Bildern, unter Symbolen und irrealen Darstellungen unserer einstmals verkappten Vorstellungen uns selber wiederzuerkennen und schaffen es sowenig wie Tantalus die Früchte, nach denen er die Hand ausstreckte, zu erreichen vermochte. Allen Bildern, die uns zum Gegenstand haben, mißtrauen wir und glauben ihnen zugleich. Das kommt wohl daher, daß wir Menschen, was uns übrigens so gefährlich erfolgreich machte, auch von einer unglaublichen inneren Anpassungsfähigkeit waren und sind. In jede Rolle haben wir uns gefügt, seitdem wir die Augen außerhalb der Natur aufschlugen und uns verlassen vorfanden. Nun, wo die Rollen alle verbraucht sind, die exakte soziale Silhouette unscharf wurde, durchblättern wir die Angebote, um das Passende für uns zu finden: Das, was wir sein könnten. Und weil wir nicht einmal mehr präzise wissen, daß wir nichts wissen, unterliegt alles menschliche Sein dieser Verwertung zu Bildern des Seins, in einer gierigen, auch geldgierigen Hoffnung auf Erlösung, die aber gänzlich unvorstellbar geworden ist: Weil sie als einziges sich der Verwertung entzöge.

Die Tagebücher Hitlers

Wendet man sich heute beruhigteren Gemüts noch einmal jener Affäre zu, die im deutschen Pressewesen (und darüber hinaus) soviel Wirbel gemacht hat, ordnen sich vor dem forschenden Blick bestimmte Muster. Sichtbar werden Grundzüge deutscher Geschichte, und zwar in Formen psychischer Bereitschaft, sich betrügen zu lassen. Die gesunde Skepsis anderer Völker und Nationen geht uns ab. In keinem anderen Lande der Welt kann leichter Gläubigkeit hervorgerufen werden als in »diesem unseren«.

Zurück zu den Fakten. Erinnern wir uns: Ein Militariahändler namens Kujau und ein Reporter der Zeitschrift »Stern« haben es sich angelegen sein lassen, eben dieser Zeitschrift Schriften zuzuspielen, die von Hitlers Hand stammen sollten und die von dem einen der beiden selbst verfertigt, von dem anderen geschickt feilgeboten worden waren. Damals: Gelächter und Empörung und ein blamierter Verlag, der im nur zu wahren Sinne als der Dumme dastand. Was war da eigentlich geschehen? Und wie konnte dieser immerhin plump angelegte, simpel durchgeführte Coup derart leicht gelingen? Bestand oder besteht denn das zeitschriftenlesende Publikum nur aus ehemaligen Nazis, die nostalgisch gestimmt und daher blind, hastig nach den vorgeblich nachgelassenen Worten ihres Führers griffen? Doch wohl kaum. So wenig das Publikum aus einem rein geschichtlichen Interesse sich über die alsbald als solche erkannten Fälschungen hermachte, um eine mögliche Korrektur am eigenen Geschichtsbild vornehmen zu können.

Aber die Verfälschung von Geschichte und Erscheinungsweise der Person Hitler setzt schon viel früher ein –

durch Hitler selbst und durch seinen Propagandaapparat. Nicht von dem ungeheuerlichen Personenkult um den Mann soll die Rede sein, sondern von der Verfälschung der Wirklichkeit, durch welche er sich bewegte. Betrachten wir die Fotografien und Filmstreifen aus den zwölf Jahren seiner Herrschaft, müssen wir diesem Material die sonst übliche Bezeichnung »Dokumente« verweigern: Sie zeigen Realität als Vortäuschung, als Fälschung eben.

Wir wissen, daß Hitler höchstpersönlich die ihn zeigenden Fotos zensierte und nur zuließ, was er für seine Legende zuträglich hielt. Wie Filmschauspieler untersagte er Aufnahmen, auf denen er nicht dem Image glich, das er und seine Helfershelfer in Umlauf gesetzt hatten. Unter den Zehntausenden von Schnappschüssen gibt es daher nur ganz wenige, die ihr Objekt adäquat, nämlich unverlogen und dem Charakter des Fotografierten entsprechend zeigen. Nicht anders die Filmstreifen: Stets erscheint er, der Genius der Deutschen, herausgehoben und abgehoben von der jubelnden, durch ihn berauschten Masse. Und wenn die Kamera Einzelheiten aus dieser amorphen Ansammlung herauslöst, Gesichter, Gesten, wird nur Faszination sichtbar, Hingabe, Hysterie, bedingungsloser Gehorsam, Enthusiasmus, verbunden mit einer »Körpersprache«, die die Mimik noch einmal wiederholt. Natürlich waren diese Begeisterten keine Schauspieler, doch dadurch, daß ausschließlich sie ins Bild treten durften, wurde das Bild falsch. Und mit diesem falschen Bild, das man den Menschen in den Kinos abgelöst von ihnen vorführte, betrog man sie noch einmal.

Kameraeinstellung, Blickwinkel, Perspektive – alles das war vermutlich genau festgelegt, um nicht die Figur Hitlers als die eines »normalen« Menschen erscheinen zu lassen: Das Besondere, Charismatische des »Führers« bestimmte die Aufnahmetechnik, die sich solchermaßen als Fälschertechnik auswies. Und es ist anzunehmen, daß dieses von den Medien verbreitete Götterbildnis die faktische Sehweise der Menschen unbewußt ausrichtete. Sie sahen ihn so, wie sie ihn sehen sollten. Sonst wäre es undenkbar gewesen, wie Leute, die in ihrem Alltag durchaus eine realistische Einstellung zum Leben und zu ihresgleichen gehabt haben, angesichts dieses nichtssagenden Kopfes mit der dicklichen Nase, dem Chaplin-Schnurrbart und dem grotesken Haarschnitt derart emphatisch reagieren konnten. Und es ist ebenso klar, daß diese Leute nach dem Zusammenbruch und der Niederlage Deutschlands nur sehr schwer oder auch gar nicht zu akzeptieren vermochten, daß dieser »Führer« kein Gott gewesen sein sollte, wo sie doch sein göttliches Bild oder auch seine Person mit eigenen Augen gesehen hatten. Auf deutsch: Die Verfälschung der Wirklichkeit war glaubhaft gewesen und für bare Münze genommen worden. Aus diesem Umstand des einstmaligen Betrogenwordenseins resultierte nicht etwa, wie man doch annehmen müßte, ein gesteigertes Mißtrauen gegenüber möglichen affirmativen Revisionen der braunen Vergangenheit – im Gegenteil, dieser erste Betrug bildete überhaupt erst die Voraussetzung für den zweiten, da als Folge des früheren Betruges eine Bereitschaft sich entwickelt hatte, auf jede Wiederholung hereinzufallen.

Die Motive des Interesses, nämlich zu betrügen und betrogen zu werden, sind, wie zu vermuten, in tieferen Schichten angesiedelt und sollen auch dort aufgespürt werden. Rekapitulieren wir kurz die historische Situation des Fälschungszeitpunktes: Es lag eine Fülle von Literatur über Hitler vor, jeder seiner Tage war längst dokumentiert, nichts verborgen oder noch der Nachforschung bedürftig. Und selbst wenn: Hitler als Autor war äußerst dürftig und unergiebig; ein Ideologe, dessen Schreiben sich in Klischees und Phrasen bewegte. Also nur als Symptom interessant, nicht als Ausdruck einer bedeutenden

Persönlichkeit, die der Mann ja auch zu keiner Zeit gewesen ist. Aus diesem Mangel heraus war gar nichts mitzuteilen, ergo Information über eine besondere Individualität keinesfalls zu erlangen.

Ein zur Selbstreflexion unfähiger Geselle, dessen politische Bekundungen vorlagen. Und gerade darum ist es durchaus denkbar, daß diese unerhörte Nichtigkeit der historischen Gestalt die von ihm Geführten und Verführten unbewußt mit einem Verlangen ausgestattet hat. Nämlich dem, daß der Führer, der derart in die Weltgeschichte eingegriffen hat, doch entsprechend der Größe seines Unternehmens auch eine geistige Größe sein möge. Die ungeheuerliche Kluft zwischen den von Hitler ausgelösten weltgeschichtlichen Vorgängen und der Trivialität seiner Person mag immer schon einen Teil seiner Anhänger insgeheim beunruhigt haben. Und selbst wenn diese im Rausch des »Dritten Reiches« solche Zweifel an den intellektuellen Qualitäten ihres obersten Kriegsherrn noch hintanzuhalten vermochten, nach dem Kriegsende, nach der Aufdeckung der »Banalität des Bösen« stellte sich gewiß auch für den Durchschnittsdeutschen die Frage, von welcher Figur er sich da habe beherrschen lassen. Nur logisch, daß man sich lieber einem auch wesensmäßig bedeutenden Diktator unterworfen sieht als einem halbgebildeten Psychopathen. Die Beschämung ist geringer, hat man sich von einem sogenannten »großen Mann« hinreißen lassen und nicht von einem grobianischen Provinzler, den der Zufall und die Gunst der Stunde auf den Thron gehoben haben.

Man ist bereit, sich selber die im Untergang endende Nibelungentreue zu verzeihen, nur entwertet sich diese sofort, wenn sie einem Hallodri und Hochstapler geleistet wurde. Zu diesem seelischen Mechanismus paßt, daß lange Jahre nach dem Krieg immer wieder der Tod Hitlers in der Reichskanzlei in Frage gestellt wurde – und zwar nicht aus der selbst einem total verblendeten Nazi unmöglichen Hoffnung, der Führer könne eines künftigen Tages erneut als Triumphator aus seinem Exil zurückkehren, analog den hundert Tagen Napoleons, sondern einzig und allein aus der unbewußten Erwartung, Hitler würde selber vor der Welt seine Einmaligkeit und Genialität darlegen und damit seine einstmals Gläubigen entlasten. Nicht von der Verantwortung, doch zumindest vom Odium der Lächerlichkeit, solchem durchschnittlichen Spießer gefolgt zu sein.

Auf die Frage nach der Ursache ihrer inneren Beteiligung, welche die jüngere Generation denen stellte, die noch selber ins Geschehen verstrickt waren, hätten letztere wohl gern eine sie weniger blamierende Antwort parat gehabt. Etwa in der Art, wie die Überlebenden der »Grande Armée« noch immer auf ihren Kaiser schworen, von dessen Charisma ein Schein auch auf sie gefallen war. Aber Hitler war eben kein Napoleon, und aus diesem Umstand latenten Unbefriedigtseins an der Gestalt Hitlers, aus dem sich selbst verborgenen Verlangen nach Hebung der eigenen Reputation durch Hebung seines Ansehens, ergab sich der unbedenkliche Zugriff, als die falschen Tagebücher auftauchten. Nur aus tiefenpsychologischen Gründen ist erklärbar, weshalb die Fälschung nicht sofort als solche erkannt wurde; warum keine entsprechende Prüfung stattfand, ja, warum man blindlings den ersten Tagebuchumschlag nachdruckte, obschon die beiden Frakturinitialen statt als A. H. sich jedem sichtbar als F. H. zeigten.

Die auf die Fälschung Hereingefallenen waren für den Betrug prädestiniert. Ihre Verblendung ist durch Aussicht auf ein großes Geschäft, auf eine Absatzsteigerung allein kaum erklärbar. Die Bereitschaft bestand eindeutig aus einer leider nur zu deutschen Ehrfurcht vor dem Hochgestellten – selbst wenn dieser nur als Geßlerhut erscheint, und der, wie andeutungsweise dargestellt, unbewußten Hoffnung auf eine gewisse »Ehrenrettung« der einstmaligen eignen Dummheit. Und keineswegs zufällig hat ja auch die Zeitschrift bereits bei der ersten Publikation der Fälschung behauptet, nun müsse die Geschichte teilweise umgeschrieben werden. Ein grenzenloser Unsinn, da gerade dieser Teil deutscher Vergangenheit außerordentlich eingehend und umfangreich dokumentiert worden ist. Der Satz vom »Umschreiben der Geschichte« bezieht sich auf nichts anderes als auf den immer noch rumorenden Minderwertigkeitskomplex, welchen man endgültig loswürde, ließe sich nachweisen, daß der Reinfall mit Hitler nicht ausschließlich der eigenen Denkunfähigkeit zuzuschreiben gewesen ist. Nebenbei gesagt: Aus diesem Zwang zur Verringerung der Selbstverantwortlichkeit erscheint Hitler bei einem Teil seiner Biographen oder bei Zeitgenossen aus seinem Dunstkreis häufig als »dämonische Persönlichkeit« – denn einem Dämon unterlegen gewesen zu sein, ist weniger desavouierend und schließt ein gewisses Maß an Willensschwäche erklärend ein.

Das weltweite Unbehagen, das bereits die Ankündigung hervorrief, unerwartet aufgetauchte Tagebücher Hitlers zu publizieren, resultierte eindeutig aus der Einsicht in die wahren Hintergründe. Man ahnte, hier sollte der Versuch einer historischen Selbstrehabilitierung über die Person Hitlers vorgenommen werden. Es handelte sich dabei übrigens um ein ausschließlich nach innen gerichtetes Vorhaben, dessen Wirkung auf das Ausland unberücksichtigt blieb. Man verkaufte zwar die Nachdruckrechte als Sensation an die entsprechenden Medien, hatte aber sehr wahrscheinlich keine Vorstellung, wie jenseits der Grenzen die hiesige Veröffentlichung, vor allem die hiesige Reaktion darauf, aufgenommen werden würde. Zu dieser Reaktion ist es, dank der verfrühten Entlarvung des Fälscherpärchens, gar nicht mehr gekommen. Sie wäre, wie zu fürchten steht, wohl keine gute Werbung für die Bundesrepublik geworden.

Doch die Versuche, die »Geschichte neu zu schreiben«, haben darum noch lange nicht aufgehört: Nur sind die Fälscher gegenwärtig subtiler geworden, ihre Mittel differenzierter und vom Staatsanwalt nicht belangbar. Denn das, was sich zur Zeit »Historikerstreit« nennt, ist weniger ein Streit von Historikern als die Mühe einiger von diesen, durch verfälschende Geschichtsbetrachtung die gleichen Entlastungsstrategien zu betreiben wie Kujau und Heidemann. Nichts anderes bedeuten die Unterstellungen, die Nazigreuel seien vom Stalinschen Archipel Gulag inspiriert worden und die Verschleppung und Ermordung der Juden als Akt der Kriegsführung begreiflich, da der Jüdische Weltkongreß Hitler den Krieg erklärt habe.

Solche Fälschungsversuche bezeichnen einen Entwicklungstrend, der dahin geht, so etwas wie ein »nationales Selbstbewußtsein« zu restituieren. Es ist wieder die Rede von »gesundem Patriotismus«, was immer das sein soll, von der Absicht, ein »Haus der Geschichte« einzurichten und sogar ein »Nationaldenkmal« zu installieren, damit wir uns unserer Nationalität zu vergewissern instand gesetzt werden. Aber werden wir das wirklich? Die Nachtseiten der deutschen Geschichte sind unübersehbar; sie auch nur zu verkleinern hieße, sie im nachhinein korrigieren, »schönen«, verbessern, passender einrichten – aber für welchen Zweck? Bedürfen wir in einem Zeitalter der zunehmenden Gemeinschaftlichkeit von Staaten gleichartiger Systeme überhaupt noch eines »Nationalgefühls«? Und was eigentlich ist dieses Gefühl für ein Gefühl? Es war, ehe Hitler den deutschen Nationalstaat durch seinen Krieg zerstörte, ein Gefühl des Stolzes, wie man es der Flut nationaler und nationalistischer Schriften des 19. und frühen 20. Jahrhunderts entnehmen kann.

Doch der Stolz auf die eigene Nation hat eine Kehrseite: Die Verachtung anderer Nationen nämlich, anderer Völker und anderer ethnischer Gruppen, zu deren Liquidierung diese vom Stolz bedingte Verachtung führen kann. Etwas ähnliches haben wir erlebt und sind solchem Stolz gegenüber skeptisch geworden. Ihn wiederherzustellen bedürfte es einer neuerlichen Verblendung, einer selbstgewählten Blindheit, um die niemals zu »bewältigende« Vergangenheit mißachten zu dürfen. Die geschehenen Verbrechen sind zu gigantisch gewesen, zu umfänglich, um durch Scheuklappen ausgeblendet werden zu können – bis jetzt jedenfalls.

Die Bereitschaft, sich betrügen zu lassen, basiert auf einem ungestillten Glaubensverlangen – ein Umstand, von dem insbesondere das Mittelalter erstaunliche Zeugnisse ablegt. In seinem Vortrag »Typologie der Fälschungen« auf der Mediävistentagung in München sprach Umberto Eco von Fälschungen, die kirchlichen Autoritäten zugeschrieben wurden, um die Autorität der Kirche zu stärken – ein Vorgang, der nur aufgrund zweifelsfreier Religiosität denkbar ist. Am Ende zieht Eco eine Art Resümee, »Schlußfolgerungen unserer Zeit« überschrieben. Da heißt es dann:

»Indes sollten wir auch über die Neubelebung von Fälscher-Aktivitäten in der modernen Welt nachdenken. Wir wollen von den Wiederholungen der antiken Fälschungstechniken absehen, aber wir stehen vor einem neuen Typus von Fälschung in der politischen Welt und in der Flut der Massenmedien. Es handelt sich nicht nur um die falsche Nachricht, sondern um die gefälschte Dokumentation, die von einem Geheimdienst in Umlauf gesetzt worden ist, von einer Regierung, von industriellen Kreisen, die den Zeitungen zugespielt wurde und soziale Unruhen und Verwirrung in der öffentlichen Meinung bewirken soll. Man spricht von einer falschen Nachricht, ohne daß man Verständnisprobleme befürchten muß, denn diese Art von Nachricht ist dazu bestimmt, sehr schnell als falsch erkannt zu werden, ja man könnte sogar sagen, sie werde eben deshalb in Umlauf gesetzt, damit man möglichst bald ihre Unrichtigkeit erkennt. Tatsächlich soll sie nicht eine falsche Überzeugung bewirken, sondern den Glauben und das Zutrauen zur Ordnung untergraben. Sie dient zur Unterminierung, will Verdacht erwecken gegen die Macht oder die Gegner, will Mißtrauen gegen die Quellen erzeugen und Verwirrung stiften.«

Ausgehend von diesem Zitat sollten wir uns die Frage stellen, ob nicht hinter der Publikation der gefälschten Hitler-Tagebücher ebenfalls eine weithin unerkannte Absicht am Werke war. Ein bißchen Spekulation in dieser Hinsicht mag hier angebracht sein. Denkbar wäre doch, daß eine ausländische Macht diese Fälschung initiiert hat, aus zweckpolitischen Gründen, etwa um in einer bestimmten Situation auf die ideologische Unzuverlässigkeit der Deutschen hinzuweisen. Nachzuforschen wäre außerdem, wie der Reporter Heidemann auf die Idee verfallen ist, denn wenn wir uns der Aussagen der beiden Fälscher erinnern, so steht am Anfang ihres Planes nichts für uns Greifbares; aus banalem Gerede, aus Geschwätz hat sich der Einfall entwickelt, wie einem anzunehmen zugemutet wird. Erinnern wir uns weiter: Der vorgebliche Mittelsmann, der Heidemann die Tagebücher übergeben habe, sei ein hoher Offizier der Volksarmee der DDR gewesen – gehörte das zum verabredeten Märchen zur Düpierung der Verlagsleitung, um letztere an Nachforschungen nach den Quellen zu hindern, oder hat es da nicht vielleicht doch irgendeine geheime Beziehung gegeben? Keine zur Beschaffung der »Dokumente«, doch möglicherweise eine, welche die Geburtshilfe bei dem Einfall leistete. Agententätigkeit hat in den seltensten Fällen Ähnlichkeit mit James-Bond-Aktionen. In der Hauptsache ist sie mit dem Sammeln und Auswerten von Nachrichten und natürlich mit der Fabrikation derselben befaßt. Die Geheimdienste unterhalten riesige Fälscherzentralen, um mittels ihrer Erzeugnisse den Gegner zu desorientieren, zu verwirren, ihn – vereinfacht gesagt – »aufs Kreuz zu legen«. Das ist beispielsweise Heidemann nicht allein mit dem Verlag Gruner & Jahr, sondern mit weiten Bevölkerungskreisen gelungen. Er hat dabei Millionen kassiert, auch Kujau, der Handwerker, hat nicht gerade umsonst gearbeitet, und doch ist das ausschließlich materielle Motiv der beiden nicht ganz überzeugend und eindeutig.

Betrachtet man Heidemann genauer, wird in diesem Mann eine merkwürdige Ambivalenz kenntlich. Er ist ein Nazi-Sympathisant, aber ein seltsam sentimentalischer, der sich Hermann Görings Motoryacht kauft und mit dem SS-General Wolff befreundet ist, sich an neonazistischen Umtrieben jedoch nicht beteiligt. Hitlers »Drittes Reich« ist für ihn, der es gar nicht erlebt hat, so etwas wie ein verlorenes Paradies, obschon er als gewiefter Reporter, weltumtriebig, kenntnisreich, um die Wirklichkeit dieses unsäglichen Reiches recht gut hätte Bescheid wissen müssen, besser jedenfalls als die Almbäuerin in Oberbayern. Heidemann war offenkundig von der Vergangenheit fasziniert – doch wenn er das tatsächlich gewesen ist, woher nahm er dann die Überzeugung für sein Fälschertum? Er mußte sich doch sagen, daß diese von Herrn Kujau hergestellten Tagebücher einer gründlichen Prüfung nicht würden standhalten können. Selbst wenn es ihm gelungen wäre, Schriftexperten zu täuschen, an den chemischen und physikalischen Untersuchungen mußte das Vorhaben scheitern. Es mußte ihm doch klar sein, daß bei seinem »Fund« die Aufmerksamkeit der Weltöffentlichkeit sowie die Aufmerksamkeit politischer Interessengruppen sich optimieren würde, wenn es zum Echtheitsnachweis käme. Er hat wissen müssen, daß mit einer derartigen Fälschung von weltgeschichtlicher Dimension kein Durchkommen möglich sei. Dennoch hat er die Affäre inszeniert. Nur wegen des Geldes? War nicht von Anfang an abzusehen, daß er durch seine Entlarvung alle Reputation verlieren würde, nicht allein bei seinen Kollegen, sondern auch bei jenen überständigen braunen Figuren, die er doch bewunderte? Sehenden Auges, wie man annehmen muß, falls Heidemann nicht ein völliger Trottel sein sollte, hat er seine Zukunft, hat er das Gesamtsystem seiner menschlichen Beziehungen geopfert: dieser Preis war absehbar.

Sicher ist: Der Fall Heidemann ist noch nicht gänzlich an sein Ende gekommen, der Schlußstrich steht noch aus. Nur der betrogene Verlag darf eine vorläufige Bilanz ziehen, und die sieht für ihn so tragisch auch wieder nicht aus. 9,5 Millionen hat er in 27 Raten an den Lieferanten der Tagebücher gezahlt, die man nun abschreiben muß und vermutlich sogar kann. Diese Aufwendungen mindern den Gewinn, heißt es in einem Zeitungsartikel, und ferner: »Der Verlag wird deshalb den Anspruch in voller Höhe wertberichtigen, also gegen steuerpflichtige Gewinne aufrechnen.« Auf gut deutsch: Letztlich berappt der Steuerzahler die Fälschung, denn das um seine Einnahmen geschmälerte Finanzamt holt sich den Verlust anderswo wieder herein. So muß der Bürger sich vom Fiskus in die Tasche greifen lassen für einen Skandal, dessen Inszenierung ihm undurchsichtig geblieben ist, und somit erneut für die Gespenster der Vergangenheit blechen, ohne sich dadurch von ihnen freikaufen zu können.

Und die immateriellen Folgen der Affäre, die sich nicht in Mark und Pfennig ausrechnen lassen? Vermutlich eine Zunahme von Mißtrauen gegenüber dem, was man schwarz auf weiß nach Hause tragen kann; gegenüber der Presse also, deren Stellenwert, sobald sie einer Fälschung überführt wird, erneut sinkt. Zu befürchten ist, daß der psychologische Mechanismus, der die Fälschung ermöglicht hat, nämlich das wahrscheinlich noch latent vorhandene Minderwertigkeitsgefühl durch die Imagekorrektur am Hitler-Bild zu verringern, weiterhin verborgen bleibt. Denn, wie gesagt, dieser zweite Reinfall, auch wenn er in keinem Größenverhältnis zum früheren steht, ist um so peinlicher, als er nachdrücklich auf diesen ersten Reinfall verweist: Immer Pech mit Hitler, ließe sich etwas obenhin meinen. Und da man die persönlichen Reinfälle kaum schätzenswert findet, leugnet man daran die eigene Verantwortung: Einmal ist man ergo dem »Dämon« Hitler erlegen oder sogar immer noch dem »charismatischen Führer«, der wiederum an seinem Scheitern unschuldig ist, ein andermal der Regenbogenpresse, der Journaille, der sich unterstellen läßt, sie habe die ganze Affäre bis zu ihrer Selbstentlarvung nur geplant, um ihre Leser als heillose Nazis vor aller Welt zu denunzieren. Die eigene innere Beteiligung, die es überhaupt erst zuläßt, daß derartiges geschehen kann, wird zwangsläufig verdrängt. Nicht der Balken im eigenen Auge wird bemerkt, sondern der Splitter anderswo. Und das bedeutet, die Einsicht ist nicht größer geworden, daß die Vergangenheit noch immer der Aufarbeitung, der »Bewältigung« bedarf. Wäre sie tatsächlich »bewältigt«, das Interesse an Hitler wäre längst erloschen; nur dadurch, daß die Vergangenheit eine virulente Wunde ist, sucht der Patient immer weiter nach schmerzstillenden Mitteln, statt sich zu einer gründlichen Therapie zu entschließen, um die Situation einmal bildhaft zu charakterisieren.

Und die geheime, oder vielleicht schon gar nicht mehr so geheime Wunschvorstellung besteht darin, die Vergangenheit möge so gewesen sein, wie man sie sich einbildet, so daß man sich ihrer nicht zu schämen brauchte. Um dieses Schamgefühl loszuwerden, gibt es nur eine Alternative: Entweder man anerkennt ohne Einschränkung das »Dritte

Reich« als Mördergrube oder man unternimmt den umfassenden Selbstbetrug der Verleugnung, mit welchem man sich aber vor der Welt erst recht ins Unrecht setzte. Die Furcht vor der historischen Wahrheit kann nicht durch Fälschung der Historie beseitigt werden. Denn Sedativa haben die fatale Eigenschaft, daß sie süchtig machen, um am Ende zum völligen Zusammenbruch zu führen.

Kain und Abels Brüderlichkeit

Eine Rede

Meine sehr verehrten Damen und Herren, das Thema, zu dem ich kaum mehr beisteuern kann als eine Art Monolog, bezieht sich auf das »Jüdische Erbe« – einen leichtfertig in Umlauf gebrachten Begriff, weil er einen natürlichen Vorgang voraussetzt. Jemand ist gestorben und hat uns testamentarisch etwas hinterlassen. Aber dieser falschen Vorstellung entspricht ohnehin aufs genaueste die absurde Benennung des zeitlichen Rahmens unserer Zusammenkunft: »Woche der Brüderlichkeit«. Nie vordem ist mir die Benennung so fragwürdig erschienen wie gegenwärtig, da ich sie als ein verbales Damoklesschwert über mir hängen sehe. Und nie vordem war mir so klar wie heute, wie sehr doch die Verdrängung alles Störenden, Inakzeptablen, Beunruhigenden, alle Bedrohung einer mühsam errungenen Scheinharmonie zu einem öffentlichen Akt geworden ist, dem wir ungewollt assistieren. Was die Gefahr in sich birgt, unsere unmenschliche Seelenruhe zu beeinträchtigen, wird durch eine bestimmte Form der öffentlichen Behandlung begrenzt, filtriert und dergestalt abgeleitet, so daß wir für die übrige Zeit der Sache los und ledig sind.

Die »Woche der Brüderlichkeit« besitzt ihre Pendants im »Jahr der Frau« und im »Tag des Kindes«, im »Weltfeiertag der Arbeit« wie im »Totensonntag«. Die eigentliche Ursache öffentlichen Eingedenkens geht durch Formalisierung und Ritualisierung in Form und Ritus auf, wenn sie nicht sogar völlig dahinter verschwindet.

Und da wir außerdem vom gleichförmigen Wellenschlag politischer und sonstiger Moden überrollt werden, folgt der »Woche der Brüderlichkeit« die »Woche der lateinamerikanischen Kultur«, nachdem ihr die »Bundesfilmtage« vorausgegangen sind. Durch die unaufhörliche Abfolge höchst wichtiger, morgen früh schon vergessener Ereignisse wird selbst das Außerordentliche dazwischen als vergängliche, als vergangene Sensation abgeheftet.

Verzeihen Sie mir, wenn ich über das Wort nicht hinwegkomme und mich noch einige Minuten damit befasse. Aber das Wort ist nicht nur völlig anachronistisch, es ist zudem – weil diese Woche so gänzlich im Zeichen von Judentum und Christentum steht – ein Wort, das in diesem Zusammenhang zuallererst an das bekannte biblische Brüderpaar denken läßt. Und ich meine, daß dadurch ungewollt und schon im Vorzeichen einer Fehlleistung die Wahrheit zutage tritt. Selbst wer aufs Mitscherlichste seine Trauerarbeit geleistet zu haben meint, wer das vergangene Geschehen bedauert und verurteilt hat, wer angerührt war und sich schuldlos schuldig fühlen mochte, der kann doch nicht übersehen, daß die festtägliche und fatale »Brüderlichkeit« dieser Woche dem Kain-und-Abel-Verhältnis entspringt. Und so ergibt sich ganz von selber die Frage, wo denn nun eigentlich unsere jüdischen Brüder seien, denen wir in einer von 52 Wochen unsere Geneigtheit, gar unsere Sympathie bekunden wollen?! Wir haben wohl vergessen, sie zu fragen, nachdem wir sie etwas abrupt zu unseren Familienmitgliedern ernannten, ob sie mit dieser Ernennung auch einverstanden wären oder ob ihnen dabei nicht vielleicht unbehaglich würde.

Es kann nicht ernst gemeint sein, daß man die paar Leute zusammenholt, die den Massenmord überstanden haben, oder ihre Kinder einlädt, die den Schrecken selber nicht erlebten, um ihnen allen zu versichern, daß wir aufgrund unserer deklamatorischen Verwandtschaft mit ihnen fühlten. Es kann nicht ernst gemeint sein, und es ist ja auch gar nicht ernst gemeint. Es ist ein Schauspiel, dessen Notwendigkeit immer weniger von immer weniger Beteiligten eingesehen wird.

Vor einigen Wochen war die Meldung in der Presse zu lesen, daß 50 Prozent der Deutschen Vorbehalte gegen Juden hätten. Diese kleine Meldung sagt mehr, als ein ganzer »Monat der Brüderlichkeit« verdecken könnte. 50 Prozent heißt: Für 30 Millionen Deutsche sind Juden alles andere als Brüder. Es sei denn, man anerkenne Vorbehalte und Vorurteile, Haß und Verachtung als kennzeichnende Merkmale von Brüderlichkeit: mit solcher feindlichen Brüderlichkeit läßt sich kaum etwas hermachen. Aber lassen wir einmal jene 30 Millionen beiseite und halten wir uns an – nein, nicht die übrigen 30 Millionen – nur an die Menschen mit dem sogenannten guten Willen, so erkennen wir auch bei ihnen ein Verhalten Juden gegenüber, das auf Distanz basiert. Mir scheint, daß diesen freundlicheren Mitbürgern die Juden nach dem Hitlerischen Ausrottungsunternehmen noch fremder geworden sind, als sie es ihnen je waren. Unterschieden sich früher die Juden durch abweichende Gebräuche, durch ihren Glauben, durch ihre Lebensweise von der Allgemeinheit, so tragen jetzt die Juden ein unsichtbares Zeichen der Separation. Dieses unsichtbare Zeichen ist identisch mit ihrem Schicksal, das den inneren Abstand hervorruft. Dieses Schicksal, selbst wenn einer nur mittelbar daran teilhatte oder teilhat, rückt den so Betroffenen doch für andere in eine Ferne, welche die gewohnte zwischenmenschliche Nähe erschwert. Ein Jude ist nicht ein Mensch, der zufälligerweise neben seinem Menschsein auch noch Jude ist wie irgend jemand Vegetarier oder Oberstudienrat, er gilt, jedenfalls für die Toleranten unter uns, als Angehöriger einer Märtyrergemeinschaft. Dadurch ist er ein anderer geworden, fast so etwas wie ein Unberührbarer, doch wir wollen nicht vergessen: Vom Unberührbaren zum Paria ist die Entfernung nicht groß.

Ich würde nicht zu behaupten wagen, daß bei der Begriffsfindung irgendwem der alte volkstümliche Ausspruch: »Und willst du nicht mein Bruder sein / So schlag ich dir den Schädel ein!« durchs Unterbewußtsein gezogen ist, aber verräterisch einen Assimilationsdruck unbewußt anzeigend, ist diese »Brüderlichkeit« dennoch. Weil eindeutig nur einer der »Große Bruder« in solcher ungleichen Bruderschaft sein kann und es auch ist. Wie sonst wäre es beispielsweise denkbar, daß auf Norderney ein Heine-Denkmal aufgestellt werden konnte, das kein anderer als Arno Breker, neben Josef Thorak der Haupt- und Staatsbildhauer Hitlers, geschaffen hat. In diesem, nahezu beiläufigen Vorgang bekundet sich eine ganz besondere Sorte »Brüderlichkeit«, deren Einseitigkeit ins Auge fällt. Indem der Nazibildhauer dem Juden ein Denkmal setzt, vollzieht er, nein, vollstreckt er eine »Vergangenheitsbewältigung«, wie sie kannibalischer kaum sein kann. Heine als Symbol wird den anderen Symbolen deutschen Selbstbewußtseins und deutscher Selbsttäuschung auf eine Weise zugeschlagen, auf welche die Bezeichnung »Leichenfledderei« exakt paßt. Die Versöhnung besteht darin, daß man den Opfern verziehen hat. Es gibt eine geheime Verrechnung, die die eigenen, negativen Erfahrungen mit den Leiden der Opfer vergleicht und austariert. Man hat selber gelitten, im Luftkrieg, bei der Vertreibung, in der Nachkriegszeit, und hat bereits vor rund 40 Jahren die Bilanz gezogen, mit einem Satz, den wohl die meisten heute vergessen haben: »Wir sind alle Opfer des Faschismus.« Das war eine Zauberformel, mit der man sich den Opfern gleichsetzte – freilich ohne erdulden zu müssen, was man noch, als es den andern angetan wurde, gebilligt hatte.

Daß man mich nicht mißverstehe: Ich rechne weder auf noch ab. Ich rede nicht von Schuld, Teilschuld, Mitschuld. Dazu ist alles längst gesagt worden. Ich verurteile nicht einmal, ich bemühe mich nur um Verständnis: Unsere Seelen sind so beschaffen, daß sie kein fremdes Urteil anzunehmen vermögen, das über ihre wesenshafte Natürlichkeit gefällt wird.

Brüderlichkeit in Deutschland erwies sich meist als Zwang zur Konformität, zu einer Übereinstimmung, deren Grundlagen eher Wünsche denn Realitäten waren. Die Deutschen selber waren und sind ja wie kein anderes Volk in Europa mit sich und in sich gespalten und zerfallen. Und aus dieser Dauermisere resultierte das Verlangen, sich unaufhörlich seiner Nationalität, seines Deutschtums zu versichern – gerade weil es so unsicher und amorph war. Aber zu diesem Zweck bedurfte man, auch in einem stärkeren Maße als im seiner selbst sicheren Europa, eines Gegenbildes, eines andersgearteten Widersachers, der einem auf leichte Art zum vermißten Profil verhalf. Hatte er gar eine krumme Nase, war man selber mit einer geraden oder spitzen seiner Identität sicher. Eine Skala der Werte, auch der Selbstwerte, kann nur durch die Negation anderer Werte und Wertskalen gewonnen werden: Selbst besser und schöner zu sein, heißt, daß andere schlechter und häßlicher sein müssen. Dieser zwanghaften Selbstaufwertung entsprang das Bild des Juden in der Propaganda. Und das Bild war unwiderleglich, da die Juden aus dem öffentlichen Leben entfernt worden waren und das Gedächtnis der Menschen kurz ist. Die Juden hatten die Pflicht, eine bestimmte Rolle zu spielen, eine irrationale Funktion zu erfüllen, die die Konditionierung der Nichtjuden bezweckte. Zur biologischen Grundausstattung des Homo sapiens gehört eine wirkungsvolle, anhaltend unbeachtete Herden- und Hordenmentalität, für die jede Abweichung des Artgenossen von selbstgesetzten Normen Anlaß zur instinktiven und verstandesbegründeten Aversion und Aggression wird. Und weil wir nicht wissen wollen oder sogar tatsächlich vergessen haben, daß wir arrivierte Tiere sind, haben wir gewisse Basisfaktoren unserer Existenz, Fallgruben erster Ordnung, durch Wissenschaftlichkeit verdeckt und wundern uns darum immer wieder aufs neue, wenn uns der dürftige künstliche Boden nicht über die eigenen Abgründe trägt. Wieso sonst dieses sich wiederholende entsetzte Staunen, dieses Lamento über das, was geschah, geschehen ist, geschieht und geschehen wird?!

Wir alle unterliegen ganz offenkundig bestimmten Einbildungen und Glaubenssätzen, von denen die mächtigsten *Fortschritt* und *Evolution* heißen, als deren Höhepunkte wir uns natürlich selber erkannt haben. Dazu will nun unsere unleugbare Unmenschlichkeit nicht recht passen. Wir wundern uns über die wachsende Gewalt in der Welt, wo wir doch genügend Intelligenz besitzen, um unsere Probleme und Schwierigkeiten gewaltlos und sachlich lösen zu können. Wir wären ohne weiteres dazu in der Lage; es liegt also vermutlich an den anderen, wenn sie nicht mit uns brüderlich zusammenleben wollen. Oder auf ihre eigene, unvernünftige Ansicht von Brüderlichkeit pochen.

Wir vermögen nicht zu kapieren, wie wir heute an den Rand der Katastrophe gelangt sind – so wenig wie die Juden in Europa zu begreifen vermochten, warum man sie ausrottete. Ihre wie unsere gedanklichen Voraussetzungen waren und sind falsch. Wir haben die Ideale der christlichen Nächstenliebe, des früh-bürgerlichen Humanismus, der späteren Aufklärung für Verpflichtungen gehalten, für Richtlinien, an die man sich nur halten müsse, um eine lebenswerte Welt, ein erträgliches Miteinander, eine Balance der gesellschaftlichen Kräfte zu erreichen. Und wir haben uns nie denken können, daß es sich bei diesen Idealen vielleicht bloß um abstrakte Alibis für konkrete Untaten handeln könne. Dabei wußten wir doch: Kein staatlich vollzogenes Verbrechen ist als Verbrechen deklariert worden. Immer hat es sich um die Realisierung eines Ideals gehandelt, einer glückverheißenden Idee, für die Opfer gebracht werden mußten. Selbst wenn die Ideale im Laufe der Epochen wechselten, uns wurde überhaupt nicht einsichtig, daß ihr Kern immer der gleiche war. Er bestand aus der bedingungslosen Forderung nach einem Konsens. Mal ging es um die Gleichheit des Glaubens, dann um die Gleichheit des Denkens, der Rasse, der Klasse, der Nationalität – die Reihenfolge ist beliebig änderbar. Insofern ist das Ideal das wortgewordene Gruppengesetz, das den jeweiligen neuen oder veränderten Erfordernissen angepaßt wird: Es enthält immer den Gemeinschaftsentwurf und damit den Willen zur Entfernung aller Fremdkörper aus einem Wunschkörper, den man zu Recht Volkskörper nannte. Darum auch ist der Antisemitismus ohne Juden durchaus möglich. Der manische Kreislauf unserer Existenz schafft immer wieder neue Juden – doch ob man das als schöpferisches Prinzip bezeichnen kann, wage ich zu bezweifeln.

Aber, meine sehr verehrten Damen und Herren, nun genug von der Brüderlichkeit. Wir wollen uns an das »Jüdische Erbe« halten, ohne uns dem Verdacht der Erbschleicherei auszusetzen. Es ist uns etwas hinterlassen worden, vielleicht gar anvertraut, ohne daß wir es recht bemerkt haben. Worum es sich dabei handeln könnte, ist eine Frage, die sehr unterschiedliche Antworten provoziert. Ganz gewiß sind es nicht die fremdartigen Kultgegenstände, nicht die bestehenden oder wieder restaurierten Synagogen, die vereinsamten jüdischen Friedhöfe, von denen wir nur anläßlich ihrer Schändung hören – das gegenständlich Sichtbare des jüdischen Glaubens hat in Deutschland bereits in starkem Maße den Charakter des Musealen angenommen. Nachdem die ehemaligen Eigner und Benutzer in den Gaskammern und Erschießungsgruben verschwunden sind, haben die ihnen zugehörigen Dinge ihre lebendige Bedeutung eingebüßt. Indem sie der einst selbstverständlichen Nutzung entzogen wurden, sind sie zu historischen Erzeugnissen geworden. Man anerkennt eine Verpflichtung, so etwas wie Relikte deutschen Judentums zu erhalten, nachdem man zur Erhaltung des Judentums selber nichts getan hat. Doch auf die Nachgeborenen wirken sie wohl kaum anders als ägyptische Bauten oder Reste des römischen Altertums: fremd und nichtssagend. Die Geschichte des deutschen Judentums ist zum Spezialgebiet der Geschichtsforschung geworden, zu einem Zweig der Judaistik. Einzig und allein für die Neo-Nazis haben diese Überbleibsel eine vitale Bedeutung: Sie dienen als wehrlose dingliche Stellvertreter, an denen sich ein zielgerichteter Atavismus abregagieren kann. Vom faktischen Dasein der Verschwundenen vermitteln diese Zeugnisse nichts. Sie sind der Gegenwart entrückt und stumm geworden.

Was aber wäre wohl sonst »Jüdisches Erbe«, das uns durch Missetat zugefallen ist? Im Philo-Lexikon, einem Lexikon des Judentums, befindet sich die Liste jüdischer Nobelpreisträger, doch gehört darum die Relativitätstheorie zum »Jüdischen Erbe«, weil Einstein dort aufgeführt wird? Und empfangen wir beim Radiohören jüdische Schwingungen, da Gustav Hertz jüdischer Abstammung war?

Sie sehen, meine sehr verehrten Damen und Herren, sobald wir uns dem Thema und der Erbschaft nähern, wie die Schwierigkeiten wachsen. Es geht doch nicht darum, etwas zu akzeptieren und gutzuheißen, indem wir es als Jüdisch klassifizieren oder sogar trotz dieser Klassifikation. Es kann sich doch nur um etwas handeln, mit dem wir ganz unbewußt umgehen; das zum Allgemeingut geworden ist, ohne daß man so recht weiß, woher es eigentlich stammt. So wie die wenigen Ausdrücke aus dem Jiddischen in deutschen Sprachgebrauch übergingen, ohne daß jemand noch ihre »nicht-arische« Abstammung ahnte.

Ist, was das Volk der Schrift nach seinem Untergang hinterlassen hat, möglicherweise seine Literatur? Sind denn die Werke von Ludwig Börne bis Arnold Zweig »jüdische« Literatur? Das, was wir immer wieder »Jüdisch« nennen und als »Jüdisch« beschwören, hat sich dem Deutschen auf ewig unzertrennliche Weise amalgamiert. In der Synthese großer und bedeutender literarischer Werke ist das jüdische Element aufgelöst, ja, es ist mit den deutschen Traditionen, mit dem deutschen kulturellen Erbe, wie es andernorts heißt, eine wahrhaft brüderliche Verbindung eingegangen, eine Zwillingsbruderschaft, und ist somit ununterscheidbar geworden. Gerade die gebildeten deutschen Juden hatten ja zur klassischen deutschen Literatur ein Verhältnis, das sich nahe dem Rande eines Liebesverhältnisses bewegte. Und selber fühlten und dachten sie in einem Maße deutsch, das sogar noch in der Frühzeit des Dritten Reiches kenntlich war. Obwohl per Gesetz deklassiert und in die Rechtlosigkeit verstoßen, beriefen sie sich noch im April 1933 auf ihr Deutschtum, das man ihnen eben erst abgesprochen hatte. Liest man heute nach, was damals das Gemeindeblatt der jüdischen Gemeinde zu Berlin veröffentlichte, begegnet man einem Nationalismus, der in dieser Situation und aus heutiger Sicht unverständlich erscheint. Selbst wenn man dabei den Druck einkalkuliert, unter den die Nazis die Gemeinde setzten, um sich ihres Wohlverhaltens zu versichern, so stellte sich die Gemeinde hinter die ihr tödliche Macht mit einem Vokabular, das zur Gänze dem »Nationalen Aufbruch« entsprach. Unter der Überschrift: »Die Berliner Jüdische Gemeinde im Kampfe gegen Greuelhetze und Boykottpropaganda« – womit die schwächlichen Reaktionen des Auslands auf den gewalttätigen deutschen Antisemitismus gemeint waren – erfahren wir, daß die jüdischen Organisationen Deutschlands den »Greuel- und Boykottfeldzug im Ausland mit äußerster Anstrengung und erfolgreich bekämpft« haben. Weiterhin heißt es da: »Wegen der Verfehlung einiger weniger, für die wir nie und nimmer die Verantwortung tragen, soll uns deutschen Juden, die sich mit allen Fasern ihres Herzens der deutschen Heimat verbunden fühlen, wirtschaftlicher Untergang bereitet werden.« Das hat kein Judenreferent des Reichssicherheitshauptamtes dem Schreiber in die Feder diktiert: »Mit allen Fasern ihres Herzens dem Lande verbunden«, das sie für ihre Heimat hielten. Erschütternd die Ahnungslosigkeit, die meint, es reiche aus, auf sein Deutschtum hinzuweisen, um sich seinen Status, vielleicht nur vorübergehend gemindert, zu erhalten. »Wir wiederholen in dieser Stunde das Bekenntnis unserer Zugehörigkeit zum deutschen Volke, an dessen Erneuerung und Aufstieg mitzuarbeiten unsere heiligste Pflicht und unser Recht und unser sehnlichster Wunsch ist.« Daß zu der besagten Erneuerung die Ermordung der Bittsteller gehörte, war nicht absehbar. Noch im November 1933 heißt es »zum 12. November«, der letzten Abstimmung, mit der Hitler sich und seine Außenpolitik zu legitimieren gedachte: »Mit dem ganzen deutschen Volk sind auch wir Juden als Staatsbürger aufgerufen, zu der auswärtigen Politik der Reichsregierung unsere Stimme abzugeben. Sie wird gefordert für die Gleichberechtigung Deutschlands unter den Völkern, die Versöhnung der Nationen und die Befriedung der Welt. Trotz allem, was wir erfahren mußten: Die Stimme der deutschen Juden kann nur ein Ja sein.« Dieses Ja hat wenig genutzt. Das Eintreten für die Gleichberechtigung Deutschlands hat sich für die Entrechteten nicht ausgezahlt. Selbst wenn es ein erzwungenes Bekennntnis oder ein taktischer Schachzug gewesen ist: Die deutschen Juden, die sich der deutschen Kultur völlig assimiliert hatten, hielten diese Kultur für eine Hemmschwelle gegen den Terror. Das Mißverständnis bestand einfach darin, daß die Juden glaubten, diese von ihnen so verehrte und geschätzte Kultur sei von den Deutschen derart verinnerlicht worden, daß sie zu keinen diese Kultur negierenden Handlungen fähig seien. Ein Irrtum, der Kultur seitdem zwielichtig macht.

Nach Hitler war das alles anders. Kein Jude konnte weiterhin sein Judentum als eine zufällige Begleiterscheinung seiner Person betrachten: Es war erneut zum Schicksal geworden, vor dem jede andere Zugehörigkeit zu einer Gesellschaft, einer Nation, einer sozialen Gruppierung, zu einem Berufsstand, zurücktrat. Wir wollen uns da nichts vormachen: Die Brüderlichkeit kann nicht über den Kreis der engsten Freunde und Bekannten hinausgehen. Die trostlose Erfahrung des Ausgestoßenseins bleibt unvergessen. Ein unaufhebbares Trauma, von dem keineswegs nur Juden und Verfolgte wissen. Mir scheint ein geheimes Gesetz wirksam, demzufolge auch die Nichtbetroffenen, zumindest psychisch, von dem ihnen nicht zugedachten Schrecken erreicht werden. Es ist eine Illusion anzunehmen, daß die übersehenen und verdrängten Ergebnisse des Terrors in ein oder zwei Generationen überwunden sein könnten – als wüchsen diese Generationen in einem Vakuum auf. Die Bereitschaft, auf die man dieser Tage in Deutschland stößt, unausgesprochenen Befehlen eilig zu gehorchen, Konflikten auszuweichen, Konformität zu zeigen, zähle ich zu den Spätfolgen des »Dritten Reiches.« Die Geschwindigkeit, mit der sich heutzutage viele Leute auf sogenannte neue politische Gegebenheiten einstellen, haben ihre ursprünglichen Antriebe in einem nur scheinbar beendeten Gestern.

Wenn wir überzeugt davon sind, daß beispielsweise die Renitenz der Polen nicht allein ein Akt der Notwehr gegen eine unfähige Diktatur ist, sondern als Wesensart aus ihrer historischen Entwicklung resultiert, ebenso wie die resignative Lammsgeduld der Russen unter entsprechenden Verhältnissen, müssen wir dann nicht, da wir in anderen

Völkern unverwechselbare Charakteristika zu erkennen meinen, uns gleichfalls als Produkte einer Geschichte sehen, die wir selber verursacht haben? Müßten wir uns dann nicht ebenso des unbestreitbaren Umstandes bewußt sein, daß man aus einer solchen ungeheuerlichen Vergangenheit wie der unseren nicht unbeschadet hervorgehen kann, als habe man sie, wie im Märchen, einfach verschlafen?

Immerhin lassen sich die Spätfolgen deutscher Vergangenheit nicht nur negativ definieren. Es existiert auch eine ganz außerordentliche und besondere Wachheit und Aufmerksamkeit in Deutschland, wie wir sie im übrigen Europa kaum finden. Eine auffällige Empfindlichkeit gegen Umweltzerstörung, gegen Aufrüstung, gegen politische Korruption, gegen Zensurversuche – ich meine jene Sensibilität, die hinter allen offiziellen Euphemismen die Gewaltbereitschaft spürt und darauf reagiert. Dieses innerhalb unseres Kontinents ungewöhnliche Bewußtsein der Gefahr und der Bedrohung ist, auch wenn die Kausalität nicht auf der Hand liegt, eine Erbschaft der Vergangenheit.

Lassen Sie uns jedoch weiter dem nachforschen, was so unglücklich als »Jüdisches Erbe« deklariert worden ist. Ein Stichwort dazu hieße »Emanzipation«. In den großen Emanzipationsbewegungen des vorigen und unseres Jahrhunderts spielten Juden ein wesentliche Rolle, da sie, ihrer Herkunft wegen, an Emanzipation noch stärker interessiert sein mußten als alle übrigen. Sie waren ja nicht nur Unterdrückte und Deklassierte wie andere auch, sie waren, im Gegensatz zu den anderen, potentielle Sündenböcke und Opfertiere. Die Erfahrung des Pogroms bestimmte die Intensität des inneren Beteiligtseins an allen Bestrebungen zur Befreiung des Menschen. Ich bin mir bei diesen Überlegungen wie auch bei den vorangegangenen der mißverständlichen Vereinfachung bewußt, aber wenn überhaupt und ansatzweise über die Terra incognita zwischen traditionellem Judentum und gänzlicher Assimilation gesprochen werden soll, müssen wir das Risiko des Mißverstehens in Kauf nehmen.

Unbestreitbar ist doch, daß ohne den Emanzipationswillen der Juden im 19. und 20. Jahrhundert viele bedeutende, uns immer noch bewegende Gedanken nicht gedacht worden wären. Die Motivation dieses Emanzipationswillens läßt sich außer auf die gesellschaftliche Sonderstellung ebenso auf das Erlahmen der Religiosität im Judentum selber zurückführen. Die das tägliche Leben bestimmenden Glaubensregeln, dazu eine mächtige Orthodoxie, die den Zusammenhalt über die Zeiten hinweg garantiert hatte, verloren sacht und unaufhaltsam ihre Kraft. Der Chassidismus, als darauf reagierende »Erweckungsbewegung«, bot zwar so etwas wie eine »alternative« Religiosität, freilich nicht für die westeuropäischen Juden. Wenngleich die urtümliche, fast manische Bindung an das geschriebene oder gedruckte Wort zur Grundvoraussetzung der geistigen Emanzipation werden sollte. Wir wissen, es gab im Judentum keinen Analphabetismus – zumindest nicht für Männer: In frühester Kindheit begann der Unterricht an den heiligen Texten, die der Schüler selber zu interpretieren und zu deuten hatte. An diesem erstaunlich freien Umgang mit dem überlieferten Schrifttum nahm bereits Martin Luther Anstoß und räsonierte in seinen Tischreden, daß den Juden darum nicht zu helfen sei, weil sie Gottes Wort nicht hören wollten, sondern nur ihre eigenen »Gedanken und Fündlein«. Diese jüdische Gottesgelahrtheit, sich stets aufs neue und höchstpersönlich des Wortes und der Worte zu versichern, ähnelte natürlich in keiner Weise der christlichen Unterwerfung unter die Autorität des Priesters als einzig berechtigtem Vermittler der Heiligen Schrift, deren Sprache, das Latein, ohnehin nur die Kirchenkader beherrschten. Ebenso wissen wir, daß in der Judenschule, in der es nicht wie in einer preußischen Kaserne zuging, als guter Schüler derjenige galt, der eine interessante, neuartige Deutung des Textes zuwege brachte und solchermaßen zu eigenen »Gedanken und Fündlein« kam. Diesen Umstand muß man als Hintergrund geistiger Emanzipation im Judentum, die auch eine Emanzipation vom Judentum war, sehen.

Meine sehr verehrten Damen und Herren, wenn von Emanzipation und Judentum gesprochen wird, erwarten Sie zumindest zwei berühmte Namen, die ich Ihnen auch nicht länger vorenthalten will und auf die Sie schon gewartet haben. Für unsere eigene Weltsicht bestimmend wurden beide gleichermaßen: Natürlich Marx, natürlich Freud. Keine Theorien haben solche Folgen gezeitigt wie der Marxismus und die Psychoanalyse, befreiende wie verheerende. Beide waren Revolutionäre und entgegen ihren Innovationen dennoch Kinder der klassischen Aufklärung, deren Grundlage sie nie überwinden konnten. Ausgangspunkt blieb jeweils ein vom Humanismus bestimmtes Menschenbild, ein Idealbild also, auf das hin der Mensch zurechtgeschneidert werden sollte, wenn auch mit unterschiedlichen Methoden. Der real existierende Mensch war von gesellschaftlichen und entfremdenden Zwängen zu befreien und vom Objekt der Geschichte zu ihrem Subjekt zu erhöhen: Eine Krönung sondergleichen. Andererseits wurde ihm Triebsublimierung verordnet und ein befriedigender, befriedender Ausgleich zwischen Ich, Über-Ich und Es, damit der Besitzer dieser Dreieinigkeit es sich in der Kultur behaglich machen konnte. Es ist keine Neuigkeit, soll jedoch an dieser Stelle wiederholt werden, daß in diesen beiden großen Bestrebungen zur Befreiung des Menschen von inneren und äußeren Pressionen und Deformationen nicht allein europäische Aufklärung aufgelebt ist, sondern unbewußt gewordenes Judentum sich den Theorien beigemengt hat. Marxens Befreiung der Menschen aus der kapitalistisch-ökonomischen Gefangenschaft und ihr Auszug ins Gelobte Land des Kommunismus verweist auf tiefere Ursprünge. Das Messianische daran ist unübersehbar, und noch Adorno spricht ohne eine Spur von Ironie über die Eschatologie. »Nächstes Jahr in Jerusalem« findet seine Verweltlichung im »Kommunistischen Manifest«. Und regt sich nicht auch hinter Freuds Triebstrukturen, hinter der Dreieinigkeit des Bewußtseins, des Unbewußten und der internalisierten Moral eine uralte Konstellation aus Gott und Versucher, aus Gut und Böse, zwischen denen die arme Seele ihren rechten Weg zur Erlösung zu finden hat? Gleicht nicht die gelungene Therapie einer Neurose immer noch der Austreibung des Dybuk aus dem Besessenen? Aber enthalten nicht alle großen gedanklichen Entwürfe solche Züge des Irrationalen, unreflektierte Archaismen und ungeprüft übernommene Fiktionen der eigenen Umwelt? Würde eine Theorie ohne dieses Versprechen der Erlösung von äußeren und inneren Übeln überhaupt Einfluß ausüben können? Im Umkreis dieses Erlösungsgedankens finden wir nicht zufällig viele jüdische Denker. Angefangen bei Walter Benjamin über Horkheimer und den erwähnten Adorno, über Herbert Marcuse und Ernst Bloch, den Theologen der Hoffnung, bis zu Günther Anders, den Prediger der Hoffnungslosigkeit und der »Antiquiertheit des Menschen«, in dessen Werk die Erlösung der Menschen von sich selber anklingt. Die »Dialektik der Aufklärung« tritt immer unabweislicher in unserm Handeln zutage, indem wir die destruktiven Elemente der Aufklärung immer schwerer zu verkennen und uns ihnen zu widersetzen vermögen.

Mir erscheinen diese letzten deutsch-jüdischen Philosophen bereits wie biblische Apostel, ferngerückte Gestalten, Endzeitgestalten, um deren geistiges Wirken sich kein Glaube mehr kristallisieren kann. Weil unsere Glaubensfähigkeit erloschen ist, handle es sich dabei um Gott oder den Fortschritt, um die Freiheit oder die Wissenschaft. Über jeden Glauben hinaus zeigt uns alles vermeintliche Wissen die kalte Schulter und verweist uns nur noch nachhaltiger auf unser äffisches Wesen.

Einen Namen, der in der eben aufgeführten illustren Reihe fehlte, habe ich mir für den Schluß aufgespart, denn sein Träger gehörte zu jenen radikalen Denkern, die heute als Nihilisten, Pessimisten, Schwarzseher, Defätisten und »zersetzende Elemente« denunziert würden. Ich will von Theodor Lessing reden, Professor für Philosophie in Hannover, der im März 1933 in die Tschechoslowakei emigrierte. Die Nazis hatten – was sie nicht alle Tage und nicht mit jedem taten – eine Prämie von 80000 Reichsmark auf seinen Kopf ausgesetzt, was zur Folge hatte, daß er am 30. August 1933 in Marienbad erschossen wurde. Lessing erneut lesend, ahnt man, daß der Gelehrte nicht am Leben bleiben durfte, da sich sein Denken jeder vorstellbaren Übereinkunft entzog. Was sonst noch die konträrsten Ismen verbindet, nämlich der Rekurs auf den zu erlösenden Menschen, auf die zu heilende Welt, unabhängig von den Mitteln und Methoden, dem verweigert sich das Lessingsche Denken grundsätzlich. Was uns Lessing über Geschichte als Sinngebung des Sinnlosen zu sagen hat, geht uns mehr denn je an. Weil wir in einer Sinnkrise stecken wie nie vordem. In einer Sinnkrise, die kein Produkt Fordscher Fließbänder ist, kein Produkt der Unterhaltungsindustrie, kein Produkt der Übertechnisierung, ganz gewiß jedoch das Produkt von anderen Fabriken, die Auschwitz und Treblinka und Majdanek heißen. Denn der gewaltsame Tod als Produkt gestattet keine Sinnzuweisung mehr, im Gegenteil, er zerstört den bisherigen Sinn des Sterbens als Grundbestandteil des Lebens. Aber indem der Tod seinen Sinn verliert, kann auch das Leben seine Sinnfälligkeit und glaubensbedingte Sinnfülle nicht länger bewahren. Wo der Tod sinnlos ist, wird es auch das

Leben. Diese Last des millionenfachen sinnlosen Todes hat mit zeitlicher Verzögerung den Sinn des Lebens unter sich begraben. Dessen werden wir uns heute klar, viel zu spät, um uns gegen den Verlust von Leben und von Sinn wehren zu können.

Wir haben es vorausgewußt. Oder hätten es zumindest vorauswissen können. Über die Zeiten hinweg spricht zu uns die Stimme Theodor Lessings, die wir zu seinen Lebzeiten nicht gehört haben, wie die eines alttestamentarischen Propheten. In seinen Worten ist vorgezeichnet, was uns betroffen hat, was uns noch immer betrifft. Diese Worte möchte ich Ihnen vorlesen.

»Da Geschichte der Menschen (vergleichbar dem natürlichen Prozeß der Energie-Umwandlung), als eine nicht mehr umkehrbare, einseitig gerichtete (irreversible) Entwicklung zu Bewußtseinswirklichkeit hin zu betrachten ist, so enthüllt sich das denkendgewordene Leben und die Welt der Bewußtseinsinhalte als Sackgasse.

Damit erst werden Erscheinungen begreiflich, welche unerklärlich wären, wenn Denken und Erkennen ursprüngliche Äußerung des Lebens und nicht gleichsam Ersatz und Entgelt für Leben bildeten.

Die rätselhafte Dummheit und Dumpfheit geschichtlichen Geschehens, seine ungeheure Sinnlosigkeit, ja Sinnwidrigkeit, das Pflichtgebot des Lebens: ›Möglichst wenig denken‹, das allgemeine Mißtrauen, ja die Verschwörung wider das wache Licht des Geistes, all das, was dem wägenden Betrachter das Geständnis abnötigt, daß noch nie ›Vernunft‹ auf Erden Lebensmacht gewesen ist, all das wird erst verständlich, wenn wir die nebengeordnete, sozusagen krankhafte Natur des Bewußtseins und sein Widerspiel zum Lebenselement klar erfaßten.

Soviel man auch vom künftigen Sieg der Vernunft, dem kommenden Reich des Geistes auf Erden träumen mag, nie wird, solange die Erde kreist, ihr durchaus triebhaftes

Wesen vernünftig werden, es sei denn, daß das Menschengeschlecht, ein Endziel setzend, Leben in den Dienst der Aufhebung von Leben zwingen sollte. (...)

Immer erwies der Mensch sich geneigt, diejenigen Eigenschaften, die er festzuhalten bestrebt sein mußte, für den Kern der Welt anzusehen.

So verfällt er der Täuschung, sich für ein Vernunftwesen, ja sogar eine Macht hinter der Welt für vernünftig zu halten.

Es könnte aber sein, daß der ausschätzende Mensch nur an eine notwendige Täuschung sich anklammert und Vernünftigkeit der eignen Natur vorspiegeln muß, um dank solcher Täuschung ein Ideal der Ordnung in unendlicher Annäherung verwirklichen zu können.

Es ist, als ob in den dunklen Massen ferne Ahnung davon dämmere, daß die Verlockung zu Bildung und Aufklärung sie hineintreibe in wachsende Entnüchterung und Entzauberung, bis Bewußtwerdung in Logik und Ethik das Leben gleichsam vergletschern macht.

Darum fordert der Mensch zuerst und vor allem, über Wahrheit und Wachheit hinweggetäuscht zu werden.

Er liebt und bewundert den Verklärer und tötet die Aufklärer.«

So täuschen wir uns auch weiterhin über Wahrheit und Wachheit hinweg, und wenn wir im Augenblick die Aufklärer auch nicht töten, so machen wir sie doch auf andere, »zivilisiertere« Weise mundtot oder bloß lächerlich. Zu den Selbsttäuschungen über Wahrheit und Wachheit gehören auch Tarnworte wie »Brüderlichkeit« oder »Vergangenheitsbewältigung« oder der depersonalisierte und verantwortungsleere Begriff »Holocaust«, der seinen Anwender scheinbar in einen Status jenseits von Schuld und Sühne versetzt. Unsere ungeheuerlichste Erfindung, die Maschinerie zur Beseitigung von Menschenmassen, die wir einen historischen Augenblick lang betrieben – versuchsweise, wie ich fürchte –, hat in der Endkonsequenz dazu geführt, daß wir die Humanität als Maßstab unserer individuellen Bemühungen und damit als Möglichkeit, unser verflachtes Dasein zu transzendieren, längst aufgegeben haben. Denn wir haben unser Verhalten nicht verändert. Indem wir das Krepieren ringsum billigend oder bedauernd zur Kenntnis nehmen, vollziehe es sich nun direkt vor unserer Tür oder irgendwo in der Dritten Welt, können wir zu keiner neuen Sinngebung unserer Existenz gelangen, da wir, ich sagte es schon, die Sinnlosigkeit massenhaften Sterbens, nicht nur der Menschen, auch der Natur, der Tiere, akzeptieren. Insofern ist mittelbar die niemals zu bewältigende Vergangenheit präsent.

In Selbsttäuschung, uns für Vernunftwesen zu halten, verkennen wir andauernd, daß jedes Unheil, das wir anrichten, uns notwendigerweise einholen muß. An diesem Fixpunkt unaufhebbarer Selbstblindheit ist die Stelle, wo der Kontakt zwischen dem gestrigen und dem künftigen Schrecken schlüssig wird.

Die Chancen für eine Katastrophe, meine sehr verehrten Damen und Herren, muß ich Ihnen nicht detailliert aufzählen; Sie lesen täglich davon in den Zeitungen und hören davon in den Nachrichten. Es ist ja nicht die Atombombe »an sich«, die wir fürchten müssen, nicht unsere technische Erfindungsgabe, es ist vielmehr die stets selbstsichere Rationalität des Menschen, dem Menschen nichts bedeuten, seit er deren Beseitigung gelernt hat, ohne zur Rechenschaft gezogen zu werden – weder von einer göttlichen noch von einer irdischen Instanz. Die wenigen Ausnahmen bestätigen ihm nur diese Regel.

Das alles, was ich Ihnen zu sagen hatte, klingt weder hoffnungsvoll noch zukunftsfroh. Es wird im übrigen auch folgenlos bleiben. Denn auf meine Predigt, die ich Ihnen gehalten habe, trifft nur zu gut der Satz eines deutschen Philosophen zu, Nietzsches nämlich, der besagt: »Wofür wir Worte haben, darüber sind wir auch schon hinweg.«

Ungemeinsame Geschichte – erinnern und weiterleben

Ein bekanntes deutsches Sprichwort meint, Beharrlichkeit führe zum Ziel. Und dennoch gibt es Ziele, welche in immer weitere Ferne rücken, je beharrlicher man ihnen nachsetzt. Wenn es nun unser Ziel ist, Klarheit über die Vergangenheit zu erreichen, stellen sich uns gewisse Hindernisse in den Weg der argen Erkenntnis. Von diesen Hindernissen soll die Rede sein, indem die Rede ist vom unerhörtesten Verbrechen unseres Jahrhunderts: Vom Massenmord an den Juden.

Wir alle haben eine mehr oder minder glaubhafte Überzeugung von den Ursachen dessen, was wir mit einem importierten Wort distanzierend zu benennen uns rasch angewöhnt haben. Das Wort »Holocaust« gehört zum Instrumentarium der inneren Abwehr. Bereits mit diesem Wort erfährt das Gemeinte eine »Sonderbehandlung«, die seine emotionale Sprengkraft verringert. Die sprachliche Behandlung dieses Abschnittes der deutschen Geschichte geht mit dem Geschehenen weniger aufklärend und eindeutig um, als verschleiernd und beschwichtigend. Die Formel von der »Bewältigung« der Vergangenheit ist verräterisch genug. Um diesen zentralen Begriff, dem das Überwältigen eingeschrieben ist, nicht das persönliche Überwältigtsein durch die Vergangenheit, gruppieren sich in zweiter Linie die Erklärungen, von denen ich einige gängige nennen will. Verwiesen wird beispielsweise auf Hitlers Antisemitismus-Komplex aus seiner Wiener Zeit. Eine soziologische Erklärung spricht von der beabsichtigten Liquidierung des in jüdischen Händen befindlichen Handelskapitals durch das in sogenannten »arischen« befindliche Industriekapital. Ja, vor kurzem war sogar noch von der Kriegserklärung des jüdischen Weltkongresses an Hitler durchsichtig alibihaft die Rede. Wie auch immer die Argumentation sein mag, ob um ehrliche Einsicht bemüht oder um Vertuschung, nie wird die ganze Wahrheit sichtbar. Immer ist die Kette der Kausalitäten zu kurz und zu brüchig. Immer, so scheint es mir, bleibt ein letzter, tiefer Grund verborgen. Macht man sich jedoch auf, diesen zu erhellen, um das mörderische Syndrom, das zur Täterschaft führt, ans Licht zu bringen, gerät man unaufhaltsam weiter und weiter in die Geschichte zurück. Man stößt auf versunkene Wirklichkeiten, deren Existenz, wie man meint, nur noch aus historischen Zeugnissen besteht. Ich teile nicht die Ansicht meiner Zeitgenossen, daß Geschichte bloß als Sammlung ausdeutbarer Fakten vorliegt. Solche Ansicht nämlich gesteht sich selber Objektivität und Unabhängigkeit des Urteiles zu – ein ständig wiederholter Irrtum, weil die Betrachtung der Geschichte die jeweils eigene Person aus dem Wirkungszusammenhang herauslöst. Das Individuum erblickt in der Geschichte eine Art dramatischen Bilderbogen, zu welchem es sich verhalten kann, wie es gelaunt ist. Und es, das Individuum kommt nie auf die Idee, es sei selber nichts anderes als eine Figur eben dieses Bilderbogens und sein Innenleben, seine Innenwelt von den Farben dieses Bilderbogens erfüllt. Weniger bildhaft gesagt: Es gibt eine mentale Erbschaft in Völkern und ethnischen Gruppierungen, derer sich die Betroffenen nicht bewußt sind. Dieser Umstand, so scheint es, schafft das Unvermögen, aus der Geschichte zu lernen oder die entsprechenden Konsequenzen zu ziehen. Unsere Beschränktheit ist genetisch bedingt, doch wir verweigern uns dieser Erkenntnis, weil wir sie für erniedrigend halten. Zur Leugnung dieser Disposition haben wir uns das Bewußtsein erfunden, dem wir die Qualität eines trainierbaren Organs zubilligen. Wir glauben, das Bewußtsein ließe sich zu einem inneren Kompaß gestalten, nach dem man sich zweifelsfrei zu richten imstande wäre – vorausgesetzt, er sei auch richtig geeicht. Aber die Richtigkeit solchen Bewußtseins ist doch nur eine in Gänsefüßchen.

Lassen Sie uns nun in die Geschichte zurückreisen, über 1000 Jahre hinweg, wo angefangen hat, was in unserem Jahrhundert derart furchtbar endete. Denn die Geschichte ist nicht das, wofür sie ausgegeben wird: Ein Weg durch Nacht zum Licht.

Wir lesen in den religionsgeschichtlichen Studien von Hans Liebeschütz folgendes:

»Erst der Eroberungszug des Islam gab den Judengemeinden des Westens eine stärkere Wichtigkeit. Ihre Religion gewährte ihnen im Glaubenskrieg zwischen Christen und Mohammedanern in gewissen Grenzen Neutralität; vor allem aber gab die religiöse Begründung ihres Volkstums den Gemeinden einen besonderen Zusammenhang, der den gewaltigen Riß des 7. Jahrhunderts zwischen christlicher und mohammedanischer Welt aushielt. Für den jüdischen Kaufmann des Karolingerreiches galt sein angestammtes mosaisches Recht von Staats wegen, wie für manche Gruppe der Bevölkerung das römische Recht in Kraft blieb; aber nur bei den Juden bedeutete das einen wirksamen Zusammenhang mit den Gemeinden und Rechtsschulen des Ostens und dadurch mit der Gesamtheit ihres Volkes (...) Es war kein Zufall, daß bei der berühmten Gesandtschaft, die 800 Karl der Große an den Kalifen Harun al Raschid schickte, der Jude Isaak eine wichtige Aufgabe hatte ...«

Durch den Verlust der einstmaligen staatlichen wie geographischen Einheit und durch die Diaspora wurde das Judentum zu einer Art »ambulanter Nationalität«. Für die Teilhaber dieser »ambulanten Nationalität« mußte die Zugehörigkeit extrem wesentlicher sein, als es je eine an eine Nationalität in fest umrissenen Grenzen werden konnte.

Denn es handelte sich dabei um einen Akt »existentieller Kompensation«, um einen inneren Ausgleich für den Mangel an äußerer Heimat. Dazu gehörten selbstverständlich die tradierten Eigenheiten, die Speisegesetze, die umständlichen Rituale als festigende Elemente zwecks Identitätsbewahrung. Freilich – die religiöse Verkrustung ließ sich im Epochenverlauf nicht aufhalten. Aber die Selbstgewißheit, das sichere Gefühl, daß man wußte, wer man war, nämlich Jude, trug die Beteiligten unerschütterlich durch die Zeiten.

Bei Hans Liebeschütz heißt es dann bestätigend weiter:

»Gotteshaus und Lehrhaus gehören zusammen, nicht nur für einen abgesonderten Teil von Fachtheologen, sondern für die breite Masse der Familienväter; das aber bedeutet eine Daseinsform, die bei aller ausgesprochenen Eigenart doch die Spätantike mit ihrer auf allgemeiner Kenntnis des Buch- und Schriftwesens beruhenden Stadtzivilisation als Voraussetzung hatte. Das Christentum schuf eine äußerst wirksame Verbindung. Aber die Bücher, Ideen und Einrichtungen, die es nach Norden brachte, wurden von den *dort* Lebenden aufgenommen und umgebildet. Nur das Judentum brachte auf die Dauer mit den Ideen und Institutionen auch seine Menschen in geschlossenem Verband als ein Stück überlebender Spätantike aus dem Orient ins Abendland. In diesem Sinne repräsentieren die Juden im Vergleich mit der werdenden Welt des Mittelalters in ihrem Volkstum ein höheres Alter. Das war eine Tatsache, die für ihre Beziehung zur Umwelt von grundlegender und bleibender Bedeutung sein mußte ...«

Im gemeinhin als »dunkel« bezeichneten frühen Mittelalter galten die Juden jedoch noch als schutzwürdiges Volk, dessen Vorhandensein der lebende Beweis der christlichen Heilsgeschichte war. Sie waren das erhaltenswerte Fossil, an welchem der Christ die Frühphase von

Gottesglauben ablesen konnte. Zugleich aber durfte er sich erhoben fühlen, über das alttestamentarische Volk hinausgewachsen zu sein, das immer noch auf den Messias wartete, der doch als Jesus von Nazareth längst erschienen war und die Erlösung verkündet hatte. Zwar gab es für die Juden einschränkende Gesetze, wie etwa das Verbot, christliche Sklaven zu halten oder Sklaven zu bekehren, doch ansonsten blieb ihre Existenz unbestritten. Die Toleranz endete erst mit der alles durchdringenden Glaubenskrise des Christentums. Mit dem moralischen Verfall der Kirche. Mit den aufkommenden ketzerischen Bewegungen. In der von Gewissenszweifeln und abergläubischen Einbildungen geplagten Welt des Hochmittelalters begann der einzelne seine sicher geglaubte Gotteskindschaft einzubüßen. Überall Widersprüche, überall Skepsis. Die Kirche, die inzwischen ein weltlicher Konzern mit dem Monopol für Glaubensfragen geworden war, sah ihren Bestand gefährdet. Orientierungslosigkeit und geistige Wirrnis beförderten im 11. Jahrhundert religiöse Volksbewegungen, derer sich die Kirche annahm. Es galt, die Sehnsucht nach dem Verlorenen, nach der schwindenden Einheit von Gott, Welt und Mensch zu organisieren und planvoll zu lenken. Auf abenteuerliche und doch geschichtsnotorische Weise wurde der innere Konflikt veräußerlicht, stellte sich ein, was man heute »Ersatzhandlung« nennen würde. So begannen die Kreuzzüge.

In der Befreiung Jerusalems von den Heiden, in der Wiederherstellung der vom Kalifen Mansur al Hakim verwüsteten Grabeskirche inkarnierte sich die Hoffnung auf Heilung vom Dilemma der Glaubenskrise. Aber bevor die bewaffneten Rotten überhaupt das Mittelmeer erreichten, stießen sie auf jene Orientalen, die unmittelbar unter ihnen lebten, und die nicht nur als Christusmörder galten, sondern außerdem noch in Verbindung mit arabischen Territorien standen. Mußten sie den kreuzzüglerischen

Fanatikern nicht wie eine fünfte Kolonne diesseits des moslemischen Vorhanges vorkommen?

Die abnorme Aggressivität der Kreuzzügler kennzeichnet die abnorme Stärke ihrer Neurose. Im anderen, zum Schuldigen an der eigenen Glaubensschwäche Berufenen, der noch dazu selber von seinem Fremdglauben nicht ablassen will, wird diese eigene Schwäche aus der Welt geschafft. Im Akt der Tötung wird der individuell empfundene Mangel beseitigt. Der Dichter Erich Fried hat in einem seiner Gedichte diesen simplen Mechanismus mit einer Zeile ironisiert:

»Die Bösen werden getötet, die Welt wird gut.« Zu dieser Logik fällt einem auch nur eine Bezeichnung aus dem »Wörterbuch des Unmenschen« ein: Sie ist »unausrottbar«.

Wie nun reagierten die unmittelbar Betroffenen auf die drohende Lebensgefahr? Auch ihr Verhalten erscheint fast wie die Vorwegnahme des 900 Jahre später sie erneut erreichenden Unheils. Liebeschütz schreibt dazu:

»Der wirkliche Ausbruch der schweren Judenverfolgungen im Rheintal war bekanntlich eine schreckliche Überraschung für die betroffenen Gemeinden. Der Bericht des namenlosen hebräischen Chronisten aus jenen Tagen hat uns den berühmten Brief aufbewahrt, den die ›Weltstützen‹ in Mainz als Antwort auf ein Schreiben der von der beginnenden Kreuzzugsbewegung erschreckten französischen Gemeinden verfaßten: ›Alle Gemeinden haben ein Fasten angeordnet; wir tun das Unsrige, Gott möge uns und Euch befreien aus jener Not und Bedrängnis, denn wir sind Euretwegen in großer Furcht. Was uns selbst betrifft, so brauchen wir uns nicht zu ängstigen; wir haben derartiges nicht einmal gerüchteweise vernommen, von einer Gefahr, daß das Schwert über unserem Leben schwebt, haben wir nichts gehört.‹«

Und daraus zieht Hans Liebeschütz den Schluß:

»Es liegt nahe, den Ausdruck des Sicherheitsgefühls am Vorabend der Katastrophe als ein geschichtliches Symbol stärkster Verblendung zu nehmen.«

Dieser Satz von der Verblendung als geschichtlichem Symbol ist, o bittere Ironie der Weltgeschichte, im Jahre 1936 geschrieben worden – kurz bevor der Jude Hans Liebeschütz selber aus Deutschland fliehen mußte. Es bleibt aber die Frage, woraus sich wohl solche Verblendung herleitet und was sie immer wieder bewirkt hat. Mir fällt nur eine einzige Antwort ein. Die Juden sind aufgrund ihrer Geschichte, aufgrund ihres Rückzuges in Schrift und Lehre dermaßen zu Buchstaben- und Gesetzesgläubigen geworden, daß sie außerstande waren, ihren sich unaufhörlich unter Hitler verschlechternden Rechtsstatus als Rutschbahn ins Massengrab zu erkennen. Ihr Glaube an die Macht des Wortes schloß selbsttäuschend ein Vertrauen in das Wort ihrer Mörder mit ein. Liest man heutzutage die Publikationen der jüdischen Gemeinden aus den ersten Jahren des Dritten Reiches, wundert man sich über die von einem grundlosen Optimismus erfüllten Interpretationen nazistischer Deklarationen. Und sogar viel später noch erwartete man von Bezeichnungen wie »Evakuierung« und »Umsiedlung« kaum anderes als das, was sie besagten. Historische Parallelen wurden ignoriert, die schlimme Wahrheit nicht für möglich erachtet.

Kehren wir aus der karolingischen Ferne in nachfolgende Zeitalter zurück, entdecken wir anstelle der christlichen Gottheit eine ganz neue. Sie heißt nun: Die Nation. Und diese hat jetzt die Form eines mit vielen Reibeflächen umgrenzten einheitlichen Staatsgebildes. Sie besitzt, was ihr Talent zur Bereitstellung von Symbolen ihrer selbst angeht, einen alle Kirchen überflügelnden Erfindungsreichtum. Die Nation zieht den schwach gewordenen religiösen Glauben auf sich, indem sie ihn sich integriert. Der gleiche blinde Enthusiasmus und der rabiate Fanatismus, welche einstmals das Kruzifix bewirkte, wird nun durch das Vorzeigen eines bunten Tuches, der sogenannten »Nationalfarben« zustande gebracht. Ja, die Nation wird zum alles durchtränkenden Substrat. Von der Sprachpflege, also der Fremdwortpuristik, bis zum Uniformknopf, vom Schullesebuch bis zur Architektur, vom »Nationalgericht« bis zu den Vorurteilen in Sachen Sexualität kann der Nation keiner mehr entgehen. Sie wirft ihre Raster über die ihr Zugehörigen und verleiht ihnen damit eine ganz neue Möglichkeit, mehr zu scheinen, als sie in Wirklichkeit sind. Mittels dieses nationalen Schnittmusterbogens ist nun jeder in der Lage, eine geschichtlich begründete Gestalt zu werden: Ein Deutscher nämlich.

Die Nation, gesteigert zur Überzeugung, zum Nationalismus, stattet die Überzeugten mit einer zweiten, unsichtbaren Haut aus, die sie gegen vieles unempfindlich macht. Die Maxime »Wright or wrong – my country« setzt sich in Europa durch wie eine Epidemie. Kein Wunder, daß der Gegenversuch sozialer Emanzipationsbewegungen, den Unterdrückten und Ausgebeuteten ein übernationales Vaterland aller Werktätigen zu schaffen, bei Beginn des Ersten Weltkrieges kläglich scheitern muß. Denn das Vaterland aller Werktätigen ist eine abstrakte Konstruktion, ein spätes Produkt von Fortschritt und Aufklärung, das sich auf Vernunft beruft und dem die Gewalt der mythischen Dimension fehlt. Während die ausufernde Industrialisierung jeden in ihrem Einzugsbereich zum Funktionsträger degradiert und zu Dutzendware macht, klammert sich der einzelne verstärkt an das, was er für seine nationale Eigenart hält. Vor der großen, gleichmacherischen Dampfwalze der technologisch bestimmten Megamaschine flüchtet man in die Illusion von der Sonderrolle des eigenen Volkes, von der Außerordentlichkeit der eigenen Nation. Aus dem Unbehagen über die wachsende Bedeutungslosigkeit des Subjektes angesichts der

Herrschaft anonymer Wissenschaft und Technik blüht ein hysterischer Chauvinismus auf.

Zivilisatorische Leistungen und Erfolge, ohne den gesamten menschlichen Wissensschatz undenkbar, erhalten auf einmal nationale Vorzeichen und werden zum Beweis nationaler Überlegenheit. Solche vorgebliche Überlegenheit liefert die Rechtsgrundlage zur Unterwerfung weniger ingeniöser Völker. Der technische Aufschwung vor dem Ersten Weltkrieg wird begleitet von einem sich steigernden Kolonialismus, der als Nebeneffekt die menschliche Zweitrangigkeit der Kolonialisierten verbreitet. Kinderbücher und Kinderspielzeug jener Tage zeigen Schwarze als affenähnliche Geschöpfe und Chinesen als clowneske Zopfträger: Alles Fremdartige wird überbetont, alles menschheitlich Verbindende und Ähnliche unterdrückt. Eine Methode, die bald ihre Fortsetzung in der Bildersprache des Nazismus finden soll. Aus der exotischen und komischen Figur fremdartiger Individuen entwickelt sich der Untermensch, das Untermenschentum, dessen hervorragender Vertreter *der* Jude ist. Durch den Singular werden die realen jüdischen Mitbürger zu Bestandteilen, zu Tentakeln des einen, zur Gefahr erklärten fiktiven Wesens.

Unter dem Aspekt vulgarisierter Naturwissenschaft bildete sich die Rassentheorie heraus. Der Heide, der Ungläubige, der Götzenanbeter, der Christusmörder wurde auf diese Weise in ein Objekt von geringerer biologischer und damit auch moralischer Qualität verwandelt. In diesem Verwandlungsprozeß lag unausgesprochen bereits das Todesurteil des solchermaßen Verwandelten beschlossen. Denn das Christentum, immerhin ausgestattet mit dem Notausgang der Konversion, derzufolge man von der gefährdeten Minderheit zur Mehrheit überwechseln konnte, enthielt sich der letzten tödlichen Konsequenz. Die »Rassenforschung« hingegen verbaute diese rettende

Chance, da sie die genetische Ausrüstung der Person als unveränderlich hinstellte. Der grotesk versimpelte Darwinismus, der bereits lange vor Hitler als Gespenst in Europa umherspukte, wäre spurlos wieder verschwunden und vergessen worden, ohne den Ersten Weltkrieg und seinen für Deutschland negativen Ausgang.

In einem Lande ohne demokratische Traditionen bot sich für den in seinem Nationalbewußtsein traumatisch verletzten Deutschen kein ideeller Ausgleich an. Die neue Gottheit, der man noch zugejubelt und von der man sein schwarz-weiß-rotes Ego erhalten hatte, schien gestürzt. Wo lagen die Ursachen dafür? Wer trug die Verantwortung? Das Eingeständnis der militärischen Niederlage des Kaiserreiches wäre dem Eingeständnis eines persönlichen Versagens gleichgekommen. Und zu solchem Eingeständnis fehlte den meisten Deutschen die Kraft und der Mut. So entstand die Dolchstoß-Legende. Deutschland sei im Felde nie besiegt, sondern von vaterlandslosen Gesellen von hinten niedergestochen worden. Deutschland durfte nicht schwach gewesen sein, sonst war man selber schwach. Deutschland, das »heilig Herz der Völker«, war den Mächten des Bösen zum Opfer gefallen, einer Verschwörung – zumindest vorübergehend. In diesem Augenblick einer erneuten, tiefgehenden Glaubenskrise, einer umfassenden Orientierungslosigkeit und Verstörung boten sich zwei politische Bewegungen als Reformatoren und Erneuerer der lädierten weltlichen Gläubigkeit an.

Beide Parteiungen, linke wie rechte, entwarfen Perspektiven, wozu die rational argumentierenden demokratischen Parteien außerstande waren. Linke wie Rechte hielten als Ersatz für das verlorene Reich ihre Utopien feil. Jene beschworen das soziale Paradies, diese das nationale. Beide aber bezogen sich auf einen künftigen Zustand friedlichen, geordneten Gemeinschaftslebens, das zu erreichen innere Feinde niedergekämpft werden mußten. In

Übereinstimmung mit Gott zu leben, fehlte längst der Glaube. Nicht jedoch die Hoffnung, in Übereinstimmung und Gleichklang mit seiner Nation, mit seinem Volk, gar mit seiner Klasse oder Rasse zu existieren. Je bedrückender und trostloser die Realität wurde, desto inniger das Verlangen, durch eine neue Ordnung, durch eine neue Menschengemeinschaft wieder Teil einer höheren, übergreifenden Einheit zu werden, aus der man sein Selbstverständnis beziehen konnte.

So kam Hitler an die Macht. Nicht allein durch die Gelder der Industrie, nicht allein durch den Terror. Die Bindung der Deutschen an diese an sich trübselige Person wird nur begreifbar aus einem geschichtlich wie entwicklungsgeschichtlich entstandenen Komplex. Ich will damit keineswegs den Einfluß der damaligen wirtschaftlichen Situation geringschätzen, aber die Zwangsläufigkeit, die zu Hitler führt, ist an anderer Stelle zu suchen. Nein, die Deutschen waren ganz gewiß nicht in ihrer Mehrheit Nazis oder Mitläufer, nur darf man nicht vergessen, was Hitler der Bevölkerung an emotionaler Beteiligung bot. Nicht zuletzt den Genuß des Gefühls einer nie gekannten Stärke, einer unerhörten Weltgeltung, an der man durch bloße Anwesenheit teilhaben konnte. Jedermann war als Mensch ein Herr von Geblüt – vorausgesetzt, er entsprach den Rasse-Kriterien.

Und die Juden?

Wie im 11. Jahrhundert die Juden als Orientalen und Verbündete des fernen Kalifen angesehen wurden, so ernannte man sie zu Helfershelfern der äußeren Feinde: Zu Agenten einer numinosen Macht mit Namen »Weltjudentum«, das gleichermaßen seine Fäden in Moskau wie Washington spann. Und zugleich, wie gesagt, entzog man ihnen mittels der »Nürnberger Gesetze« den bürgerlichen Rechtsstatus unter Berufung auf ihre genetische Minderwertigkeit. Gegenüber solchem »lebensunwerten Leben«

war man von jeder ethischen Hemmung befreit, wie es folgerichtig einer eingebildeten »wissenschaftlichen« Betrachtungsweise entspricht. Und solche Betrachtungsweise war der Vernichtungsaktion selber vorgeschaltet. Eine erschreckende Vielzahl von Naturwissenschaftlern in Entscheidungspositionen hat durch schein-theoretische Begründung des rassistischen Obskurantismus die Beseitigung der Millionen eingeleitet.

Doch nachdem die Millionen verschwunden waren und Hitlers Drittes Reich zerstört, ereignete sich etwas sehr Merkwürdiges. Da nun das deutsche Selbstbildnis gründlich zertrümmert und nicht restaurierbar war, suchte der aufs neue halt- und hilflos gewordene Deutsche nach einer Rolle, in der er einen Neuanfang machen konnte. Die Alternative war: Entweder die Identifikation mit den Siegern als eifrige Handlanger oder die Identifikation mit den Opfern. Die Mehrheit wählte anfangs die Identifikation mit den Opfern, der moralischen Entlastung halber. Die Behauptung: »Wir sind doch alle Opfer des Faschismus« übertrug alles schuldhafte Versagen auf ein abstraktes System, dem man beinahe selber erlegen wäre. Manche hatten es überstanden, manche eben nicht, und darum durfte man sich unter dem fragwürdigen Blickwinkel des Selbsterlittenen von denen abwenden, deren Tod ein notwendiger Bestandteil des durchgängigen Nationalbewußtseins gewesen war.

Freilich: Der Übergang zu einer neuen Tagesordnung vollzog sich nicht ganz wie erhofft. Denn das, was man mit der erwähnten Phrase von der »bewältigten Vergangenheit« zu verdecken pflegte, quoll immer wieder unter dem Tarnnetz hervor. Es rumorte unter der gesellschaftlichen Oberfläche weiter, und trotz der Gnade mancher späten Geburt lebte und lebt ein latenter Antisemitismus, der wiederum mit dem Selbstverständnis unserer Zeitgenossen zu tun hat.

Ob es sich dabei um die Versuche konservativer Historiker handelt, durch Gleichheitszeichen eine moralische Entlastung für die Morde zu konstruieren, etwas wie einen »Befehlsnotstand« gegenüber der Zwangsläufigkeit der Geschichte zu erfinden, oder um die hemmungslose Ableugnung der Gaskammern durch Neonazis – stets geht es dabei um die Rückgewinnung von nationaler Identität, die auf dem betonierten Boden einer ausschließlich Funktionales prämierenden Industriezivilisation nicht recht Wurzel schlagen will.

Der einzige Störfaktor bei dem Rückgriff in die Geschichte zur Wiederherstellung eines patriotischen Selbstporträts sind die vielen toten Juden. Insofern hat der Journalist Henryk Broder recht, wenn er mit einem Paradoxon die gegenwärtige Seelenlage charakterisiert: »Auschwitz werden die Deutschen den Juden nie verzeihen!« Weil Auschwitz – und alles, wofür der Name als Synonym steht – *das* Haupthindernis für die Herausbildung eines neuen, oder vielmehr, eines alten und nur modifizierten Deutschtums bildet. Die Klage, daß im Umgang mit Juden und mit Judentum und dem entsprechenden Problemkreis noch immer keine Normalität herrsche, signalisiert kein Verlangen nach eben dieser Normalität, sondern eines nach dem vormaligen Selbstverständnis, nach der verlorenen Identität, an deren Stelle sich nichts weiter gesetzt hat als die bunte Verpackung von Konsumartikeln.

Prekär bleibt, daß in Deutschland hinter allen Kennzeichen des Nationalen die Schatten der Krematorien deutlich sind, und daß jeder Wiedergebrauch nationaler Elemente notwendigerweise an die Verbrechen erinnert, da diese namens der Nation und zu ihrem vorgeblichen Nutzen und unter ihrem Siegel begangen wurden. Man kann weder ein ganzes Begriffskompendium noch die Historie selber in die chemische Reinigung schicken, um sie von ihrem Schmutz befreien zu lassen. Zwischen der Absicht, das Nationale als lange vermißtes Mittel des Selbstverständnisses zu erneuern und dessen fortdauernder Deformation durch den einstigen Mißbrauch, ergibt sich kein Kompromiß. Der Widerspruch zwischen dem begreiflichen Wunsch nach nationaler Eigenbekundung und der unaufhebbaren historischen Last erzeugt eine Allergie gegenüber der bitteren Wahrheit, verbunden mit der entsprechenden Reaktion. Nämlich das unliebsame Wissen auszublenden. In der Militanz der Neonazis kulminiert nur, was sich als allgemein wirksames Handlungsmotiv erkennen läßt: Tatsachen abzustreiten, um sich eine Fiktion zu bewahren, ohne die man sich ärmer vorkäme. Wer sich der Wirklichkeit verschließt, ist gegen den Einspruch der Vernunft taub, weil ihm die Aufgabe all dessen, was sein Selbst fundiert, unmöglich ist. Von solchen bedauernswerten Menschen, die sich einer Sache, auch noch der fragwürdigsten, anheimgeben, um mehr zu sein, als sie sind, ist die Welt voll – und nicht zuletzt auch Deutschland.

Was ist Wirklichkeit?

Geschichte als Gegenstand der Betrachtung

Ein nahezu traumatisches Erlebnis meiner Kindheit bestand darin, daß – nachdem mein Vater mich ins »Museum für Meereskunde« geführt hatte – ich dortselbst in einem düsteren Gang und nach Durchschreiten einer Schiffstür plötzlich vor einem Taucher stand. Das heißt, es handelte sich nur um den ausgestopften Gummibalg, den der Kupferhelm krönte, hinter dessen Glasscheibe kein Gesicht, sondern nur Schwärze zu sehen war. Der Schock saß tief. Ich habe später viele Museen besucht, ohne daß sich diese frühe Erfahrung wiederholt hätte. Und ich bin ganz sicher, daß kein künftiges Museum mir je wieder solchen Schauder vermitteln wird, obwohl nichts notwendiger wäre als gerade ein derartiger Schock.

Museen heute, ob der Heimat- oder Völkerkunde verpflichtet, der Wissenschaft und Technik – sie alle haben längst die Naivität bei der Präsentation ihrer Objekte verloren. Man arrangiert und kombiniert die Dinge nach den Prinzipien einer Museumswissenschaft und einer Geschichtstheorie, welche dem Besucher das eigene Urteil abnehmen. Das Museum präjudiziert, sarkastisch gesagt, die Geschichte, indem sie sie scheinbar objektiv darbietet. Aber nirgendwo sonst gibt es so wenig Objektivität wie im Bereich der Geschichtsschreibung und Geschichtsbetrachtung. Wie also sollten da Ausstellungen zu einem historischen Thema uns die einstmalige Wirklichkeit wahrheitsgetreu erkennen lassen? Noch dazu, da die vorgebliche Objektivität sich nur mit äußerster Vorsicht jenen historischen Grundzügen gegenüber verhält, aus denen das kalte Entsetzen steigt.

In Einzelbereichen des Herzeigens von Vergangenheit,

und zwar da, wo man sich auf technische Entwicklungslinien beschränken kann, fällt die Vertuschung leicht. Die Geschichte des Post- und Fernmeldewesens etwa, die des Bergbaues, der Seeschiffahrt, der Eisenbahn – all das läßt sich auf instrumentale Fortschritte begrenzen. Technik erscheint in einem absolut verengten historischen Kontext und kann solcherweise problemlos und konfliktlos genossen werden. Ihre Schrecken, ihre Auswirkungen auf Psyche und Geist des Menschen bleiben freilich vorsorglich ausgeklammert.

Macht man sich aber nun daran, über Einzelzüge hinaus Geschichte an sich mittels ihrer Relikte vorzuführen, also deutsche Geschichte anhand ihres hinterlassenen Materials, ist die Deformation, wenn nicht gar Verfälschung vorprogrammiert. Selbst beim besten Willen, den ich keineswegs bestreiten will, und trotz aller guter Absicht, uns unsere eigene Geschichte nahezubringen, wissen wir durch die Tatsache, daß Geschichte zwangsläufig Sache der Interpretation sein muß, daß wir eine Geschichte zu erwarten haben, die uns zufriedenstellen will. Ergo: eine Beruhigungspille. Durch Aufbereitung der Faktenfülle, welche die nicht zu vermittelnden Leiden und Nöte zahlloser Individuen notwendigerweise übergeht, sollen wir nun endlich der Medusa ins Gesicht sehen können, ohne bei ihrem Anblick zu versteinern. Freilich: Das ist erst nach einer kosmetischen Behandlung, nach einem schönheitschirurgischen Eingriff möglich.

Wissen ohne gefühlsgrundierte Erfahrung sei kein wirkliches Wissen, heißt es. Diesem unabänderlichen Urteil zufolge muß das eigentlich nur Erlebbare, nur Erfahrbare, wie eben die Geschichte, in abgelöster Gestalt zum Abziehbildchen werden. Ganz ohne Ironie gesagt: In einem »Haus der Geschichte« müßte der Besucher, statt den Trödel von gestern und vorvorgestern zu betrachten, emotional einbezogen sein: ein Ding der Unmöglichkeit.

Denn wie sollte man ihm vermitteln, was beispielsweise ein Kleingewerbetreibender um 1900 empfand, wenn er über die Dörfer zog? Wie fühlte sich ein Eintänzer in der »Kakadu-Bar« am Kurfürstendamm im Jahre 1923? Worüber bloß unterhielten sich jene Gäste des »Romanischen Cafés«, die keine Dichter und Schriftsteller waren? Wie das innere Entzücken verdeutlichen, das der Kauf eines für uns nur noch komischen »Nierentisches« bei den Käufern hervorrief, die sich durch diesen Tisch, durch die entsprechenden »Picasso«-Tapeten unerwartet auf der Höhe ihrer Zeit sahen?

Mit welchem Blick schaute man auf die Ruinen des Nachkrieges und mit welchem auf die ersten Neubauten? Gehörten wir nicht selber in den fünfziger Jahren zu jenen, denen die ersten Hochhäuser als das Nonplusultra moderner Architektur vorkamen? Und die seelischen Anstrengungen vorangegangener Generationen, die auf einmal die Welt der Jüngeren nicht mehr verstanden – deren Lässigkeit, Lockerheit, Jazz-Emphase und »Amoralität«?

Zwischen einer alten, vom Zeitgeschehen verschlissenen Gasse und den anschließend auf ihren Trümmern errichteten Kuben schaffen Bilder keine Beziehung mehr. Die Trauer, welche verspürte, wer selber den Wechsel miterlebte, bleibt unfaßbar, nämlich nicht zu verdinglichen und vorzuzeigen.

Ein Geschichtsmuseum muß zwangsläufig den Charakter eines Herbariums annehmen, voller vertrockneter, gepreßter, entfärbter und klassifizierter Gegenstände, die der Symbiose mit Menschen und Ereignissen entzogen und damit leblos geworden sind.

So scheint es eine unlösbare Aufgabe, die Negativbilanz deutscher Geschichte tatsächlich nachvollziehbar zu machen: Die Rede ist von den Untaten und Verbrechen, der massenhaften Vernichtung von Menschen. Mit dieser Tatsache umgehen zu können, verlangte eine doppelte »Bearbeitung«: einerseits ohnehin solche, die Vergangenheit sich subjektiv anverwandelte, andererseits jene, die als »Historisierung« bekannt geworden ist. Zur persönlichen Distanzierung vom vergangenen Geschehen gesellt sich entschärfend die vorgeblich sachliche Einordnung des Ungeheuerlichsten als nur ein Moment unter vielen gleichzeitigen.

So entsteht ein einmaliges, abgeschlossenes Ereignis, zu dem man sich stellen kann wie zu den Hexenprozessen des Mittelalters oder zu den Ausrottungskampagnen des Dschingis-Khan. Und je weiter die Vergangenheit dem Zeitgenossen aus den Augen rückt, desto stärker verändern sich die Akzente. Daran ist nicht allein das subjektive Gedächtnis schuld, das, genetisch bedingt alles Unangenehme zu vergessen, zumindest zu verkleinern pflegt, um das Angenehme und Schöne eminent zu vergrößern und ihm Vorrang einzuräumen.

Es darf auch der einzelne sein Unbehagen an der Geschichte seines Volkes oder seiner Nation in der Garderobe des historischen Museums abgeben, da ihm mitgeteilt wird, wie wenig wirklich Schuldige es gegeben hat – eigentlich bloß 172. Da steht doch groß und deutlich: »Die Ermittlungen der Staatsanwaltschaften wegen NS-Verbrechen richteten sich seit Ende des Zweiten Weltkrieges gegen insgesamt 94 756 Beschuldigte. Die weit überwiegende Zahl von ihnen kam ohne Bestrafung davon: In 84 326 Fällen wurden die Verfahren durch Freispruch, Außerverfolgungssetzung, Nichteröffnung der Hauptverhandlung, Einstellung durch Gericht oder Staatsanwaltschaft oder Tod des Beschuldigten abgeschlossen. Nur 6482 NS-Täter wurden rechtskräftig verurteilt. Von den Verurteilten wurden zwölf noch vor Abschaffung der Todesstrafe hingerichtet. 160 Straftäter wurden zu lebenslanger Haft verurteilt. 6195 zu befristeten Haft- und 144 zu Geldstrafen . . .« Der in dieser Weise informierte Zeitgenosse darf sich nun die Schlußfolgerung erlauben, daß die paar Verurteilten ja wohl kaum Millionen Menschen umgebracht haben können. Ergo: Die Zahl der Getöteten war, der vertrauenerweckenden deutschen Justiz zufolge, minimal. Man kann geruhsam ein paar Nullen abstreichen. Und mit dem Verlauf der Zeit kann man diese Nullen auch in den Geschichtsbüchern tilgen, die Schreckenskammer im Museum verkleinern, aufs »rechte« Maß.

Aber was gar nicht erst aus den Geschichtsbüchern und Exhibitionen entfernt zu werden braucht, weil darin nicht enthalten, ist der Umstand, daß in Deutschland jene, die Schuld auf sich geladen hatten, sich selber und ihresgleichen freisprechen durften. Und da dieser Vorgang seine historische Bedeutung hat, seine unabsehbaren Nachwirkungen für die allgemeine Moralität – wie und mit welchen Mitteln wollte man das eigentlich illustrieren, falls man es überhaupt wollte?!

Nein, nein: Wir mögen Geschichte lieber in Form von Geschichten, von Märchen, in denen die bösen Zauberer an ihren eigenen üblen Künsten zu Schaden kommen, und die Guten, wir selber nämlich, guten Mutes aus allen Fährnissen hervorgehen. Und wenn wir nicht eines Tages gestorben sein würden, dann erlebten wir Geschichte immer auf diese gleiche Weise.

Atempause

»Geschichte ist Selbstbewußtsein des Menschengeschlechts. Mithin müssen die gleichen Gesetze der Psychologie, welche für das Einzelbewußtsein persönlicher Lebensläufe gültig sind, auch für das in der Geschichte lebendige Kollektivbewußtsein gültig sein. Dabei ist es denn vor allem wichtig, daß nirgends Gedächtnis als bloßes Festhalten der willkommenen und Ausfallenlassen unliebsamer Elemente sich offenbart, vielmehr durchweg ein schöpferisches, wenn auch zumeist unbewußt-schöpferisches Vermögen in sich umfaßt: ein tröstliches Vergolden und Verschönern, ein Um- und Neugestalten und vor allem auch ein ausheilendes und versöhnendes Vergessen der historischen Geschehnisse ...«

Soweit Theodor Lessing, Professor für Philosophie an der TU Hannover, lange vor seiner Flucht vor den Nazis, die ihn dann doch 1933 in Marienbad mit einer Revolverkugel einholten. Das Zitat trägt deutlich seine Herkunft aus einer anderen Epoche, ja, einer gänzlich anderen Zeit an sich. Es macht die historische Bruchstelle deutlich. Heute sind wir gezwungen zwei Perioden zu unterscheiden, und sie, ohne Spur von Blasphemie, analog und kurz zu benennen: Vor Hitler und nach Hitler. Während mit Christus das uneingelöste Versprechen der Erlösung des Menschen in die Welt kam, so durch Hitler seine unaufhebbare Verdammnis. Worin diese Verdammnis besteht, entnehmen wir mittelbar den Büchern Primo Levis, von dem ja hier die Rede sein soll, aber nicht nur von ihm.

Weil er selber ausgebildeter Naturwissenschaftler gewesen ist, Chemiker übrigens, blieb seine Betrachtungsweise am Unort seiner Erfahrungen frei von religiösen oder politischen Aspekten. In der Gestalt einer nur noch auf Abruf existenten Kollektivität, zu der er selber zählte, erschien ihm die Gestalt des Menschen unserer Epoche: Als ein in jeder Hinsicht ephemeres Wesen. Der Name des Unortes war Auschwitz, die Kollektivität die der Häftlinge. Was dort ablief, glich einem chemischen Prozeß.

Primo Levi, Abkömmling einer alteingesessenen jüdischen Familie Turins, geriet durch eine falsche Antwort in die Todesmühle, aber in jenen Jahren konnte man wahrscheinlich nur falsche Antworten geben. Erst nach dem Einmarsch der Deutschen in Italien verschärften sich die bis dahin lax gehandhabten Rassegesetze. Levi, vordem kaum mehr als ein systemkritischer Geist, tendierte nun zum aktiven Widerstand. Er schloß sich einer Gruppe gleichfalls widerstandswilliger Dilettanten der Resistenzia an und wurde kurz darauf mit dieser Gruppe zusammen von den italienischen Faschisten verhaftet. Vor die Alternative gestellt, sich entweder als Partisan zu bekennen (und vielleicht Folter und Tod zu erleiden), gestand er, sich aus Angst wegen seiner jüdischen Abkunft in den Bergen versteckt zu haben. Wie in den schlimmen Märchen sollte sich diese Antwort als die verheerendere erweisen. Levi wurde in ein Lager überstellt, dessen Insassen wenig später nach Auschwitz geschickt wurden, wovon die Zwangsreisenden noch nie gehört hatten. Ja, der Name des kleinen unbekannten Ortes klang sogar vertrauenerweckend in ihren Ohren. Von diesem Transport, insgesamt 650 Personen, kamen drei nach Hause zurück.

Als Sklave von der Rampe weg nicht ins Gas, sondern zur Arbeit geschickt, verwandelte sich der junge, promovierte Chemiker in einen lebenden Toten, der von Tag zu Tag, von Stunde zu Stunde dahinvegetierte, ohne sich Hoffnungen aufs Überleben zu machen. Daß dennoch das Unerwartete geschah, und er eines Tages jenseits des Infernos wieder erwachte, war, wie er selbst einsah und schrieb, nur Zufällen zu verdanken, keiner eigenen Leistung, keinem Wunder. Kurz nach seiner Rückkehr begann Levi mit der Aufzeichnung seiner Erfahrungen. »Ist das ein Mensch?« war der als eher rhetorische Frage gemeinte Titel seines ersten Buches. Eine Frage, die das Buch Seite für Seite verneinte. »Atempause«, das zweite, sich anschließende Buch enthielt den Bericht seiner Odyssee nach der Befreiung aus dem KZ bis zum Betreten seines Vaterhauses, wo die ganze Familie beisammensaß, ohne ihn, den Heimgekehrten, im ersten Moment wiederzuerkennen. Ein »Glückliches Ende« möchte man aufatmend meinen, doch kann weder von Glück noch vom Ende der Leiden gesprochen werden, auch wenn letztere keine physischen mehr gewesen sind. Zwar hatte er körperlich unerhörte Strapazen überstanden, seelisch aber nicht. Das Lager war zu einem überwältigenden Trauma geworden, von dem es keine Befreiung durch Befreier gab. Im Traum kehrte alles wieder.

»Ich weiß auch, daß ich es immer gewußt habe«, schrieb Levi rund 15 Jahre danach im Dezember 1961, »ich bin wieder im Lager, nichts ist wirklich außer dem Lager, alles andere waren kurze Ferien, oder Sinnestäuschung, Traum: die Familie, die blühende Natur, das Zuhause. Der innere Traum, der Traum vom Frieden, ist nun zu Ende, der äußere dagegen geht eisig weiter: ich höre eine Stimme, wohlbekannt, ein einziges Wort, nicht befehlend, sondern kurz und gedämpft. Es ist das Morgenkommando von Auschwitz, ein fremdes Wort, gefürchtet und erwartet: Aufstehen, ›Wstawać‹.«

Das einstmalige Weltvertrauen hat sich nicht regeneriert. Dafür gab es keine Kur, keine Heilung. Und in einem späteren Vorwort zur Neuauflage des ersten Buches zitierte er nicht zufällig Jean Améry:

»Die Schmach der Vernichtung läßt sich nicht austilgen ...« Und weiter: »Das eingestürzte Weltvertrauen wird nicht wiedergewonnen.« Heute, zwei Jahre nach dem Suizid Primo Levis, liest sich der Bezug zu dem 1978 aus der Welt geschiedenen Améry wie der intime Gruß an einen Freund. Man kann es auch als das Bekenntnis eines Todgeweihten durch den Mund eines anderen, Vorausgegangenen lesen, der doch noch den Weg eingeschlagen hat, den seine Quäler ihm ohnehin zugedacht hatten. Améry und Levi sind nicht die einzigen gewesen, die nachvollzogen, wozu man sie eingefangen hatte. Wir denken an Paul Celan, an Peter Szondi. Und ganz gewiß ist, daß neben diesen namhaften »Spätopfern« die Reihe der Namenlosen steht, denen nicht nur das Weltvertrauen zerstört worden war, sondern die zur Gänze verloren hatten, was eine unabdingbare Voraussetzung menschlicher Existenz zu sein scheint. Ich meine: Daseinssinn.

Insgeheim und entgegen aller rationalen Einsicht blieben wir Teleologen. Wir vernehmen zwar, daß alles Irdische statt sinnfällig bloß zufällig wäre – und doch widerspricht dieser besseren (oder auch schlechteren) Erkenntnis eine Flüsterstimme in uns, die sich dagegen sträubt. Ja, entgegen der so offenkundig vergeblichen Menschheitsgeschichte und den Opfern, die keiner je zu zählen vermochte, glauben wir unausgesprochen und inständig an die Schemen der ausgleichenden Gerechtigkeit. Wir meinen, wir müßten für unsere Entsagungen und Nöte Äquivalente empfangen, eine Art moralischer Belohnung oder zumindest die innere Befriedigung, daß es einmal den Leidensbereitern gleichermaßen ergehe wie den vordem Leidenden. In unserer einzigartigen Vernunftlosigkeit hoffen wir auf eine Entschädigung für erlittene Verluste, nämlich durch das Schicksal selber, durch eine metaphysische Instanz oder wenigstens durch ein plötzlich grassierendes Verantwortungsbewußtsein. Wir können und wollen auch gar nicht begreifen, daß derartige Erwartungen Illusionen des ungemilderten Trostverlangens sind.

Weltvertrauen und Daseinssinn waren die unsichtbaren Bestandteile, die zusätzlich durch die Kamine von Auschwitz aufstiegen und verflogen, ohne erneuert werden zu können. Der Blick aus dieser Vergangenheit heraus, aus einem Vorgang, höhnisch und heuchlerisch »Endlösung« genannt, auf den »Tag danach«, auf die folgenden Gegenwarten bis heute, gäbe zur Erneuerung von Weltvertrauen und Sinnfügung auch kaum Anlaß. Die Zerstörungen waren zu gründlich, die Abrechnung mit den Tätern hingegen war es keineswegs. Nur ein Bruchteil von ihnen hat sich verantworten müssen und ist meist der Strafe entgangen: Wegen Krankheit, hohen Alters, Befehlsnotstands oder mangelnden Erinnerungsvermögens. Daß nach all dem Geschehen einer der »furchtbaren« Juristen gar Ministerpräsident werden und es viel zu lange unangefochten bleiben durfte, beweist die nach Auschwitz immer weiter verlaufende Erosion der ehedem fraglos sicheren Grundfesten moralischer Übereinkünfte. Die in Auschwitz und andern Orten praktizierte Menschenverachtung wurde unbewußt und mental beibehalten, weil sich solchermaßen leichter mit der Vergangenheit umgehen ließ. Daß Völker aus ihrer Geschichte nichts lernen, ist keine Neuigkeit, und daß sie sogar bereit sind, ihre Fehler mit blinder Innigkeit zu wiederholen, ist eine abstoßende Tatsache. Anders wäre es nicht denkbar, daß nach den Verbrechen von gestern die potentiellen Verbrecher von heute, deren Bereitschaft zur Wiederholung jeder Missetat aus ihrem bejahenden Verhältnis zur schlimmen Vergangenheit eindeutig ist, Gehör und Zulauf finden. Was da vorgeht, läßt sich durch unser Eingangszitat von Lessing erklären: Die Vergoldungs- und Verschönerungsarbeit der Vergangenheit schreitet unaufhaltsam voran. Die gegenwärtige Rückwendung zu einem mißverstandenen und fehleingeschätzten Gestern reicht von der Begeisterung für die Stauferkaiser über die Anteilnahme für das europaweit televisierte Begräbnis einer uralten Habsburgerin in Wien bis hin zur Wahl rechtsradikaler Parteien.

Ich weiß, daß immer nur die handgreiflichen Kausalitäten überzeugen: Hier die Ursache, da die Wirkung. Aber wie Naturkatastrophen ihre nicht gleich offenkundig werdenden Auswirkungen haben, so erzeugt auch eine gesellschaftsbedingte Katastrophe über zeitliche Entfernungen hinweg Schäden, die wir registrieren, ohne sie auf die vormaligen Ereignisse zurückzubeziehen. Will sagen: Die unmittelbar Betroffenen, die Opfer, so sie den physischen Mordversuch überstanden haben, sind auf eine Weise seelisch verstümmelt worden, wie wir sie aus dem Fehlen gleicher Erfahrung uns gar nicht vorstellen können. Und dennoch hat der Akt selber, also die Vernichtung von Weltvertrauen und Daseinssinn durch Tötung ihrer Träger einen allgemeinen Rückgang dieser beiden, chemisch ausgedrückt, »Elemente« ergeben, deren Anteil für ein Mindestmaß an psychischer Normalität notwendig ist. Eine Welt, der wir uns nicht mehr vertrauensvoll zuwenden können, ein Leben, das keinen Sinn mehr ergibt, eine Erde mit nahezu sechs Milliarden sinnloser Leben, eine Natur, die stirbt oder unter Beton verschwindet – das alles, diese permanente Verödung und Verarmung, das hat seinen Anfang auch durch Hitler, auch durch Auschwitz genommen.

Wenn Europa 1945 moralisch gereinigt seinem Blutbad entstiegen wäre, der Schrecken und das Schreckliche hätten durch einen kathartischen Ausgang zwar nicht legitimiert, aber immerhin zur Ausgangsposition einer neuen Humanität werden können. Doch die Tagesordnung mit der Wiederaufnahme alter Gewohnheiten erforderte die Abkehr vom Vorgefallenen. Dazu gehörte die Maskierung und Historisierung des Geschehenen, ein mit Fleiß betriebenes Unterfangen, das nach wie vor anhält. Schuldgefühle, Gewissensbelastungen durfte man sich angesichts wohlfeiler Erklärungen sparen. Die »ökonomischen Zwangsmaßnahmen des deutschen Imperialismus«, die »Auswirkungen des totalen Krieges«, die »Dämonie Hitlers«, die »Verselbständigung der Rassismus-Ideologie« halfen leicht über das Bauchgrimmen hinweg.

Eine gelungene Strategie, die unverzüglich zu dem führte, was Alexander Mitscherlich »Die Unfähigkeit zu trauern« genannt hat, also zu dem Ausbleiben der Empfindung, daß der andere, der Mitmensch für einen selber stellvertretend umgekommen sei. Man hielt sich irrtümlicherweise für nicht betroffen. Daß dafür ein Preis zu entrichten war und weiterhin entrichtet wird, ist den wenigsten klar. Die Abschottung des eigenen Ichs sowie die Projektion von Mitverantwortung für ihre Ermordung auf die Opfer selber bildete ein psychisches Verhalten aus, das als Unterströmung den Alltag durchzog und beispielsweise gegenwärtig als Haß auf Ausländer ans Licht tritt, denen das »Lied vom Tod« bereits öffentlich-rechtlich vorgespielt worden ist. Das Gesetz der Entmenschlichung besagt, daß ihm außer den Opfern auch die Täter unterliegen und daß der letzteren Beispiel Schule zu machen vermag, weil Gewaltanwendung einfachere und leichtere Problemlösungen verspricht als Friedfertigkeit. Bereits in der Phrase von der »Bewältigung der Vergangenheit« steckt der Pferdefuß. In seinem »Periodischen System« sagt Levi dazu:

»Ich erfuhr erst später, daß dies eine stereotype Redewendung im heutigen Deutschland ist, ein Euphemismus, der gemeinhin als ›Freisprechung vom Faschismus‹ begriffen wird; aber die in dem Ausdruck enthaltene Wurzel ›walt‹ erscheint auch in andern Worten wie Gewaltherrschaft, Gewaltanwendungen, Vergewaltigung, und ich glaube, würde man den Begriff mit ›Verdrehung der Vergangenheit‹ oder ›Vergewaltigung der Vergangenheit‹ umschreiben, ginge man nicht weit an seiner tieferen Bedeutung vorbei.«

Primo Levis Beschreibung schildert eine Metamorphose: Die von Menschen in wesenloses Werkzeug, dessen man sich nach Gebrauch und Verbrauch entledigt, ohne einen physischen oder psychischen Widerstand hervorzurufen. Levi spricht von einem Experimentator, der, indem er die Gefangenen zu Ungeziefer macht, als welches sie sich endlich selber ansehen, mit ihnen nach seinem Gutdünken verfährt. Nur liegt in diesem Experiment kein Sinn. Und es ist die völlige Sinnlosigkeit, die als solche ihre tödlichen Triumphe feiert. Und eben diese Sinnlosigkeit ist es, die wie eine unheilbare Vergiftung wirkt. Fand der Überlebende anfänglich noch einen neuen Sinn seines Überlebens und Lebens in der Zeugenschaft für das Geschehene, so mußte bald dieses Sinnverständnis erlöschen, da das persönliche Zeugnis folgenlos zu den Akten gelegt wurde, da es den Prozeß der Verschönerung und Vergoldung der Vergangenheit behinderte. Um den letzten Daseinssinn gebracht, bestand die Konsequenz darin, sich selber umzubringen.

Wie auch immer das individuelle oder das kollektive Bewußtsein sich die Vergangenheit zurechtmachen mochten, sie mit Sinn auszustatten blieb die generelle Unmöglichkeit, astrophysikalisch gesagt: Ein schwarzes Loch, ein dunkles Gravitationszentrum, dessen Einfluß schwer meßbar ist. Noch der begrüßenswerteste Versuch, die Bedeutung dieser Vergangenheit für unsere Gegenwart aufklärerisch zu analysieren und kenntlich zu machen, stockt vor der gespenstischen Sphinx, die ebensowenig über den Sinn des Geschehens Auskunft zu geben vermag. Wenn die Tötung von Millionen sinnlos gewesen ist, wie kann da das Leben nachfolgender Millionen sinnvoll sein? Wenn die Ungezählten spurlos verschwunden und in Rauch aufgegangen sind, wieso sollte da die Einzelexistenz einen

Sinn enthalten? Weil es die eines Menschen ist? Aber was ist das: Ein Mensch? Ein Wert an sich oder ein verwertbares Objekt?

Vor Hitler hat sich die Frage nach der spezifischen Qualität des Menschen, die sich vorgeblich aus seinem Menschsein ergibt, nie so scharf gestellt wie nach Hitler. Erst nach den Vernichtungsexperimenten ist sie über uns hereingebrochen. Bis vor Hitler dienten Religionen und Philosophien als Schleier, hinter dem der Homo sapiens als halbgöttliches Wesen verehrungs-, zumindest achtenswürdig war – auch wenn die Praxis, die seine kosmische Sonderstellung negierte, oft anders aussah. Doch seine durch Hitler aufgedeckte Dürftigkeit und Fragwürdigkeit, die fehlende Notwendigkeit für seine Anwesenheit auf Erden und die Leichtigkeit seiner Beseitigung, seiner planvollen Abschaffung haben einen anderen Horizont eröffnet, hinter dem nur noch ein Abgrund zu vermuten ist.

Sind denn eigentlich die wenigen Jahrzehnte seitdem, die wir bedenkenlos und gedankenlos haben verstreichen lassen, mehr als eine uns allen gewährte Atempause? Reden wir nicht bereits in Europa, in Deutschland davon, daß das Boot voll ist? Schicken wir nicht die Gefolterten und Verelendeten zu ihren Peinigern zurück, wie gehabt? Schließen sich nicht schon wieder die Schlagbäume vor Verjagten und Gehetzten aus anderen Regionen? Um unsere ziemlich fragwürdige nationale Identität erhalten zu können, wie wir meinen, müssen andere daran glauben. Es ist ganz sicher, daß eines Tages wir selber die andern sind, denen blüht, was wir gestern und heute jenen haben zukommen lassen. Die Sinnlosigkeit des sogar zur Sinnwidrigkeit degradierten Getriebes tut sich kund in einer mit immer größeren Mühen prolongierten Gegenwart. Moralische Umschuldungen folgen einander in immer schnellerem Rhythmus. Denn die erkannte oder sogar mörderisch hergestellte Sinnlosigkeit hat die Träume und Utopien beendet und uns somit um die Zukunft gebracht, vor der wir uns als der Beendigung einer gerade noch erträglichen Gegenwart fürchten. Die Zukunft als Zuwachs an Humanität, als Hoffnung auf Glücksgewinn, als motivierende, anregende Vision ist passé. Unter den Zwängen, welche wir zugleich alibihaft und zynisch als Sachzwänge ausgeben, denen wir unterworfen seien, gleichen wir mehr und mehr den entseelten Robotern der Konzentrationslager, auch wenn wir in Saus und Braus zu hausen scheinen, aber wir tun nichts anderes als uns selbst aufzuzehren.

Cordelia Edvardson, eine Auschwitzgefährtin Primo Levis, verfaßte nach seinem Selbstmord etwas wie einen Nachruf für den Toten, in dem vorangekündigt wird, was uns bevorsteht. Da uns über einen langen historischen Zeitraum hinweg die Erlösung mißlungen ist, ist uns die Verdammnis um so gewisser.

»Du hast, wie ich, versucht, die Worte als Werkzeug zu benutzen«, heißt es da. »Dennoch wissen wir, daß unsere Worte, daß die Gebärden der anderen, die in Auschwitz zerbrochene Welt nicht zu heilen vermögen, daß sie nicht ausreichen, den Riß zu dichten, durch den das tödliche Gas noch immer dringt und die Welt vergiftet, unser aller Welt. – Flüstere es dem Wind, wirf es wie stumme Steine ins Meer, ruf es in den Wald, künde es von den Gipfeln. Im sauren Regen kehrt es zu dir zurück, breitet in Ringen sich aus im vergifteten Wasser, seufzt im sterbenden Wald, hallt wider in den Bergen als Echo: Auschwitz – Auschwitz.«

Über die Unfähigkeit zu altern

Vor fünfzehn langen Jahren kam aus Brüssel eine Einschreibesendung zu mir nach Ostberlin, enthaltend ein schmales Bändchen mit einer herzlichen Widmung des Autors für den Empfänger. Letzterer setzte sich sogleich mit dem Geschenk nieder, um es ungesäumt aufzunehmen. Und so erinnere ich mich noch ganz genau an den Schrecken dieses »Einst«, in den mich Amérys Buch versetzte: Was für eine gnadenlose Klarsicht auf die Conditio humana! Heute, wo das Wort »Erschütterung« außer in der Seismologie kaum noch einen sonstigen Wirkungswert besitzt, merke ich beim Wiederlesen nicht nur mein eigenes Ältergewordensein, ich erkenne auch deutlich, wie wir im Allgemeinen seit dem Ersterscheinungsdatum fortgeschritten sind – nämlich ein Stück von uns selber fort und hinein in eine Künftigkeit, die uns mit dunklen Ahnungen erfüllt.

Es stammt die Stärke Amérys – und ich halte mich, über ihn redend, ans Präsens, weil er, entgegen seiner eigenen Skepsis, in anderen Menschen doch so etwas wie Nachleben führt – weniger aus Philosophie und Theorie als aus persönlicher Erfahrung und Augenschein. Platt ausgedrückt: Er hat, was er uns mitteilt, in der »Schule des Lebens« gelernt, und daß diese Schule eine Unheilsanstalt gewesen ist, hat ihm die Welt bis zur Kenntlichkeit geradegerückt. Philosophie und Theorie liefern ihm bestenfalls Fassungen, die lockeren Rahmenbedingungen, doch sein Ausgangspunkt bleibt die Realität, physische wie psychische, auf welche alle Reflexion immer wieder hinführt. In seinem Schreiben müssen nicht »die Fakten daran glauben«, weil er nur sich selber glaubte, wie es im »Lob des

Zweifels« heißt, vielmehr nutzt Améry diese Fakten, um die materielle wie immaterielle Existenz des Menschen ihrer Verhüllungen zu entledigen, ohne sie dabei gewaltsam einer präjudizierenden Anschauung zu unterwerfen. Eine bittere und melancholische Aufrichtigkeit ist das Kennzeichen dieses Schriftstellers, und mehr, scheint mir, kann einer in diesem Metier überhaupt nicht erreichen, mehr ist keinem, der schreibt, möglich. Insofern erklärlich auch mein damaliges Bewegtsein, nämlich bewirkt durch die nahezu erzählerische, fast anekdotische Konkretion des Themas: Figuren, durch den Buchstaben A. anonymisiert, werden als Beispiele herbeizitiert, um für die Stadien des Alterns Zeugnis abzulegen. Ein abstrakter Diskurs hätte mich vermutlich kaum derart aufgestört und sich mir so nachdrücklich eingeprägt. Und wie ist die gegenwärtige Wirkung? Wiederholt sich der Schock von ehedem? Ich fürchte, wir, was soviel heißt wie: wir Zeitgenossen, zu denen auch ich mich ungetrost zähle, sind demgegenüber, was ungenau »menschliche Problematik« genannt wird, abgebrühter, indolenter, ja, inhumaner geworden. Diesen bereits erwähnten »Fortschritt«, diese Selbstverlassenheit als Entwicklungssprung, macht mir die nachmalige Lektüre von Amérys Buch überdeutlich: Ich will versuchen, meine Überlegungen näher zu erläutern.

Der Beschreibung und Analyse des Alterns ist mittlerweile eine neue Dimension zugewachsen, als Ergebnis unentwegter menschheitlicher Selbstzerstörung, beziehungsweise: Es fällt von Amérys Überlegungen ein Schlaglicht auf die aktuellen, ziemlich suizidären Zustände und erhellt sie. Was da rings um uns geschieht, mit Welt und Umwelt, entspringt, unter anderem, der Verfassung des »Untiers« Mensch, wie Améry es porträtiert. Dieses Geschöpf da, das niemand anders ist als wir selber, weist eine Reihe fataler Unfähigkeiten im Umgang mit sich und mit seiner Animalität auf und läßt damit seine Hilflosigkeit erst recht gegenüber der größeren »Körperschaft«, der Gesellschaft und ihrer Produktivität, erkennen. Ein Verdrängungskünstler: Er glaubt nur an den Tod der anderen und akzeptiert ihn selbstverständlich, während er seine eigene Sterblichkeit unentwegt übersieht: Dieses Wissen, falls er es je besessen, hat er mehr und mehr eingebüßt, indem er die Natur verlassen und sich eine Welt zugerichtet hat, die vor allem eine Dingwelt ist, die seinen biologischen Status negiert. Als sei er selber ein Maschinenwesen, ein Roboter, hat er sich ein Umfeld geschaffen, in welchem er weder leben noch sterben kann, denn zu beidem gehört mehr als psychologische Aufklärung, und so muß er zwangsläufig als ein bewußtseinsloser Bestandteil übergreifender mechanischer Abläufe dahinvegetieren. Die subjektive Unfähigkeit zu altern, nämlich sich als ein ewig der Natur Zugehöriger anzusehen und anzunehmen, spricht laut genug von seinem Überwältigtsein durch die zweite, die technizistische Schöpfung. Es ist uns geradezu unmöglich gemacht worden, alt werden zu dürfen, also uns frei und ungezwungen zu unseren Lebensphasen zu verhalten, weil der gesellschaftliche Kontext dem entgegensteht. Jean Améry beschreibt genau, wie die Veränderung gesellschaftlicher Zeichensysteme den Alternden sozial und kulturell isoliert. Wie ihm durch Glaubensschwund, durch die mörderischen Erfahrungen dieses Jahrhunderts jeder Trost durch Transzendenz, jede Hoffnung auf ein Danach entglitten ist; wie ihn die sich permanent und generationsweise wandelnde Welt ausspeit. Das ist exakt dargestellt, unverhohlen und unter Weglassung jeglicher Verbindlichkeit: Es ist die Wahrheit. Aber – und da zeigt sich der besagte Entwicklungssprung – Altern heute hat in unserem Jahrhundert eine ungeheure Akzeleration erfahren, und zwar durch die immer rascher aufeinanderfolgenden technisch-wissenschaftlichen Innovationen. Doch nicht allein der schnellere Wechsel der Zeichensysteme, verbunden mit der in immer kürzer werdenden Folgen eintretenden Isolation des Alternden, ruft unsere Verwandlung hervor; ich vermute eher einen direkteren, wenn auch tief verborgenen Einfluß: Den Alternden wirft jede technische Neuerung und jede weitere Modifikation der Neuerung zum »alten Eisen«. Die Kurzformel vom »alten Eisen« spricht es unverhüllt aus: Der Alternde wird nicht nur zu einer sozial überflüssigen Erscheinung, er wird zum überalterten Modell einer auslaufenden Serie, das jedoch, im Gegensatz zu aufbewahrbaren technischen Relikten, keinen möglichen späteren Wertzuwachs zu erwarten hat, weil es eben nicht aufbewahrbar ist. Das viel beschrieene und im Untergrund sich vollziehende instrumentale Denken – sich selber unkenntlich, da es seine eigene Instrumentalität nicht zu erfahren vermag – reglementiert den Blick auf die Welt. Dieser Blick nimmt sie als Maschine wahr, und an dieser nur noch ihre Betriebsamkeit. Über 200 Jahre hinweg ist diese Betrachtungsweise zum bedingten Reflex geworden: Bei dem Anblick von etwas Neuem, Funktionablen läuft freudig der Speichel, hingegen beim gegenteiligen Anblick stellt sich Mißbehagen, gar Widerwille ein, und diesen Anblick des Unmodernen, stilistisch und formal Gestrigen, der versagenden geistigen wie körperlichen Funktionalität bietet der Alternde, Alte, der durch das Bild seiner offensichtlichen Vergänglichkeit auf die aller verweist. Ein Hinweis, den wir keinesfalls goutieren mögen, da wir, als in jeder Hinsicht aktuelles Modell, uns für das Nonplusultra halten. Wie die jeweilig letzte technische Errungenschaft auf der Höhe ihrer Zeit steht, so auch wir auf der ihren, weil wir uns ihrer bedienen – oder uns, ohne es zu merken, von ihr gebrauchen lassen. Will sagen: Technikverständnis, technikbedingtes ästhetisches Empfinden, eine infantile Lust an offensichtlichen Kausalitäten, eine lachhafte Befriedigung über technische Mittel der Alltagsbewältigung – das alles gehört bereits zur seelischen Qualität der »Modern Times« und macht sich unübersehbar bei entsprechender Gelegenheit bemerkbar: etwa bei einer Unpäßlichkeit, bei einer Krankheit, da vom Arzt eine oft tatsächlich auch so bezeichnete *Reparaturleistung* erwartet wird. Die eigene Leiblichkeit erscheint dem Patienten als Gerät, dessen Instandsetzung er verlangt, weil die apparative medizinische Technik ihn in diesem Irrtum bestärkt. Eine haptische Untersuchung des nackten Körpers vollzieht sich bereits selten; statt dessen wird der Kranke an Diagnosegeräte angeschlossen, wie auch sein Auto in der Werkstatt. Die verblüffenden Erfolge der Transplantationschirurgie verführen zu der Annahme, unser Organismus bestünde aus einem Konglomerat auswechselbarer Teile, welche, sobald verschlissen, ersetzt werden können.

Mit dem Verlust des Körpergefühls, das darin bestand, die Meldungen und Signale der Physis wahrzunehmen und zu verstehen, ist eine weitergehende Entfremdung eingetreten. Doch diese Entfremdung vom physischen Selbst ist nichts anderes als die Folgeerscheinung der Adaption an die Maschine sowie der völligen Veräußerlichung und Hingabe an technisch bewirkte Reize. Aus dem relativ natürlichen, naturhaften Biotop des Menschen ist eine künstliche, ihn überwältigende Eigenkonstruktion geworden, welche er, wie er in seinen unreifen Blütenträumen meinte, zu seinem Wohlergehen und Genuß erdacht habe. Er hat die mythische Warnung mißachtet und die Büchse der Pandora geöffnet.

Vor Wochen las ich in einer populärwissenschaftlichen Zeitschrift, in der Rezension eines Buches, den kargen, abstrakten und ein vernichtendes Urteil enthaltenden Satz: *Der kognitive Horizont des Menschen ist genetisch beschränkt.* Weil er an diese genetische Beschränkung nicht glaubte und sie kognitiv zu überschreiten versuchte, folgte, wie in einem bösen Märchen, die Strafe auf dem Fuße: Durch seinen hybrishaften Eingriff ins globale Ökosystem übertrug er auf dieses seinen individuellen Alterungsprozeß. So wie uns Améry den Alternden ungeschminkt vorführt, das Nachlassen der Energie, Schwund der zellularen Regenerationskraft, verbunden mit partiellen Wucherungen, Fehlleistungen intellektueller Art, abnehmender Konzentration, rettungslosem Verfall durch die Krankheit zum Tode, auf den hin der Organismus immer schneller zusteuert, so will uns in einer anderen Größenordnung vorkommen, als hätte die Alzheimersche Krankheit unseren gesamten Planeten ergriffen. Die sich rapide beschleunigende Entwicklung der letzten Jahrzehnte gleicht einer fortschreitenden Vergreisung: Zuerst erlischt der Verstand, dann stellen mehr und mehr Selbstregulative ihre Tätigkeit ein.

Die Dauerklage vom gestörten ökologischen Gleichgewicht ließe sich auch auf den Alternden beziehen, dessen organische Struktur ja ebenfalls aus dem Gleichgewicht zu geraten scheint, so daß er, wie die Erde, immer weiterer künstlicher Hilfsmittel bedarf, Prothesen, Stärkungssäftchen, Pillen, gerontologischer Übungsprogramme, um den Zeitpunkt für den endgültigen Kollaps hinauszuschieben. Gewiß – der Vergleich hinkt, wie eben jeder Vergleich, doch bin ich ganz sicher, daß das Begreifen der Erde als einer Megamaschinerie, als eines »Raumschiffes«, die zerstörerische Ignoranz nach sich zog, mit der man (eventuell) einen Himmels*körper* nicht traktiert hätte. Freilich, das ist eine auf »Weltanschauung« bezogene Behauptung, für die es keine Beweise, sondern nur eine, nämlich meine, Überzeugung gibt: Diese immerhin beruht, unter anderem, auf Jean Amérys Darstellung des Alterns und des Alternden und seines schließlich hoffnungslosen Sterbens. *Der Tod ist das Negative, das keinerlei Positivi-*

tät in sich trägt, heißt es bei ihm in einem Nebensatz, über den ich nicht zur Ruhe komme; denn er enthält eine totale Absage an die Natur, deren Daseinsvoraussetzung der Tod doch ist. Nur wo gestorben wird, ist fernerhin Leben möglich: Das schreibt sich leichthin, vielleicht gar leichtfertig nieder: Das Nichts »danach« ist die völlige Verneinung, jedenfalls für den einzelnen, aber nicht für die Gattung. Erst wenn diese zum Verschwinden tendiert, zur Spurlosigkeit, als sei sie nie gewesen, bekommt der Tod seinen Stachel. Es ist der Stachel, von dem wir heute schon einen Schmerz zu spüren meinen.

Beunruhigte und beunruhigende Überlegungen

Es mag verwunderlich erscheinen, daß die Laudatio für Günther Anders statt von einem Philosophen von einem Schriftsteller gehalten wird – noch dazu von einem, der unter das immerhin altertümliche Rubrum »Dichter« fällt. Doch mindestens zwei Umstände liefern dafür die Legitimation. Zum ersten stammt sie vom Preisträger selber, denn er schreibt in seiner »Antiquiertheit des Menschen«: »Schon vor fünfundzwanzig Jahren habe ich meine theoretischen Bemühungen als ›Gelegenheitsphilosophie‹ bezeichnet; und die Frage gestellt, ob denn das Etikett ›Philosophie‹ auf diese Überlegungen passe, und warum den Äckern, die ich aufpflüge, die Dignität philosophischer Gebiete zukomme. Diese Frage stellte ich nicht aus Bescheidenheit – eine solche hat mir noch niemand nachgesagt –, umgekehrt aus Hochmut: darum, weil ich nicht den geringsten Wert darauf lege, ob mich Berufsphilosophen (die deshalb, weil sie unbezweifelbarerweise der philosophischen Fakultät zugehören, auch die Existenz von Philosophie für unbezweifelbar halten, und die statt über das Wasser, das uns bis zum Munde steht, über Philosophie philosophieren) – ob mich diese Philosophen zu den ihren zählen oder nicht, und wie sie mich klassifizieren.«

Und ferner heißt es da: »Wie ein heutiger ›Windelband‹ meine Schriften, wenn er diesen versehentlich begegnen sollte, klassifizieren würde, das ist so lange uninteressant, als bei diesen nur etwas ›herausgekommen‹ sein sollte. Und ob das der Fall sein wird, das wird nicht mit der Elle von Fachmännern gemessen.«

Auf diesem Zitat basiert meine Qualifikation als Nichtfachmann und gibt mir die Möglichkeit, das Werk von Günther Anders aus einer vielleicht innigeren Perspektive zu sehen und zu kommentieren. Zum zweiten leite ich meine Berechtigung aus der Tatsache unserer gemeinsamen Altertümlichkeit ab: Dichtung und Philosophie stehen ja am Anfang unseres europäischen Selbstverständnisses. Nur hat inzwischen – und das wäre ein weiteres verbindendes Moment – unsere ehrwürdige Abkunft dazu geführt, daß wir nicht nur historisch antiquiert, sondern daß wir gar anachronistisch geworden sind. Während unsere Sprache, unser Denken sich in traditionsgesättigten Ausdrucksformen bewegt, haben sich die intellektuellen Mittel der Welterfahrung für eine leider wenig schweigsame Mehrheit längst ins Instrumentelle und Funktionale verwandelt. Mit Andersschen Worten gesagt, die ich zitiere:

»Wenn es heute einen kategorischen Imperativ gäbe, er würde nicht unser Verhältnis zum Mitmenschen oder zur Gemeinschaft oder zur Gesellschaft betreffen, sondern unser Verhältnis zum bestehenden oder künftigen Status der Technik. Er würde lauten: Handle so, daß die Maxime deines Handelns die des Apparates, dessen Teil du bist oder sein wirst, sein könnte. Oder negativ: Handle niemals so, daß die Maxime deines Handelns den Maximen der Apparate, deren Teil du bist oder sein wirst, widerspricht. Diese Imperative sind fast überall in Kraft, fast überall akzeptiert, wenn natürlich auch, da die Technik grundsätzlich nicht aus der Schule plaudert, nirgendwo ausgesprochen.«

Vor der unbezweifelten, schlimmer: vor der unbestrittenen Herrschaft dieser apparativen Maximen muß jeder Einspruch, sei er nun philosophischer oder dichterischer Natur, unzeitgemäß klingen und ein David-Goliath-Verhältnis evozieren, dessen voraussichtlicher Ausgang wenig biblisch und daher wenig tröstlich ist. Es handelt sich nämlich um ein Verhältnis, das freiwillig einzugehen man sich gehütet hätte. Aber man hat keine freie Wahl gegenüber dem, was einen zu überwältigen droht, weil man auch keine freie Wahl seiner Position innerhalb der Gesellschaft hat. Entweder wird man mehr oder weniger nahtlos integriert oder in ein Abseits befördert, in eine Außenseiterstellung, für die es bekanntlich keine Förderungsstipendien, Ausbildungsstätten, Planstellen gibt. Andere entscheiden darüber, meist sogar massenhaft zu Staub Zerfallene, was mit uns wird und wer wir sein werden. Für den Rest unseres Lebens sind wir dann damit beschäftigt, diese Zuweisung – ein Trauma erster Ordnung – durch Reflexion abzuarbeiten und in dem uns Zugefügten die Gründe zu suchen und in den Gründen eine Gesetzmäßigkeit. Ein derartiges Schlüsselerlebnis beschreibt Günther Anders in einem Aufsatz:

»Als mir mein evangelischer Freund – wir waren wohl acht, also im Jahre 1910 – auf meine Frage: ›Woran glaubst du eigentlich?‹ die (natürlich ganz kindische) Antwort gab: ›Daran, daß wir erlöst sind‹ – und ich, der ich das Wort ›erlöst‹ kaum je gehört hatte und mit ihm genausowenig anfangen konnte, wie ich es noch heute nach siebzig Jahre kann, weiterfragte: ›Erlöst wovon? Vom Hunger oder so? Davon bin ich doch auch erlöst‹; und er darauf hochmütig antwortete: ›Wer hat schon Hunger? Sondern natürlich von der Sünde . . . Jeder ist sündig. Und das steht ja sogar schon in eurer Bibel! Aber wir sind eben erlöst von ihr, und ihr eben nicht, ätsch!‹ – und als ich weiterfragte: ›Und warum wir nicht?‹ und er antwortete: ›Weil ihr unseren Heiland ans Kreuz geschlagen habt!‹ – und als ich ihm versicherte: ›Ehrenwort! Das habe ich nicht getan. Und Vater und Großvater bestimmt auch nicht! Aber zur Sicherheit werde ich Vater noch mal fragen!‹; und als er mich daraufhin besserwisserisch auslachte und mich stehen ließ und auch am nächsten Tage nicht mehr mit mir sprach – und als ich ihn am dritten Tage fragte: ›Warum schneidest du mich eigentlich so gemein?‹ und er antwortete: ›Als wenn du das nicht ganz allein wüßtest‹ – da spürte ich zum ersten Male daß irgend etwas mit mir nicht ganz in Ordnung war. Und dieses hieß: ein Jude sein.«

Daß man mich nicht mißverstehe: Ich beschränke die Zulassung zum Metier nicht auf eine spezifische Herkunft, nicht auf eine seelische Verletzung, nicht auf ein Betroffensein von Vorurteil, Unterdrückung, gar Terror; und daß allein schon ein solches Betroffensein zum Einlaß ins Pantheon der Dichter und Denker berechtige, ist auch fraglich. Doch unleugbar erweist sich unser gesamtes theoretisches Wissen als toter Ballast, solange es nicht unsere individuelle Erfahrung mit Leben erfüllt. Wie könnte der Philosoph, der Dichter angesichts des vielleicht demnächst endenden Menschheitsdramas den Versuch des Begreifens, der zumindest geistige Teilhabe einschließt, unternehmen, wäre er nicht sehr persönlich mit den Leiden bekanntgemacht worden, und erkennte er nicht an der eigenen Haut die Muster des Streckbettes, auf dem passend gemacht werden soll, wer der Norm widerspricht.

Die aktuelle Gegenwart zeigt sich großmütiger gegenüber einflußarmen, lobbylosen Randexistenzen, wie wir sie darstellen. Aber diese Toleranz ist kein Ergebnis des stetig anwachsend Humanen, vielmehr die Gleichgültigkeit gegenüber einer insgeheim als kindlich verachteten geistigen Tätigkeit. Denn das instrumentale Denken, das Günther Anders in seinen Schriften enthüllt, wirkt lebensbedrohend nicht allein durch seine Adaption an alles Wissenschaftliche und Technische, es entpuppt sich zugleich als ein verengtes und daher borniertes Denken, das sich selber auf der Höhe der Zeit und jedes andere in der Steinzeit verharren sieht. Wohin solches Denken führt, darüber läßt Günther Anders keinen Zweifel:

»Die heutige Endzeit ist von massiverer Art. Sie bedarf

keiner Symbolisierungen. Für die Möglichkeit (und das heißt, wenn es sich um Technik handelt: Unentrinnbarkeit) gibt es geschichtliche Beispiele: die Fakten Hiroshima und Nagasaki und die von niemandem geheimgehaltenen Feststellungen über die ›Overkill‹-Kapazität der heute lagernden Waffen. In unserer Situation ist die Tatsache, daß das Ende noch nicht eingetreten ist, keine Widerlegung der Realität der Gefahr, kein Gegenbeweis gegen die Tatsache, daß unser Zeitalter eine bzw. die Endzeit ist. Nichtsdestoweniger scheint es mir, daß die Gefahr, wenn sie nur von solchen luziferischen Individuen oder Gruppen ausginge, nicht annähernd so groß wäre wie die heute tatsächlich bestehende. Nicht deshalb, weil diese Täter (was fraglich ist) immerhin noch wüßten, was sie täten, weil sie (was ebenso fraglich ist) noch handelnde Subjekte wären, und nicht nur Wesen, die sich dem automatischen Wuchern ihrer Geräte blindlings überließen. Das könnte uns, wenn das der Fall wäre, nur wenig trösten. Sondern deshalb, weil es vielleicht doch möglich wäre, einzelne oder Einzelgruppen zu identifizieren und dingfest zu machen – während das Faktum der Großtechnik, das unserer Gefahr zugrunde liegt, unidentifizierbar bleibt und weder bekämpft noch dingfest gemacht werden kann.«

Und fernerhin:

»Nicht deshalb, weil wir von Natur aus oder durch einen ›Fall‹ sündig geworden wären, bedrohen wir heute den Fortbestand der Welt, sondern deshalb, weil wir Zauberlehrlinge sind, das heißt: weil wir mit bestem Gewissen nicht wissen, was wir tun, wenn wir unsere Produkte herstellen; weil wir es uns nicht klarmachen, wonach diese, wenn sie erst einmal funktionieren (und das tun sie bereits durch ihr bloßes Dasein), weiter zu funktionieren wünschen, nein, weiterfunktionieren müssen, und daß diese sich automatisch zusammenschließen, um ein Maximum an Macht, und eben auch über uns, ihre Erzeuger, zu gewinnen; und daß sie, wie jedes andere Erzeugnis, wie jede andere Ware, begierig darauf sind, verwendet und verbraucht zu werden, um der Produktion neuer Produkte nicht im Wege zu stehen; kurz, daß sie sich selbst in Einsatz bringen werden, gleich ob dieser oder jener von uns den Einsatz ausdrücklich wünscht oder als politisches Ziel propagiert.«

Demzufolge ist uns, gut technologisch gesprochen, die Katastrophe »einprogrammiert«. Der Mechanismus, einem sich selbst repetierenden Uhrwerk gleich, besteht darin, daß unsere Vernunft den eigenen, bereits zur Selbstevolution befähigten Schöpfungen auf einer zentrifugalen Spirale hinterherjagt, ohne sie je einholen und bändigen zu können. Das immerhin wäre ein Grund zur Resignation: Warum nicht rechthaberisch den Dingen ihren Lauf lassen? Doch Günther Anders demonstriert durch sein eigenes politisches Engagement auf besondere Weise jenen Widerspruch, der uns allen eingeboren scheint: sich in praxi nicht nach den eigenen Einsichten zu richten, und gegen sein besseres Wissen zu handeln. Günther Anders agiert namens seiner Hypothese höchst dialektisch, indem er sie aktiv zu widerlegen sucht. Freilich: Ob das Mittel, das Günther Anders empfiehlt, ausreicht, seine radikale Erkenntnis zu falsifizieren, ist nicht sicher. In einem Interview meinte er nämlich:

»Die Fantasie hat niemals eine so große Aufgabe gehabt wie heutzutage. Die Fantasieaufgabe, die wir täglich zu erfüllen haben, besteht darin, daß wir uns das Bild eines leblosen, nackten Planeten vorstellen, der einmal ›Erde‹ geheißen hat. Und dieses Bild haben wir den Zeitgenossen zu vermitteln, damit es sich nicht verwirkliche.«

Die Fantasie an die Macht, hieß es einst, aber ob sie das zu leisten vermag, was der Vernunft nicht gelingen will, läßt sich wohl niemals entscheiden. Eher steht zu fürchten, daß auch hier der Satz von der sich selbst erfüllenden Prophezeihung seine Gültigkeit behält. Günther Anders zwingt uns zu Überlegungen, die dem »Hoffnungsprinzip Fantasie« zuwiderlaufen: Ob denn nicht, was sich als Flammenschrift an der Wand abzeichnet, schon der erste Funke des Feuers sei, vor dem gewarnt wird. Weniger bildhaft gesagt: Ob nicht bereits die Weltuntergangshypothese ein Bestandteil des angekündigten letzten Aktes sei. Den Andersschen Denkspuren folgend, zeigt das Resümee, daß schon im Konstruktionsplan der Megamaschine Welt das Steuerelement zur Selbstzerstörung vorgesehen war. Und muß die Entdeckung dieses bedrückenden Umstands, da wir ausnahmslos durch unsere Erzeugnisse zerebral instrumentiert worden sind, nun nicht erst recht zu dem befürchteten Knopfdruck verleiten?

Anders führt uns noch einen Schritt darüber hinaus, indem er den möglichen Widerstand, so er sich entfaltet, relativiert:

»Der Teufel hat eine neue Wohnung bezogen«, schreibt Anders, »und wenn wir auch unfähig sind, ihn über Nacht auszuräuchern – wenn wir ihn überhaupt ausräuchern wollen – dann müssen wir mindestens wissen, wo er sich verbirgt, und wo wir ihn auffinden können. Damit wir ihn nicht in einem Winkel bekämpfen, in dem er schon längst nicht mehr hockt; und damit wir nicht aus dem Nebenzimmer von ihm gefoppt werden.«

Überfällt uns bei solchem Hinweis nicht der Verdacht, daß wir Menschen, denen Anders ohnehin bescheinigt, ihren eignen technischen Entwürfen nicht mehr folgen zu können und in diesem atemlosen Wettlauf unterliegen zu müssen, den Teufel in Winkeln zu bekämpfen, die längst leer sind? Führen wir nicht bereits in vielen Bezirken Schattengefechte, ohne es zu ahnen? Mit absolut unbestrittener Berechtigung bekämpfen wir die atomare Bedrohung – vermutlich bis zum Pyrrhussieg, da in den

Nebenzimmern sich gleichwertige bakteriologische und chemische Teufeleien zusammenbrauen. Und in wievielen weiteren Nebenzimmern und Kammern und unterirdischen Räumen außerdem finden Vorbereitungen statt, uns ganz undramatisch und wie beiläufig von diesem Planeten zu eliminieren?

Beunruhigte und beunruhigende Überlegungen: Sie konfrontieren uns mit der möglichen Realisierung des Alptraums wahrhaft gnadenlos, nämlich ohne die Gnade eines metaphysischen Aufgehobenseins. Das aber bedeutet, daß wir, durch die Kraft des Andersschen Zugriffs festgehalten, ganz bei uns bleiben und uns selber zur erkennenden Betrachtung ausgeliefert sind. Dieses Werk entzieht uns die Krücke unserer Selbsttäuschung: Unsere Schwäche wird offenkundig. Das ebenfalls inzwischen antiquierte Dichterwort, wonach mit der Gefahr auch das Rettende wachse, ist nicht das Wort Günther Anders'. Sein Denken findet sich nirgendwo genauer beschrieben als bei dem Namensgeber dieses Preises. Im Schlußstück der »Minima Moralia« lesen wir:

»Philosophie, wie sie im Angesicht der Verzweiflung einzig noch zu verantworten ist, wäre der Versuch, alle Dinge zu betrachten, wie sie vom Standpunkt der Erlösung aus sich darstellten.«

Und weiter, daß die vollendete Negativität, einmal ganz ins Auge gefaßt, zur Spiegelschrift ihres Gegenteils zusammenschieße, auf eben diese Weise wirkt auch das Anderssche Werk wie ein Palimpsest, aus dem eine Ahnung vom verlorenen oder nicht gewonnenen Paradies steigt. Freilich schränkt Adorno sogleich die Darstellung des Himmels im Bild der Hölle ein: »Aber es ist auch das ganz Unmögliche, weil es einen Standort voraussetzt, der dem Bannkreis des Daseins, wäre es auch nur um ein Winziges, entrückt ist, während doch jede mögliche Erkenntnis nicht bloß dem, was ist, erst abgetrotzt werden muß, um verbindlich zu geraten, sondern eben darum selber auch mit der gleichen Entstelltheit und Bedürftigkeit geschlagen ist, der sie zu entrinnen vorhat.«

Dieser Bedingtheit der eigenen Position ist sich Anders durchaus bewußt. Sein Selbstverständnis nimmt die eigene Widersprüchlichkeit an als den Reflex umfassenderer Widersprüche und verwahrt sich gegen die Systematisierung, in der die Fülle des Widersprüchlichen und Gegensätzlichen verarmen würde. Sich den Harmonisierungszwängen der Individuen und der Gesellschaft verweigern, führt nicht gerade zur Popularität. Das Wort Außenseitertum ist gleich zu Anfang gefallen, im Hinblick auf die Stellung des Philosophen und des Dichters. Doppelt Außenseiter muß einer sein, der die beiden Fähigkeiten, die zur Philosophie wie die zur Literatur, in sich vereinigt. Und so waren auch seine Gedichte unzeitgemäß, nämlich einem viel späteren Zeitgefühl entsprechend, das jetzt erst unsere Tage bestimmt. Zum Beweis und zum Schluß will ich eines seiner, einem Deutschen in den Mund gelegten Lieder aus dem Jahre 1945 vorlesen, das ahnungsvoll auf uns Gegenwärtige und unsere Situation am Rande des Abgrundes gemünzt scheint:

»Oh, rote Feuer dieser Nacht!
Blut, Asche, Schmutz und Niedertracht!
Muß ich mit euch nun fallen?
Hab keinen Funken selbst gefacht.
Nur mitmüssen hab ich und mitgemacht
mit allen ...«

Zur Apokalypse
Eine Strafpredigt

»Ich sage Euch die Wahrheit, das ist nicht nur das Ende von diesem, sondern auch und zuerst von jenem, es ist das Ende der Geschichte, das Ende des Klassenkampfes, das Ende der Philosophie, der Tod Gottes, das Ende der Religionen, das Ende des Christentums und der Moral (was die größte Naivität war), das Ende des Subjekts, das Ende des Menschen, das Ende des Abendlandes, das Ende des Ödipus, das Ende der Welt, *Apokalypse now,* ich sage Euch, in der Sintflut, dem Feuer, dem Blut, dem erderschütternden Beben, dem Napalm, das aus Hubschraubern vom Himmel fällt, so wie die Prostituierten, und dann auch das Ende der Literatur, das Ende der Malerei, der Kunst als Sache der Vergangenheit, das Ende der Psychoanalyse, das Ende der Universität, das Ende des Phallozentrismus und was weiß ich noch alles.«

Das schreibt Jacques Derrida in einer Arbeit mit dem Titel: »Von einem neuerdigs erhobenen apokalyptischen Ton in der Philosophie«. Ich hingegen will mich nicht in philosophischen Erwägungen verlieren. Ich will mich des Solotanzes auf einer Stecknadelspitze enthalten, wozu ohnehin nur die Engel befähigt sind. Statt dessen will ich mich an die Ursprungsbedeutung des Wortes Apokalypse halten. Gemeint ist ja »Offenbarung«. Den Bedeutungswandel zu Katastrophe, zu Weltuntergang hat das Wort erst später erfahren. Freilich kann ich nicht von göttlicher Offenbarung sprechen wie Johannes, dem Gott selber den Text seiner Vision in die Feder diktiert hat. Gott ist verstummt, wie wir wissen, und hat sich von uns abgewandt, da wir es unternommen haben, uns an seine Stelle zu setzen. Und wir haben es geschafft. Die von uns erzeugten

Wunder sind erstaunlicher als die einst von ihm verursachten. Ja, sie sind eigentlich gar keine Wunder mehr, sondern nur noch gelungene Problemlösungen im Reich der Naturwissenschaften. Die Wiedererweckung der Toten findet längst auf den Intensivstationen unserer Kliniken statt. Und Blinde sehen und Lahme gehen zu machen erreicht die mit der Medizintechnik verbündete Chirurgie am laufenden Band. Wir erheben uns in die immer leerer werdenden Himmel. Wir psychiatrieren von Dämonen Besessene. Purgatorium und Inferno stellen wir mittels Atomkraft her. Und wenn wir wollten, so könnten wir mit einem Knopfdruck die ganze Schöpfung verschwinden lassen, und zwar in weniger als sieben Tagen oder sieben Stunden. Nichts ist uns unmöglich, oder doch fast nichts. Wie sollten wir uns da nicht für gottgleich halten?

Die christlichen Kirchen Europas jammern über den Glaubensverfall und den massenhaften Austritt ihrer Mitglieder, ohne sich der Gründe recht bewußt geworden zu sein. Gott kann mit dem Menschen nicht mehr konkurrieren – ist einer der Hauptgründe. So wie die alten antiken Götter starben und eines traurigen Tages selbst der große Pan tot war, so ist, apokalyptisch gesagt, das gleiche Schicksal allen anderen Gottheiten zugesprochen. Selbst als Begründer ethischer Gesetze sind sie gänzlich unbrauchbar geworden, denn der Mensch weiß besser, daß die Zehn Gebote eine archaische, in religiöse Form gekleidete Verhaltensnormierung waren, deren Paragraphen, weil aus fernen, vorpsychologischen Zeiten stammend, nur noch höchst bedingt Anwendung finden können. Wir wissen nur zu gut, daß das Verbot, seines Nächsten Vieh und Besitz zu begehren, falls man sich daran hielte, die Vernichtung der freien Marktwirtschaft zur Folge hätte. Natürlich begehre ich den Besitz meines Nächsten und gedenke, ihn mit marktwirtschaftlichen Mechanismen einzuheimsen. Seine Frau mag er immerhin behalten. Und selbst das Tötungsverbot findet keine Anwendung im Drogenhandel, auf der Autobahn und bei der Müllverbrennung. Ja, im Gegenteil: Wir müssen auf mittelbare wie unmittelbare Weise einander umbringen, um die Geschäfte am Laufen zu halten, in jeder Hinsicht. Von der Dritten Welt ganz zu schweigen. Wenn wir die Millionen in Afrika oder Asien am Leben ließen, was sollten wir denn, um Gottes willen, pardon, wollte sagen: um Menschens willen mit ihnen anfangen? Ohnehin wächst ihre Zahl in solchem Tempo nach, daß Freund Hein gar nicht nachkommt, mit seinem Stundenglas und seiner Hippe.

Weil wir selber zu Gott geworden sind, bedürfen wir keiner Kirche, keiner Religionsgemeinschaft mehr. Und nur noch in ärmeren Regionen, wo der Mensch den Zauberstab seiner Zivilisation noch ungelenk und unvollkommen schwingt, dient der alte Herr im Himmel als Trost für den Mangel an Salami und Krabbensalat, an Sportwagen und Hi-fi-sets, an Brillantkolliers und Auslandsreisen.

So stehen wir auf dem Gipfelpunkt unserer Entwicklungsgeschichte (jeder Tag bringt ja im übrigen einen neuen) und betrachten die Erde: Sie gehört uns. Wir sind der Herr der Welt und der Fürst der Welt in Personalunion. In uns ist der Dualismus aufgehoben. Hieß es einst noch bei Anschauung der Welt, »Siehe, sie war gut«, so ist eine derartige Formulierung heute nicht mehr ausreichend. Sie hat besser als gut zu sein, first class nämlich, perfekt funktionierend, mit langfristiger Garantie versehen und mit einem wirksamen Versicherungsschutz. Das ist die Aufgabe, das ist die Fortsetzung der Schöpfung mit anderen Mitteln.

Nun jedoch wird unerwartet, da wir mit der Vervollkommnung des Planeten beschäftigt sind, etwas geoffenbart, womit wir nicht gerechnet haben und was unangenehm klingt: eine Drohung, derzufolge unser Ende nahe sei. Kaum schlagen wir die Tageszeitung auf, lesen wir Offenbarung nach Offenbarung, lauter apokalyptische Nachrichten und Meldungen, gegen die das Buch mit den sieben Siegeln reine Kinderlektüre gewesen ist. Wir wollen und können nicht glauben, daß eine schwarze Woge auf uns zukommt, die uns zu verschlingen beabsichtigt. Womit haben wir denn das verdient? Wir sind uns keiner Schuld bewußt. Schließlich kann man uns unser Dasein nicht schon als Vergehen ankreiden – oder doch?

Aufgestört von den täglichen Offenbarungen senkt sich Zweifel auf den neuen Gott. Und er wendet den Blick, mit dem er eben stolz seine irdischen Schätze musterte, nach rückwärts in jene Richtung, aus der er genealogisch kam, um seine Spur bis heute zu überblicken. Und er erkennt, was sich auf seinem langen Weg bis zum akuten Moment hinter seinem Rücken aufgehäuft hat: eine Trümmerwüste. Zerfallene Städte und Staaten, zerstörte Reiche und verendete Völkerschaften, Gräber über Gräber, eine Friedhofslandschaft: Nichts hatte Bestand, nichts von dem, was mit Mühsal und Schweiß geschaffen ward, ist geblieben. Irgendwann war, was er selber erzeugte, ihm nicht mehr zweckvoll genug. Das Alte zerbrach, etwas Neues entstand: zweckdienlicher als das vorangegangene. Und so bemerkte er nicht, daß er vom Beginn seines Weges an Sklave geworden war. Je mehr er sich von den Zwängen der Natur zu lösen meinte, desto mehr unterwarf er sich eben den Zwecken, die alle Mittel heiligen. In seinen Händen wurde ihm unversehens alles zum Instrument, weil ihm vordem schon sein Gehirn zum Instrument geraten war, ohne daß er es gespürt hatte. Mit dem Faustkeil hob es an, um mit dem Computer noch nicht aufzuhören. Auf jedes Gerät, auf jeden Apparat setzte er eine hohe Hoffnung: daß sein Leben erleichtert werde. Doch unbeabsichtigt mißrieten ihm immer wieder die Maschinen, da sie indirekt oder auch ganz direkt tödliche

Waffen wurden. Selbst die friedlichsten Werkzeuge verwandelten sich unter der fleißigen Hand: Seine geniale Erfindung, räumlich frei zu werden, wie ein Vogel zu fliegen oder rascher als ein Pferd zu laufen, erwies sich mit der Zeit der Benutzung als Instrument für seinen Suizid.

Unbegreiflich, wie man allein schon durch das Dahinfahren auf Straßen, also durch einen ganz harmlosen Vorgang, Feld und Wald in Wüste verwandeln sollte. Durch biedere Landarbeit, damit alle genügend zu essen hätten, wurde aus dem Wasser Gift, als habe da ein böser Geist seine Finger im Spiele gehabt. Man tat doch nichts Unrechtes, wenn man gesetzestreu und brav sein Leben lebte, und doch wurde einem das nun zum Vorwurf gemacht. Man habe schon wieder die Heizung angestellt, Gas gegeben, Hemden gewaschen, Licht angeknipst, und was der alltäglichen Notwendigkeiten mehr gewesen. Davon sollte nun, wie die Offenbarung aus den Pressezentren verkündete, die Katastrophe ausgelöst, das Weltende bewirkt werden? Wenn dem so war, wie Wissenschaftler jetzt behaupteten, nachdem sie uns erst in diese Grube stießen, ja, wie sollte man denn dann noch überhaupt weiterleben? Ohne Erzeugung und Verbrauch von Energie keine Brötchen, kein Kinobesuch, kein Telefonat, keine Bettwäsche, kein Fernsehen, kein Bier und, ja, und nicht mal jene Zeitung, die einem diese kargen Annehmlichkeiten des Lebens auch noch vermieste.

Soll ich denn, so fragt sich immer skeptischer der neue Gott, wieder wie früher dahinvegetieren, als ich noch ein Tier gewesen bin? In einer dunklen, eiskalten Höhle hokken? Rohes Fleisch fressen oder ungekochtes Grünzeug? Mich von Bestien zerfleischen lassen? Mühselig auf der Suche nach Nahrung den Tag verbringen, um bei der kleinsten Krankheit krepieren zu müssen? Niemals! Nimmermehr! Komme, was kommen wolle – nie wieder zurück in die Steinzeit.

So also spricht der neue Gott und wendet sich von seiner eigenen Vergangenheit ab, und denkt, ohne es sich einzugestehen oder gar auszusprechen: Nach mir die Sintflut! Und er ahnt nicht, daß gerade diese Haltung dazu geführt hat, daß es nun mit ihm selber als Gattung vorbei sein soll.

Immer wurde in den Tag hinein gelebt, blind für die Folgen des eigenen Tuns: Sollen sich unsere Kinder und Kindeskinder um den Abfall kümmern, wir mußten ja auch früher die gute Stube ausfegen. Nun ist die »gute Stube« voll, der Abfall ist nicht mehr zu beseitigen, der Dreck wuchert, der Müll liegt unter den Dielen und dünstet Miasmen aus. Mit einem Zitat aus einer wissenschaftlichen Publikation gesagt: »Der kognitive Horizont des Menschen ist genetisch beschränkt.« In dieser Kurzformel steckt, was die Offenbarung vermitteln will: die Wahrheit.

Tatsache ist, daß wir uns selber umbringen und auslöschen. Daß wir nicht in der Lage sind, einzuhalten mit der Zerstörung unserer Erde, weil wir nicht vorauszusehen imstande sind, was unserer permanenten Innovationslust entspringt. Und weil wir, wir alle, und wer anderes meint, belügt sich selbst, weil wir nicht den evolutionären Rückzug antreten können; der Baum, von dem wir herunterkletterten, ist längst abgeholzt. Mag doch alles in Scherben fallen: Hauptsache uns selber bleibt noch eine Galgenfrist. Auch wenn unsere Sache schon verloren ist, wie ein Krieg, bei dem der Feind bereits in unsere Stadt eingedrungen ist, akzeptieren wir die totale Vernichtung – eines geringen Zeitgewinnes halber. Wir leben jetzt, in der winzigen Spanne zwischen Gestern und Morgen. Aber Gestern ist gewesen und abgelebt, und das Morgen, solange es nicht eingetreten ist, von minderem Interesse. Die Unfähigkeit des Menschen, der Zukunft inne zu werden, ist gleichermaßen seine Schwäche und Stärke, denn er erträgt sein Dasein nur deshalb, weil er nicht weiß, was ihm blüht. Aus dieser Unkenntnis hat er bisher seine Lebens- und Überlebenskraft bezogen. Aber nun erscheint das Mentekel an der Wand. Die Feuerschrift wird von Tag zu Tag greller und teilt ihm mit, daß es später sei, als er es je gedacht habe. Nämlich zu spät.

Und was macht unser autogenetisches Geschöpf, unser neuer Gott, dieses biologische Wunderwerk eigener Provenienz? Es versucht, sich an den Gedanken zu gewöhnen. Als ein im nur zu wahrsten Sinne des Wortes »Gewohnheitstier« beginnt es mit der Vorstellung zu spielen, daß es ja eigentlich keine Garantie für die Menschheit auf ewiges Vorhandensein gäbe. Sind nicht auch die Dinosaurier verschwunden? Ganze Gattungen von Wesen, die keiner von uns je gesehen hat, und wo ist der Neandertaler geblieben? All jene frühen Figurationen von menschenartigem Aussehen? Ist ihr Verschwinden nicht so etwas wie ein Beweis für die Illusion von Beständigkeit, Dauer, konstanter Reproduktion des Humanums?

Angesichts der Flammenzeichen begegnen wir unterschiedlichen und merkwürdigen Verhaltensweisen. Eine dieser Verhaltensweisen beruht ebenfalls auf einer Offenbarung; um ihre Folgen kenntlich zu machen, soll eine Pressemeldung zitiert werden:

»In einem Granitmassiv des Felsengebirges östlich der Hauptstadt des amerikanischen Staates Utah, Salt Lake City, befindet sich eines der seltsamsten Archive der Vereinigten Staaten von Amerika. Hinein führen vier durch den Felsen gebohrte Tunnel, die miteinander durch ein Labyrinth von Korridoren verbunden sind. Die Benützung der hunderttausend Mikrofilme, die hier aufbewahrt werden, ist ausschließlich dem gut ausgebildeten Personal möglich, die Eingänge in das Archiv sind durch Stahltüren und andere Sicherheitsmaßnahmen geschützt.

Hier werden die Namen von 18 Milliarden Menschen, lebenden und toten, aufbewahrt, die sorgfältig auf

1 000 250 Mikrofilmen registriert sind, die die ›Genealogische Gesellschaft der Kirche der Heiligen des jüngsten Gerichts‹ zusammengetragen hat. Das ist der offizielle Name der mormonischen Archivare der Kirche von Salt Lake City. Die Namen, die in dieser unglaublichen Sammlung registriert wurden, sind, dank sorgfältigster Abschreibung aller möglichen Register in aller Welt gewonnen worden, und diese Arbeit wird auch weiterhin kontinuierlich fortgesetzt. Das Endziel dieses gewaltigen Unternehmens ist die Registrierung des gesamten Menschengeschlechts auf Mikrofilm – sowohl jenes Teils, der noch zu den Lebenden gehört, als auch des anderen, der schon ins Jenseits umgezogen ist.

Für die Mormonen stellt die Genealogie nämlich ein wesentliches Element ihrer Religion dar. Jeder Mormone kann dank dieses phantastischen Archivs in die Vergangenheit zurückkehren, indem er sich sozusagen an seinem genealogischen Stamm hinuntergleiten läßt, um so retroaktiv die kirchliche Taufe aller seiner Vorfahren vorzunehmen, die nicht das Glück hatten, der ›mormonischen Offenbarung‹ zu Lebzeiten teilhaftig zu werden.«

In der Einsicht, daß die Menschheit keine Chancen in der objektiven Wirklichkeit hat, soll sie »im Geiste« gerettet werden. Während Todeskandidaten im Einzelfall durch Tiefgefrorenwerden nach ihrem Ableben dafür sorgen, daß sie im Fleisch wieder auferstehen können, vorausgesetzt die medizinische Forschung ist inzwischen erfolgreich, zielt der Bunker der Mormonen auf eine ganz andere Art von Überleben und Wiederauferstehen ab. Freilich gibt das gigantische Namensverzeichnis insgeheim ebenfalls eine Skepsis zu erkennen, deren tiefer Atheismus den Namenskollektoren selber völlig entgangen sein mag. Denn das Aufbewahren der Menschheit im Namenregister geht zwangsläufig von der Gedächtnisschwäche, gar Gedankenlosigkeit Gottes aus, dem das Register unterstellt, sich an keines seiner Milliarden Kinder mehr erinnern zu können. Das aber heißt auch, daß dieser Gott, der auf das Mikrofilmregister sich zu stützen gezwungen ist, falls die Seelenrettung klappen soll, keinerlei Omnipotenz besitzt. Ja, selbst diese monströse Registration verweist eher auf die Hybris des Menschen, der mittels moderner Technik die Erlösung gewinnen zu können meint. Der Schlußsatz aus dem 20. Kapitel der Apokalypse des Johannes macht das deutlich. Da heißt es: »Und so jemand nicht ward erfunden geschrieben in dem Buch des Lebens, der ward geworfen in den feurigen Pfuhl.« In seiner maßlosen Selbstüberschätzung und Größenwahn hat der Mensch es unternommen, ein solches Buch anzulegen. Woraus nur zu offenkundig hervorgeht, daß auch hier mit dem alten Gott konkurriert wird, in dessen Allmacht und Allwissen der scheinbar Gläubige nur noch wenig Vertrauen aufzubringen scheint.

Die Apokalypse als Erlösung von der Ungeheuerlichkeit des irdischen Elends und von der Seelenpein findet gegenwärtig im weltlichen Bereich ihre philosophische Affirmation. Ulrich Horstmann, einer der mit der Materie literarisch und denkerisch umgehenden Zeitgenossen, begreift in seinem Buch »Das Untier – Konturen einer Philosophie der Menschenflucht« die »hausgemachte« Apokalypse als jetzt endlich erkennbar werdendes Ziel menschlicher Evolution. Alle Sagen und Legenden von Weltuntergängen waren von Sehnsucht erfüllte, vorausgreifende Erzählungen von der Erlösung, die erst in unserer Epoche stattfinden kann, da vorher die global wirksamen Mittel nicht existierten. Horstmanns Erlösungs-These bewegt sich zwar in der Tonlage der uralten, überlieferten Texte, gestattet sich und uns jedoch kein himmlisches Danach, keinen fröhlichen »Day after« in einem unzerstörbaren Himmlischen Jerusalem. Horstmann schreibt:

»Die Geschichte des Untiers«, so nennt er den Menschen, »ist erfüllt, und in Demut harrt es des doppelten Todes – der physischen Vernichtung und des Auslöschens der Erinnerung an sich selbst.« Und weiter:

»Das Reißen und Schlingen, das Zermahlen und Ausbluten, das Stechen und Kröpfen, dieser ohne Unterlaß wütende Bürgerkrieg alles Lebendigen ist nie gewesen; und der Geist, der sich endlich aufgesetzt hat über den Hinterläufen und bei sich beschloß, daß es genug sei, ist zu seinem eigenen Hirngespinst geworden. In einem Feuerwerk ohnegleichen ist er untergegangen, und mit dem Aufsteigen der letzten Rakete sind die Spuren getilgt, die ein Einzeller in Äonen hinterließ und die das Antlitz der Erde furchten wie sonst nur Gletscher und Glaziale ...« Und um jedes Mißverständnis auszuschließen, deutet er auf die nächtliche Mondscheibe und ruft: »Vermonden wir unseren stoffwechselsiechen Planeten!«

Zusätzlich möchte ich aus dem Aufsatz »Vergangenheit und Gegenwart der Apokalypse« von Hartmut Böhme einige Sätze zitieren; ausgehend vom Krieg heißt es da:

»Unterdessen gibt es, im Blick auf die Fronten der Zerstörung, keine Vaterländer mehr: in der Vergiftung der vier Elemente sowenig wie in der Ubiquität des Aids-Virus oder im atomaren Endschlag. Die Ästhetik der Erhabenheit, als Struktur, die in den anthropogenen Katastrophenszenarien unserer Tage wirkt, ist die Verführung, der Angst vor dem Ende dadurch zu entkommen, daß man es macht ...« Also: Selbstmord aus Angst vor dem Tode? Am Schluß seiner Ausführung gibt Böhme einen wesentlichen Fingerzeig:

»Kritik der Apokalypse kann sich darum nicht in der Kritik der heute umlaufenden postmodernen Prophetien erschöpfen. Viel wichtiger ist die Kritik des seltsamen Angstlust-Syndroms, das, in der Gestalt des Erhabenen der Vernunft, in der Moderne das Erbe der theologischen Apokalyptik übernommen hat.«

Reduziert dieser Erklärungsversuch die aktuelle Flammenschrift auf einen bloßen Fortsetzungsroman des Buches mit den sieben Siegeln, wobei nur die Hauptfigur ausgeklammert wird? Und fernerhin ist zu fragen: Reden wir die Katastrophe herbei, wenn wir von der Katastrophe reden? Ähneln wir psychisch jenem von der Psychologie als »Unfaller« bezeichneten Typ, dessen unbewußte Unfallfurcht prompt zum Zusammenstoß führt? Wie überhaupt sollen wir uns inmitten der ja wohl kaum zu leugnenden ökologischen Einzelkatastrophen verhalten? Gleichen wir nicht einer Schar kopfloser Hysteriker, die in ein brennendes Haus eingesperrt sind? Während der eine einen qualmenden Balken löscht, zündet der andere im Herd ein Feuer an, um die Löschmannschaft mit heißem Tee zu versorgen. Während ein Brandherd unter Kontrolle kommt, flammt woanders ein neuer auf. Ob das Haus zu retten sein wird, ist ungewiß, da verborgene Glut an ganz unerwarteten Stellen aufbricht, und man außerdem weder über die Ursache der Brandstiftung noch über den Brandstifter Klarheit erlangen kann. Das einzige, worüber Gewißheit besteht, ist das Chaos, das zunimmt.

Eine metaphorische Rede, ein Sprechen in Bildern, mehr bleibt uns wohl vor dem zu Erwartenden nicht übrig. Wir ahnen zwar und fürchten auch, daß aus der Summation der vielen ökologischen Schäden sich etwas zusammenballt, das noch keinen Namen hat. Wir springen atemlos hin und her, tragen hier vergifteten Boden ab, reinigen dort Wasser, filtern hier Abgase, und sind uns des nächsten Unheils schon ziemlich sicher. Aber was geschieht, wenn diese noch partiell auftretenden Unfälle und Unglücke sich mehren und in Interaktion miteinander geraten? Wir selber, wir armen dummen, dumpfen Untiere sind ja leider zur rettenden Interaktion nicht imstande. Wir zehren voneinander, heimliche Kannibalen, und müssen damit so lange fortfahren, bis nichts mehr zum Aufzehren da ist.

Metaphorische Redeweise aus Mangel an der Eindeutigkeit des Unheils. Krieg war eine exakte Bezeichnung, Massenmord war eine, aber wo sind jetzt die Geschütze, wo die Henker? Wir wissen nur: Wir sind die Opfer bei einem Vorgang, den wir als Apokalypse bezeichnen, weil uns die tatsächliche Bezeichnung fehlt. Und vielleicht beruht unsere Hilflosigkeit nicht nur auf unserer genetischen Ausrüstung, sondern auch auf unserer Sprachlosigkeit, auf unserer geistigen Armut, die richtigen Worte für etwas zu finden, das durch Benennung noch zu verhindern oder einzuschränken wäre.

In solchen Endzeiten mehren sich die Zeichen und Wunder, und so halte ich kaum für Zufall, wenn ich in einem immerhin seriösen Wochenblatt einen Artikel über Erscheinungen lese, die als rätselhaft bezeichnet werden. KREISE IM KORN ist die Überschrift, und: »England staunt über die Werke einer unbekannten Macht.« »Des Nachts, im Dunkeln, entstehen sie: Kreise, ins Getreide gepreßt. Doch von wem?« Und zum Schluß liest man da:

»Im vergangenen Sommer, so berichtet der Daily Telegraph, fand ein Bauer in Hampshire auf seinem Feld eine Formation von gebeugtem, wenn auch nicht geknicktem Korn, das sich bei näherem Hinschauen als ein Schriftzug entpuppte. We are not alone, war da zu lesen: Wir sind nicht allein.«

Mir scheint, diese Botschaft mag Anlaß zu einem allerletzten Glauben werden: an die Außerirdischen, von denen Hilfe und Rettung kommt: Angenommen, sie existieren faktisch, dann wäre die Grundvoraussetzung für unsere kindische Hoffnung, daß wenigstens sie unmenschlich seien. Denn von Menschen, egal von woher, ist nichts mehr zu erwarten.

Nachweis

Die letzten Indianer Europas (Vortrag am 24. 11. 1982 in der Reihe »Bremer Beiträge«, gehalten im St. Petri Dom zu Bremen)

Der Schlüssel zum Lebenszusammenhang *Literatur als Mythos* (Vortrag bei einer »Mythos«-Tagung auf Kreta 1984)

Erstes Buch Mose: Die Schlange und die Vertreibung (geschrieben 1982)

Auf der Suche nach dem verlorenen Halt (geschrieben 1985)

Heine und ich (Rede zur Verleihung des Heine-Preises der Landeshauptstadt Düsseldorf 1985)

Literatur und Politik (Vortrag bei einer Zusammenkunft des Börsenvereins mit Parlamentariern in Bonn 1985)

Was Orwell nicht ahnte (geschrieben 1984)

Wenn Herr Wendriner noch lebte ... (Vortrag zur Eröffnung der Tucholsky-Ausstellung des Schiller Archivs, Marbach 1990)

Über die Zukunft meines Handwerks (geschrieben 1986)

Über die Kunst, nicht zu lesen (geschrieben 1987)

Die verbaute Zukunft (Vortrag beim 14. Godesberger Gespräch des BDA 1985)

Heimat als Biotop. *Versuch einer Definition* (Vortrag in der Friedrich-Ebert-Stiftung Schleswig 1985)

Der deutsche Wald gibt seine letzte Vorstellung (geschrieben 1985)

Lichtenberg als Exempel (Vortrag vor der Lichtenberg-Gesellschaft 1984)

Zurück in die Steinzeit (Vortrag zur Semestereröffnung der Kunsthochschule Hamburg 1984)

Funken hegen (geschrieben 1988)

Verraten und verkauft (geschrieben 1983 zu einem Fotobilderbuch über Amerika von Anselm Spring)

Die Tagebücher Hitlers (Essay für eine Sendereihe des HR 1987)

Kain und Abels Brüderlichkeit (Vortrag zur »Woche der Brüderlichkeit«, gehalten am 13. 6. 1984 in Bonn)

Ungemeinsame Geschichte – erinnern und weiterleben (Predigt, gehalten in St. Petri, Lübeck, 1989)

Was ist Wirklichkeit? *Geschichte als Gegenstand der Betrachtung* (geschrieben 1989)

Atempause (Rede über Primo Levi, gehalten auf der PEN-Tagung 1989)

Über die Unfähigkeit zu altern (geschrieben 1988)

Beunruhigte und beunruhigende Überlegungen (Laudatio für Günther Anders zum Th.-W.-Adorno-Preis der Stadt Frankfurt a. M. 1983)

Zur Apokalypse (Predigt, gehalten am 17. 9. 89 in St. Katharinen, Hamburg)

Inhalt

Günter Kunert im
Carl Hanser Verlag

Gedichte

Abtötungsverfahren
92 Seiten. 1980

Berlin beizeiten
117 Seiten. 1987

Erinnerung an einen Planeten
Gedichte aus fünfzehn Jahren
85 Seiten. 1963

Fremd daheim
128 Seiten. 1990

Im weiteren Fortgang
117 Seiten. 1974

Stilleben
111 Seiten. 1983

Unterwegs nach Utopia
96 Seiten. 1977

Verkündigung des Wetters
91 Seiten. 1966

Verlangen nach Bomarzo. Reisegedichte
Mit 12 Federzeichnungen des Autors
73 Seiten. 1978

Warnung vor Spiegeln
87 Seiten. 1970

Prosa

Auf Abwegen und andere Verirrungen
299 Seiten. 1988

Camera obscura. Prosa
136 Seiten. 1978

Der andere Planet. Ansichten von Amerika
207 Seiten. 1975

Die Beerdigung findet in aller Stille statt. Erzählungen
120 Seiten. 1968

Die Schreie der Fledermäuse
Geschichten, Gedichte, Aufsätze
Herausgegeben von Dieter E. Zimmer
383 Seiten. 1979

Gast aus England. Erzählung
157 Seiten. 1973

Im Namen der Hüte. Roman
265 Seiten. 1967

Tagträume in Berlin und andernorts
Kleine Prosa, Erzählungen, Aufsätze
334 Seiten. 1972

Verspätete Monologe
202 Seiten. 1981

Zurück ins Paradies. Geschichten
172 Seiten. 1984

Essays

Diesseits des Erinnerns. Aufsätze
247 Seiten. 1982

Vor der Sintflut. Gedichte als Arche Noah
Frankfurter Vorlesungen
117 Seiten. 1985

Warum schreiben? Notizen zur Literatur
295 Seiten. 1976

Aus fremder Heimat
Zur Exilsituation heutiger Literatur
Herausgegeben von Günter Kunert
116 Seiten. 1988

Über Günter Kunert:
Kunert lesen
Herausgegeben von Michael Krüger
236 Seiten. 1979